贵州诗人四十年

杨 杰 ◎ 主编

周雁翔 ◎ 执行主编

伴随着改革开放四十年的光辉历程，贵州诗人的激情和才情豪情万丈地挥洒着，见证着改革开放以来贵州所取得的伟大成就，见证着贵州诗歌创作队伍的日益壮大，见证着"贵州新诗多元化与多样性"的不断发展。吟诵诗歌的清朗之声，让我们复又追忆起贵州诗人的寻梦之路，让我们来重温，在这伟大时代之中贵州诗人的心痕。

贵州出版集团
贵州人民出版社

图书在版编目（CIP）数据

贵州诗人四十年 / 杨杰主编. -- 贵阳：贵州人民出版社，2018.9
ISBN 978-7-221-14850-6

Ⅰ.①贵… Ⅱ.①杨… Ⅲ.①诗集－中国－当代 Ⅳ.①I227

中国版本图书馆CIP数据核字(2018)第222471号

贵州诗人四十年
GUIZHOU SHIREN SISHINIAN

杨　杰　主　编
周雁翔　执行主编

责 任 编 辑	谢丹华　周湖越
装 帧 设 计	陈　电
出 版 发 行	贵州出版集团　贵州人民出版社
地　　　　址	贵阳市观山湖区会展东路SOHO办公区A座
印　　　　刷	贵州兴隆印务有限责任公司
规　　　　格	787mm×1092mm　1/16
字　　　　数	650千字
印　　　　张	40
版　　　　次	2018年9月第1版
印　　　　次	2018年9月第1次印刷
书　　　　号	ISBN 978-7-221-14850-6
定　　　　价	78.00元

《贵州诗人四十年》编委会

主　　任：李发模

主　　编：杨　杰

执行主编：周雁翔

编委会成员（以姓氏笔画为序）：

小　语　王力农　田　花　西　楚　刘　华

李发模　牧　之　周　平　周华东　周雁翔

姚　瑶　杨云龙　郭思思　贾庆祥　童绥福

喻子涵　紫丁香

目录

20世纪20年代诗人

钟华的诗	02
陈佩芸的诗	04

20世纪30年代诗人

黎焕颐的诗	10
张克的诗	16
罗绍书的诗	21
寒星的诗	25
王蔚桦的诗	30
廖公弦的诗	35

20世纪40年代诗人

郑德明的诗	42
张劲的诗	43
黄邦君的诗	49
孙重贵的诗	55
丁增效的诗	59
周嘉堤的诗	62
李发模的诗	67
杜兴成的诗	75
龙治水的诗	78

20世纪50年代诗人

李报德的诗	82
陈春琼的诗	85
龙超云的诗	89
程韵的诗	93
赵宽宏的诗	96
黄明仲的诗	99
蒋德明的诗	103
傅传耀的诗	108
童绥福的诗	116
李裴的诗	118
王付的诗	127
龚炜的诗	129
卜宗学的诗	133
赵宇飞的诗	136

20世纪60年代诗人

龙险峰的诗	140
王力农的诗	143
陈绍陟的诗	148
周雁翔的诗	155
于一元的诗	161

杨朝东的诗	166	张世德的诗	301
笪亚平的诗	170	刘华的诗	304
李晓妮的诗	172	徐必常的诗	310
韩中州的诗	174	黄眉英的诗	316
牧之的诗	178	罗大玉的诗	318
郭思思的诗	188	覃志钦的诗	322
惠子的诗	198	梅尔的诗	328
南鸥的诗	203	末未的诗	336
李枝能的诗	209	陈朗的诗	341
王家鸿的诗	213	苏卫的诗	345
王保友的诗	218	谢佳清的诗	350
陈长文的诗	221	刘东宏的诗	352
空空的诗	230	成果的诗	355
卡西的诗	233	阿戈的诗	357
西篱的诗	239	李俊的诗	362
陈亮的诗	247	谢启明的诗	368
陈祖伟的诗	251	谢启义的诗	377
陈波来的诗	253	伍小华的诗	381
喻子涵的诗	260		
石秀昌的诗	265	**20世纪70年代诗人**	
周平的诗	268	刘云的诗	386
贺建飞的诗	271	段家永的诗	388
欧阳黔森的诗	272	卢向前的诗	390
睁眠的诗	283	李远华的诗	392
杨启刚的诗	286	李寂荡的诗	395
陈乔的诗	291	赵卫峰的诗	402
左拾遗的诗	297	伍亚霖的诗	407

芦苇岸的诗	409	冉勋的诗	501
阿诺阿布的诗	412	姚瑶的诗	503
刘剑的诗	415		
伤痕的诗	417	**20世纪80年代诗人**	
蓝雨的诗	420	马晓鸣的诗	510
罗龙的诗	424	熊焱的诗	514
淋寒的诗	428	子淇的诗	521
郑继国的诗	430	余海的诗	524
杨杰的诗	435	朵孩的诗	526
谢国蕾的诗	445	紫丁香的诗	528
慕璇的诗	447	非飞马的诗	534
蔚儿的诗	448	梅培源的诗	538
冷燃的诗	452	吴治由的诗	542
王兴伟的诗	456	庆子的诗	546
廖兴坤的诗	461	吴英文的诗	550
王富举的诗	464	李廷华的诗	554
李忠实的诗	467	韦永的诗	555
西楚的诗	469	石一鸣的诗	558
西水的诗	474	班方智的诗	560
李半知的诗	477	李金福的诗	562
陈润生的诗	480	蒋能的诗	564
周华东的诗	482	孙守红的诗	566
王晋的诗	486	徐源的诗	567
郭翰的诗	490	田花的诗	570
吴春山的诗	492	黄成松的诗	575
蒲春艳的诗	494	潘梅的诗	579
郭渊的诗	497	西左的诗	583

杨刚的诗	585	许言木的诗	609
若非的诗	587	邹元芳的诗	611
		杨云龙的诗	614
		朱颙云的诗	618

20世纪90年代诗人

孙金贵的诗	590	龚杨鑫的诗	621
梁敬泽的诗	594		
吴天威的诗	597	**21世纪00年代诗人**	
左安军的诗	599	王近松的诗	624
西伯的诗	603	黎俊呈的诗	625
袁伟的诗	605	杨邴钧的诗	627
曾入龙的诗	607		

20世纪

20年代诗人

钟华的诗

竹海情

竹海深深,
竹海深深,
深入我心灵深处,
化为淡泊,
化为纯真。
我愿作竹海一棵竹,
给大地添一块绿荫。

竹涛阵阵,
竹涛阵阵,
鼓起我幻想的风帆,
驶向和谐,
驶向温馨,
我愿弯作竹涛的一串音符,
慰藉历尽沧桑的人。

竹溪粼粼,
竹溪粼粼,
流过我记忆的河谷,
唤起旧梦,
唤起甘醇,
我愿变作竹溪的一滴水,
滋润孤寂焦渴的心。

原载《山花》,1990年第12期

钟华（1923年—？）

辽宁盖县（盖州）人。原名钟士尧。原贵州省作协理事。1940年开始发表作品。著有诗集《乌江歌》等。历任《今日东北》主编，贵州省群众艺术馆编辑、副馆长，《苗岭》文艺月刊主编。

陈佩芸的诗

漫步薛涛井

你可是离开了浣花溪,
来到了锦江东岸?
你的神采丰姿,
可是浮现在古井的镜面!

为什么用井水制作桃红色诗笺,
是将你苦涩的人生点染?
桃的芬芳焉能慰藉孤寂的灵魂,
粉红也遮掩不了岁月的暗淡。

在多少难眠之夜,
你枕着一江涛声月色,
枕着满怀忧思,
任诗神将受伤的心儿抚摸。

望着重叠的花影,
却不见古井的微波,
一块沉沉的青石板压在了井口,
泪泉枯竭,你早已灰飞烟灭。

但我仍在这里徘徊流连,
望着古井,望着浣笺亭。
它和着你的诗思在我的心海上澎湃,
那是永不消逝的涛声。

油田日出

夜的丝绒垂帘已变成薄绡,
乘着清风,
就要离开大地而去。

远远,在天的一方,
露出杏红一滴,
全宇宙的光仿佛都在那儿集聚。

难道天海上也有指航的灯塔?
几抹云像只只舢板儿,
向着那耀眼处划去。

青灰色的云倏然变得透亮,
一半嫣红,一半姹紫,
又幻化成无数岛屿。

我真想驾朵彩云到天海中去,
窥探那隐藏的秘密。
突然,它露出半个脸,

通红通红,奋力跳动,又惊又喜。
准是大地母亲依依难舍,
看它的脚步又变得迟疑。

终于,它攀上井架上来了,
顿时天地间金碧辉煌,
云霞织成七彩的旗。

油田怎么倾诉一夜的相思?
采油树绽开鲜红的心花,
钻塔亲吻它,以无限情意。

选自《中国当代女诗人诗选》,贵州人民出版社,1984年7月版

进桐乡

遥望,一片片云霞,
飘荡在逶迤的山岭;
近看,数不尽的油桐,
撑开鲜丽的花伞,一柄柄。
昨夜谷雨的水珠,
花瓣上那么浑圆、纯净。

横舒粉红的枝桠,
攀上山径,迭迭层层;
飘起蒙蒙的细雾。
沿着翠绿的河谷,一重重。
麦地上浮起粉蝶般的花团,
田水中有白云似的倒影,
路旁、山前、山后,
都有水晶似的花棚。

为春饯行,
那么纷繁热烈,情深意浓。
多少绽开的朵朵希望,
多少失而复得的笑容。

新月留下一幅剪影

收起长长的情丝,
剪断绵绵的歌线,
草坪沉静了,
一片迷蒙的幽蓝。

穿过蜿蜒的小径,
绕过蓊郁的丛林,
思想在高飞,
心头荡着春水。
且藏起热辣辣的秘密,
且留下深深的记忆,
慢悠悠洒下松软的脚印,
新月深情地留一幅剪影。

为什么脚步儿忽然加紧?
——青蛙打鼓,
田水跳出星星,
哦,今宵做一个甜梦,
明晨开秧门。

清晨,飘来了铃声

山峦,飘着乳白的轻纱,
树丛,薄雾中微露枝丫,
山乡的清晨多么静谧,
只有细雨迎风飘洒。

远远，飘来了清脆的铃声，
似一脉清泉欢快地跳出山峡，
是谁惊醒了群山的睡意，
第一个浏览这幅水墨画？

铃声震荡了山垭，
耳旁传来马蹄声踏踏，
雾蒙蒙里闪现一队枣红马，
像云天里飘来朵朵彩霞。

这是公社驮煤的马帮，
赶马人颗颗红心为了大家。
马儿又隐入了薄雾，铃声远了，
只有深深的脚印留在山洼。

选自《杉树林》，贵州人民出版社，1984年7月版

陈佩芸（1929年3月—）

河北丰润人，女。1988年加入中国作协。1946年开始发表作品。作品《大海与贝壳》获贵州省文联1980年诗歌创作奖，《春风，谱出新的旋律》获贵州省妇联1984年国庆征文奖，《夜，维多利亚港》获贵州省作协"97庆香港回归巨龙杯诗歌大赛奖"等。著有诗集《杉树林》《云雀》《月照高原》等。历任贵州人民出版社编辑、贵州省文联《山花》杂志编审。

20世纪

30年代
诗人

黎焕颐的诗

迎春，我取出密封的爱

迎春——
孩子用蹦跳的童心，
年轻的姑娘
用多情的眼睛。

至于我：
无须隐讳，青春
早已不属于我的年龄！
但我，并不因此而慨叹，
中年迟暮，华发丛生，
我取出密封的爱
是的，取出密封了一个冬天的感情，
走向江南早春的原野，
像蚯蚓那样和泥土亲吻……
然后，再用早春的积雪，
捏一个亮晶晶的雪人。

你看到了吗？
那鼻子，那嘴唇，
那笑眯眯的眼睛，
把我失而复得的
青年时代的单纯，
再一次呈献给世界
半是热情，半是冷静……

也许,他会渐渐消融于
阵阵春温;
但这,又有什么要紧呢?
一个人
假若不是无端被蹂躏
理应把属于他的
只有一次的青春,
化为滴滴水珠、渗透于泥土
去把小草的根须滋润。

假如因我……

当我回过头来,
检点曾经有过的失误,
发现几片天真的叶子,
仍旧留在属于我的
那棵生命之树……

多么好!
滋润的阳光,芬芳的露珠。
多么好啊!
浓浓地滴着嫩绿,
没有玷污半点脏土。

于是:我珍惜它,
犹如珍惜我最难得的财富,
尽管我,一直是负……
并且曾经几度被人骗取
但,我并没有学会玩魔术,
更没有把它当赌注。

也许，正因为是这样吧?
在生活之中我常常失误!
有什么办法呢?
成熟，不等于世故……

呵！茫茫尘海，
善与恶，常相角逐。
假若因我而妨碍别人上天堂，
我愿永远背上十字给他让路！

海浴

海，是诚实的，
袒开胸膛，赤裸裸……

水，是慷慨的，
不分你和我……

于是，大家都赤裸裸，
从头洗到脚！

是的，只有赤裸裸的洗，
才会洗尽身上的尘垢。

洗吧！洗吧！
像海一样的辽阔和洒脱……

有什么可害羞的呢？
洗去污垢更加磊落。

晨曲

黎明，霞光万丈，
蓝天，水汪汪……

告诉我，黎明，
那挂天边的半弯残月，
可是你和夜的拼搏，
留给大宇宙的重创？

谢谢你——我的希望，
每天，我都不声不响，
从大宇宙的东部，
最先给我们推开天窗。

谢谢你呵——我的希望之光，
你总是那么执著地寸步不让，
用星星，用月亮，用早起的
新鲜的太阳，在全宇宙的范围内，
和夜，进行顽强的争抗……
然后，再以你的光照所及，
把夜之魅，从我们手里掠夺去的
给我们以铺天盖地的补偿……

答友人（代序）

你问我的生活么？
我生活得挺不错。

爱,虽然来得很迟,
但,并不是无花果。
青春虽然抛弃在沙漠,
但岁月并没有蹉跎。
人生的这一盘棋,
我当过小卒和车、马、炮,
也演过不少的《将相和》。
三十年来储蓄不多,
只储备对诗的探索。
贫困吗?
但我并不是炸弹和火药。
我固然喜欢抚剑长吟,
同时也酷爱轻风驾起白鸽……

你问我的生活么?
我生活得挺执著。
除开带刺的触角,
海螺——属于我,
叶笛——属于我,
唢呐——属于我。
我——
一反过去的沉默。
老实说:
整个时代的痛苦和欢乐
都属于我。
而我,则是为这
痛苦和欢乐的时代而离歌。
也许,我正如你一样,
常常、常常不甘于寂寞。

的确,我很高傲,
我的背后,是中南海,是天安门,

我的前面，是万里长江，是九曲黄河……
环顾浩茫天宇，
谁有我这样开阔？
呵！尽管昨天"左"的狂飙
把我们的希望，
割成碎片，在远方飘落
但我并不怯懦，
依旧对生活爱得热火。

嗨！让开吧——
诅咒，失望，
愤激，没落！
这些灰色的情调，
和我们理想的色彩并不调和！

于是，我以歌当剑，
把这段历史切成两半，
一半作为个人的一只苦果，
深深地埋进个人记忆的密封盒；
一半作为我们民族的坎坷，
留给历史当苦口良药。

选自《起飞》，贵州人民出版社，1984年2月版

黎焕颐（1930年2月—2007年8月）

贵州遵义人。1984年加入中国作协。著有诗集《迟来的爱情》《春天的对话》《起飞》等。历任部队文化教员，青海日报社记者、编辑，上海文学报社副刊主编、副编审等。

张克的诗

贵阳杂咏（二首）

春

春天从喷水池出来了,
化作点点绿色嵌进草地,
化作片片嫩芽飞上枝头,
化作歌声挂在鸟儿的嘴壳上。

南明河中,
小船戏得春水动;
河滨公园,
恋人们谈得桃花红。

长

直起长的是楼房,
横起长的是街道,
楼房抬一抬头,云彩退一退,
街道伸一伸腿,郊野让一让。

哦,贵阳!成长中的城市。
我的心每天为你勾勒着新的图样,
我用电杆电线作尺子,
每天把你的高度和长度比量。

原载《山花》,1957年第11期

踩鼓

铜鼓咚咚咚,
挑逗着年轻人的脚步。
围拢来,朋友们!
我们围拢来踩鼓。

我们的裙子兴起春风,
大地在脚下由黄变绿;
我们的舞姿人人羡慕,
山峰和我们一起转动。

鼓点像一阵骤雨,
落在我们的心头;
脚步踩着鼓点,
心里有说不尽的舒服。

在铜鼓声中,
清水江纵情地奔流——
我们至亲的乳母亲呵!
养育着我们的民族。

在铜鼓声中,
苗岭的庄稼已经成熟——
我们至亲的慈父呵!
给予了我们大丰收。

在铜鼓声中,
小伙子在把姑娘追逐——
欢乐吧,年轻人!
鼓声中有爱情,爱情中有幸福。

在铜鼓声中,
老年人的脸上飞来了笑容——
踩鼓吧,老爷爷,老太太!
踩着鼓点的人,青春永远不走。

我们是舞场中的好手,
我们是劳动中的英雄;
鼓点催促我们前进,
我们的民族在追求幸福。

1956.9 于施洞

原载《山花》,1957年第3期

苗岭春景

昨夜夜半,
风敲门环,
天明知是领春来,
忙开门细看。

看山,
当真红了一片,
看水,
当然绿了一湾。

苗岭春,
年年见,
既相识,
又新鲜。

千尺桃花山,
相看两不厌,
十里杨柳湾,
相爱两不倦。

看男女社员,
不把春怠慢,
镰刀磨了又磨,
种子选了又选。

姑娘出门了,
瓣瓣光花缀春衫。
小伙出门了,
扬鞭驱牛犁春田。

山红原是花光照,
水绿因得柳色染,
苗岭春,广无边,
眼界越宽春越宽!

原载《山花》,1964年第2期

埋雪

夏天是干旱的地界,
冬天是冰雪的所在,
老人扛着锄头走来,
把这里的黄土挖开。

把这里的黄土挖开,
把无边的风雪聚来,
让它听老人摆布,
让它听老人安排。

让它听老人安排,
把它在锄下深埋,
今天埋下雪海,
明天流出春来……

1962.3.20

原载《山花》,1962年第5期

张克(1930年6月—2000年3月)

贵州关岭人。中国作协会员。著有诗集《征程集》《行云》《缪斯们的喀斯特》《大瀑布》,长篇传记小说《大地英杰》,散文游记集《贵州真山真水行》《贴着窗儿》等。长期从事编辑、记者工作,曾任贵州人民出版社总编辑。

罗绍书的诗

西游人物别韵

唐僧说

想吃我贫僧的人,
是想健康长寿,声名不朽。
但请小心咀嚼,
别忘了自己的胃口。
因为,在我身上,
除了可意的肥瘦,
还有嚼不烂的骨头。

八戒说

醉色、迷财、贪生,
虽是俺的小小毛病,
西行路上,
总有功劳一份,
没劳谁树纪念碑,
已见品性,
怎么、怎么
还以过是问?

沙僧说

直把肩头重担,
从流沙河挑到西天,

并非不会叫声苦,
师父把心掏给了俺,
(俺口笨词拙,
他不只看宣言)
俺还计较什么
长长短短,
恩恩怨怨?

行者说

原以为,
弼马温这头衔
不小于国家副元首,
出差,有专列,
御花园中,戏绿柳。
谁料是颗芝麻差,
连个二室一厅也捞不到手!
看来,所谓天堂,
比俺那花果山
不晓得逊几筹!

1990.1

黄果树大瀑布抒情

启迪

哪想一步走向世界?
临险峰绝岭,只求勇往直前;
哈哈,竟然名震中外,
气象万千!

来了、来了——
拄文明棍的欧洲，
漂洋过海来观；
挂轻便行囊的美洲，
穿云破雾来观；
包白裹头的非洲，
跋山涉水来观；
戴大檐帽的东南亚，
也风尘仆仆来观。
来观、来观，
留下了，爽心的惊叹，
带回去，如意的圆满。

游兴

黄果树瀑布之路崎岖蜿蜒，
许是游人修长萦回的思念。

黄果树瀑布峰峦耸入云霄，
许是游人从心海迸出的吧。

黄果树瀑布从天而降，大气磅礴，
许是游人的情思冲缺了银河。

黄果树瀑布的清晨洁净无尘，
许是游人的心地被荡涤一新。

黄果树瀑布的黄昏七彩生辉，
许是游人的诗句逐飞流溢美。

1985.6

贵阳阳明祠

一令轻发百世羞，
妄锁先生口与喉，
山洞、茅屋作讲台，
泥腿、布衣心相投，
把酒御寒流。
听，阳明洞内，
余音似还留……

选自诗集《美刺集》，贵州人民出版社，1998年11月版

罗绍书（1933年—2009年）

贵州省黔西县人。中国作协会员。著有诗集《浅刺微讽集》《美刺集》，理论集《美刺诗论》等。作品被选编入诗集《中国百家讽刺诗选》《外国百家讽刺诗选》等。历任毕节军分区参谋，贵州省人事局干部调配科干事，《山花》杂志编辑部主任、副编审。

寒星的诗

夜底歌曲

像两条五彩缤纷的长虹,
像两条斑斓夺目的金龙,
横跨太子河的两座古桥,
骄傲地伫立在迷蒙的夜雾中。

连星星全眨着疲倦的眼睛,
可是,桥上依然车声隆隆,
像早年边塞将士擂起的战鼓,
车声频频地摇撼着煤铁之城。

桥下,太子河唱着欢乐的歌曲,
桥上,生活底激流奔腾汹涌;
啊!祖国,就在灯火通明的桥上,
我也感到你青春的脉搏正急剧跳动!

不夜的城

夜,像一幅深灰色的帷幔,
从平顶山尖垂落到太子河上;
远处闪耀起灯火,一盏,两盏……
霎时城市变成了灯火的海洋。

焦炉、钢炉像从灯海里耸起的火山,
喷泉般地迸射出金珠一样的光焰;
炼铁炉吐着朵朵火红色的云霞,
美丽,奇幻,像情人含羞的脸。

这就是煤铁之城的夜晚,
到处飞扬着钢铁的喧响,
夜,不能阻挡生活飞奔,
英雄的城市夜里也盛着着煤、铁、钢。

1956.12.8 于平顶山麓

原载《山花》,1957年第11期

飞船

似风,如箭,
绿油油的江涛流送着一叶白帆,
像一匹脱缰的骏马,
瞬息间飞舟掠过万重山。

船飞如电,人嫌船儿慢,
无数只手在桅旁扯起了几条军毯,
军毯满衔着战士解放南满的歌声,
战船,像一只离开弓弦的箭!

1947.7.31 鸭绿江上

大娄山礼赞

云在山尖聚拢,
山在天外澎湃;
多少瑰丽的传说,
滔滔闯入胸怀?

一座山峰——
一个雄姿英发的战士;
条条山脉——
红色健儿跃马西来。

杉松是枪刺,
拨得满天乌云开;
巴茅是刀剑,
雷电闪耀千里外。

人去山犹是,
山也如人,依样风采;
是山得了人们性格?
是人去留得红心在?

看群峰捧出一轮红晶,
霎眼亮彻寰海;
多像当年遵义,
捧出骄阳普照世界!

大娄山应是纪念馆,
长久激励新一代。
大娄山该是里程碑,
创业的光辉永不败。

1959.2.20

歌头

黔西的万山丛中,
新添桐花多少朵?
夜晚的布依山寨,
新添星子多少颗?

一朵桐花一支新山歌,
一颗星子一个新传说,
唱着喜歌盘苦歌,
一个像水牯,一个是只牛耳朵。

阿妈拈着喜哥织彩锦,
阿爹赶着喜歌浇田禾,
公婆唱它枯树又逢春,
娃崽唱它壮得像团火。

千山万寨日不停音夜不歇,
邀得山应水来合,
唱了十年低头看,
还没唱尽一只山角角。

说不上是喜哥多哟,
还是新鲜事儿多!
今天我路过黔西向东走,
一路上就拾到几筐箩。

千朵万朵桐花撷一朵,
千颗万颗星子选一颗,
撷来选去挑中这支歌,
不知道合不合大家的耳朵?

选自诗集《远方有客来》,贵州人民出版社,1982年4月版

寒星（1934年—）

湖北武汉人。1982年加入中国作家协会。著有诗集《远方有客来》《绿岛相思》，诗论著《诗，在探索中前进》等。抒情诗《失去的阳光》获贵州省首届诗歌创作二等奖，诗歌《哦，孩子》获广东《母子情深》优秀征词奖，组诗《竹韵》获首届《星星》诗歌创作奖等。历任《歌词》杂志主编、《收获》杂志编辑、《山花》月刊编委、贵州省文化局创作室创作员等。

王蔚桦的诗

没有画完的画

在战士下哨的路上
有一块光净的石板
不知哪个下哨的战士
在石板上画了一幅图案

连绵的阡陌像一块美丽的地毯
宁静的村落飘着一缕缕的炊烟
山头雄屹着边防碉堡
战士握枪站在里边

日子一天一天过去
石板上的图案也一天一天变迁
每个下哨的战士经过这里
都把自己心上的景物添画在上面

有人在阡陌中添上奔驰的拖拉机
有人在村落旁添画了一座发电站
电线画得比蜘蛛网还要稠密
一直扯到遥远的天边

有人对这幅画还不满意
又在发电站旁添画了花园
又有人画满了森林似的铁塔
新的冶炼厂也正在铁塔旁修建

这幅画如今仍在下哨的路上
战士们每天都走过它的身边

可石板已经早就画满
战士们心中的画却还没有画完……

> 1955.12.4 滇西国境线

爱情的末班车

还是那颗心
还是那颗头颅……

——希克梅特

虽然我的桅杆曾被风暴折断，
那受伤的心啊依旧眷恋着白帆，
往事纷纷，大都如青烟消散，
你的音容却在我心中日夜盘桓。

二十年、三十年算不上长久，
千重山、万重山算不得遥远，
在思念的群山中我已修好栈道，
蜀道再难我也能走到你的身前。

不该把一切归之于无常的命运，
往事的谜底已被人们一一揭穿，
政治的风云似明亮的刀剑，
洁白的爱情在高压下进入冬眠。

惊蛰的春雷隆隆响了，
禁锢的热情有如迸发的火山，
还是那颗头颅啊还是那颗心，
丝丝银发竟将我推动的青春归还。

把失落的歌声找回来吧,
让沉睡的欢笑睁开睡眼,
亲爱的,请快快把行装打点,
爱情的末班车已开到面前。

1978.2.3

啊!细雨

你踮着足尖走下云车,
生怕把熟睡的大地惊醒;
你怕婴儿喝得呛噎,
才把一滴乳分成十份百份;
你怕给人们造成水患,
才把线纺得又细又匀。

桃花醉了,
一夜间染出一片红云;
禾苗也醉了,
转眼间挺起久屈的腰身,
大地披着绿色的大氅,
静静地吮吸你的甘霖。

也许雷电会责怪你不够严厉,
对草木表露了过多的温情;
也许狂风会讥笑你满怀婆心,
缺少建立声威的远大胸襟;
也许暴雨会指责你一贯右倾,
为何不把东海之水借来日夜泻倾?
让江河横溢,
让山洪雷鸣,

让大地一片汪洋，
让人们敬畏你如同神明！

而你自有你的个性，
自有你无悔无改的精神，
你博大的胸怀，
有着无穷无尽的热情。
你将乳汁洒进每片土地，
你将爱抚洒进每颗心灵，
像露珠一样柔和，
像夜雾一样轻盈，
像母亲一样慈爱，
像和风一样温存……

1980.4.5

选自《贵州新文学大系1919—1989·诗歌卷》，
贵州人民出版社，1997年8月版

你看好笑不好笑

小花羊，
咩咩叫，
胖得像个肥皂泡；
吃饱了，
睡足了，
到处跑来到处跳。
大牛走到它身旁，
扬起小角把牛挑，
以为自己力最大，
你看好笑不好笑！

鸭司令

东山头,出彩霞,
我到河边去放鸭。
小鸭水里翻筋斗,
大鸭双脚把水划。
小鱼小虾吃个饱,
鸭蛋生下满河坝。
大家叫我"鸭司令",
鸭儿都听我的话。

选自《中国儿歌大系·西南卷二》,
辽宁少年儿童出版社,2015年1月版

王蔚桦(1937年—2016年)

  贵州贵阳人。中国作协会员。著有小说集《鹰的故乡》等5部、散文集《销魂集》等5部、诗歌集《邓小平之歌》等6部,电视连续剧剧本《悠悠赤水河》《黄金高原》获省"五个一"工程奖,长诗《邓小平之歌》和电视连续剧《黄齐生与王若飞》获1997年中宣部"五个一"工程奖。贵阳学院中文系教授,享受政府特殊津贴。历任贵州省中国现当代文学学会会长、贵阳市作协名誉主席。

廖公弦的诗

大山一望

一望大山开胸怀,
千座挤成堆,万座连成排。
普天之下多少山,
一半跑到贵州来!

今日登高借长风,
不赞山高云矮,不夸山色气派,
来问人间所有山,
多少怀孕?多少生崽?

贵州山山姓氏在,
不是煤的宗族,便属金家后代,
煤锰铝,静静千年产崽,
钨锑锌,默默万古怀胎……

1981.3.21

山与我们的合影

刚把镜头打开,
山就跑了过来,
多像当年的战士,
依旧列队成排。

照吧,
赶快照下来!

娄山峰峰岭岭,
都是英灵长在,
我们与山合影,
像贴着烈士的胸怀。
照吧,
赶快照下来!

莫道山山无语,
无语便是期待,
默默站在身后,
愿我们继往开来。
照吧,
赶快照下来!

1981.8.30

山路

山路,山路,被大山挤弯的山路,
困在万山丛中,却又总不屈服,
决心盘山绕崖,不惜沾云挂雾,
千回百转,终归找着了出路。
贯通了千百个村寨,
联结了十几个民族。

山路,山路,你就是山民的脚步,
肩负重担登程,踩遍大山的脊骨,

我想我的祖国，也正是这般艰苦，
几十年迂回曲折，道路起起伏伏。
快卷起裤腿来吧，
跟祖国走一段山路！

1981.3.5

天地安详

太阳在西山峰顶上，
露出半个脸庞。

月亮在东山林子里，
闪动金色的衣裳。

太阳在窥月亮，
月亮躲着太阳。

借着我们的大山，
他们在捉迷藏。

天上跑出几颗星，
只眨笑眼不帮忙。

宇宙和睦，
天地安详。

1980.12.21

山间

绕了几座山，
摆了两回渡，
依旧还在大山中，
夕阳已挂西山树。
鸟正归巢，
人已迷路。

常在山间走，
何愁没去处？
任它山道弯环，
总连紧千家万户，
通向各个民族。

无论苗、侗、布依，
都会请你进屋——
冷米酒、热招呼，
叶子烟、土茶壶……
不是从前的"工作组"
便一朝见面一朝熟；
爱问上边的政策，
更关心中央的人物……

如今迷了路，
自可乱投宿。
夕阳歇在山好面，
我在这边更舒服，
找个苗族兄弟，
和他同床共铺，
好摆谈栽秧割谷。

明日再请他,
引我上归途。

奶

大山高高矮矮
新渠弯弯拐拐。

山多腾雾气,
渠长绕云彩。

雾腾犹如山头动,
云飞好似渠尾摆。

大山千百座,
都是山民的崽。

渠水十里长,
全是山民的奶。

奶汁送到布依寨,
千山万水长得快。

大山深处,
流着山民的情爱。

1979.4

选自《廖公弦诗选》,贵州人民出版社,2011年6月版

廖公弦（1937年11月—2003年6月）

贵州绥阳人，本名廖华钊。中国作协会员。著有诗集《山中月》《大山和我们在一起》《美人醒来》《廖公弦诗选》，与人合作创作电影剧本《毕生》。历任贵州省文联副主席、贵阳市文联主席、作协贵州分会副主席、贵州省诗歌委员会主任委员、《花溪》主编。

20世纪

40年代诗人

郑德明的诗

晒辣椒

不在报刊上,
不在荧屏里,
是谁将广告作在深山?
石板、晒坝、斗筐……
写满辣椒的文字,
勾出或方或圆的图案。

把采下的星星,
把采下的笑靥,
摊晒在一个个晴天,
让椒乡的丰硕,
就地在现场展览。

山野映红了,
空气熏椒了,
这广告,组成一道道风景线。
缭乱山外客商的目光,
招来车拉船载的赞叹……

原载《党的生活》,1998年第1期,与谭先猛合作

郑德明(1941—?)

贵州绥阳人,笔名张瑛。中国作协会员。著有诗集《苦觅的花季》《山太阳》《大山梦》(香港版)及《雄关放歌》(合作),散文诗集《潮声》,散文集《这一片热土》《故乡月》。组诗《当代的主旋律》于1986年获国家航天部首届航天文学奖,散文诗《高原人》于1991年获贵州省首届职工文艺创作二等奖。

张劲的诗

家访归来

家访去到十里沟,
归途圆月已当头。
三步花,
五步柳,
一路村寨灯火亮,
琅琅书声飘出楼。
学生夜读意正浓,
柳摇春风柔。

曾记当年家访归,
踏着暮色过村口。
不闻书声闻犬声,
几处儿童玩恶狗,
遇老师,
不识羞,
戏把教师称"教头"。
归来满腔愁……

如今又到村寨来,
胸中愁云早飞走。
月正明,
花正秀,
喜闻书声绕竹舍,
融着月华一起流。
心似蜜呵,
情如酒,

不出人才誓不休,
壮思飞北斗……

原载《贵州文艺》,1978年第4期

开花是一种分裂
——致梨园的一对创业者夫妇

  沃尔科特说:"只要我们能够在诗歌的树上添一片叶子,那就非常了不起了。"
  我说:"只要我们能够在梨花的瓣上,不碰落一滴露珠,也就非常知足了。"

——题记

从唐明皇的梨园里
流落民间
那一支霓裳羽衣曲
也播进了山村土地
长出来的梨树,不是
五音十二律
绽开来的笑靥
却是玉骨冰肌
春带雨

带雨梨花
是一朵朵浅唱
含泪的音符悄悄倾诉
倾诉,只交付风的相思
柳絮池塘,淡淡

春水早把秀眼觇满
林边小院，溶溶
月光最善舞长袖
漫空飘飞着香雪迷离

你爱喝酒
常邀梨花同醉
醉眼看花
花瓣里情节朦胧
一个黝黑汉子，用豪爽编织秀色
一片洁白花蕊，为贫瘠缝补清丽
生命在黑白里筑巢
梨园里孵出满窝时光
那是一盘下不完的人生围棋

当一枚枚棋子
大白于天下
你明白，开花是一种分裂
分裂是法则的绽放
当春英落尽繁华
也不会惊慌，你深知
结果是一种团结
从分裂——到团结
发福的月亮会在中秋夜
自圆其说，对秋风
说那些苦涩与甜蜜

原载《贵州日报》，2012年7月6日
收入贵州人民出版社出版的《黔之赞》等书

端午节前答友人

那边，雨量大么
我这里，五月
榴红似火　枝头
结出几粒蝉唱
一枚问候
阻隔，念关山太远
遥寄，叹云层太厚
子规声里
落日楼头
水上龙舟
旱情，可曾被汗珠浇透
多思是心绪的发酵
瘦影乃灯花的吐秀
以酒佐诗
不能
换之以茶
可否

那边，雨量大么
我这里，五月
艾草泛香
"哀民生之多艰"兮——
屈大夫添一丝苦笑
"日月忽其不淹兮"——
现代人少几许清愁
灵魂，不该被金钱绑架
理想，应放飞于时代渡口
汨罗江呼唤魂兮归来
慨然把栏杆拍遍

浩叹裂帛
以酒佐诗
不能
换之以茶
可否

原载《贵州作家》，2012年第25辑

菊，是秋天的裙子
——写在服装推销店前

休道秋色无边
树，只能给秋一个摊位
黄叶被西风廉价招聘
任移动广告
漫天撒娇
护城河叠波涌浪
波上寒烟不翠
服装店前
叫卖声炒得火热：
"英雄不问出处，
笑穿秋裙迈步"

秋裙下的皮鞋
多是高跟窄底
冷雨，收买了
浅浅深深的足迹
丛菊在路边擎起火焰抗寒
它们不愿爽约，于是
逾春越夏，走线飞针
从去岁赶到今年

只为缝纫——
缝纫一款
叫作"诚信"的品牌
菊,是秋天的裙子

原载《贵州诗人》,2016年第2期

张劲(1944年10月—)

贵州瓮安人。1979加入中国作协。发表过诗作、诗评、诗论、散文、文论若干,个人独立(或与人合作)出版研究著作多部,曾分别在研究和创作领域获奖数次。历任贵州社会科学院研究员、《贵州社会科学》副主编、省文艺理论家协会副主席、贵州省中国现当代文学学会副会长等。

黄邦君的诗

空山

空山饥饿的时候
只好吞食些鸟声
你和影子一起进山
立刻成了它的食品

山泉的胃酸消化着你
在九曲径上做肠的蠕动
叩动的足音
发出第一次肠鸣

你想建座真正的寺庙
你只是自己的偶像
那里没有山神爷
只有山本身
你没有户籍
但和那里的一切
都是山的子民

你想让豹不炫耀金钱
虎不彪炳赫赫的斑纹
羚羊可以保护自己的犄角
鹦鹉不再抄袭别人
猿啼重新提炼人性

你便以大山为枕
拨亮月亮的床头灯
任深山松子落

读空山不见人
让松针缝合山溪
没照过影子的童贞

空山饥饿的时候
便吞食些鸟声
你饥饿的时候
便吞食老子的道德经

冷风景
　　——致诗人寒星

那年，东海之滨
放逐一个没长胡须的笔名
骑在山国的双峰驼上
这里离琼楼玉宇很近
吴刚那里的茅台不时漏些下来
喂养那条从银河溢出的鱼
　　　烧酒内热而外凉
　　　你被嵌在双峰驼的天边
　　　发出淡淡的寒光
　　　成为一幅冷风景

你那些断层上的泪
从驼囊里滴下来
把一片贫瘠的梦砸了些小洞
高原只有一个草海
但你说那不是你的绿洲
　　　有一天你醒来
　　　发现很多山路都早已私奔
　　　于是你耸耸双峰
　　　向珠江岸边跋涉

双峰驼是沉重的岁月
压成的曲线
但脊柱依然挺直
我用目光圈点你那些苦涩的脚窝
你于是成了我书中的故事

选自诗集《生命的张力》，宁夏人民出版社，1989年1月版

在25瓦的太阳下

午夜。锄禾日当午
他在台灯座上
播下那颗浑圆的红豆
天上便长出25瓦的太阳
圆形的灯罩隆起天青色的穹庐
顿时烟草味布满了浓雾
整个宇宙和思维的球体
都高度集中在这里

地平面上堆满了书山
蓝铅笔在书行间
引出一道道河流
两岸全古藤线装的巉岩
不时还传来李白诗中的猿啼
还有红色的圈点
没有航标灯
全靠自己的判断
去发现新大陆

他终于找到了自己的垦殖区
稿笺纸仍以井田制的布局
不过旁边留下了间种和补种的余地
他耕得很深、很细。而且
对每一粒种子
都进行精心筛选
因此不到秋天
便收获一斗斗铅字
有些还被鉴定为优良品种

他就这样进行研究
一支鸭嘴自来水笔
在25瓦的恒温下
企图孵化一片春江水暖

编钟

是的，应该
把我们祖先的歌喉
编成队，排成钟
使劲地敲打吧
偿还那些被漫长的岁月
和厚厚的泥土
掩埋的歌
它们的声音
低沉而雄厚
辐射着殉葬者
悲壮的呐喊
和骨磷的燃烧

出土的声音
一当碰上阳光
便会在人心里长出绿叶
黄钟毁弃的日子
就用加倍的瓦砾和砂石封存吧
不能再让那些日子发芽
因为一只只倒悬着的酒盅
已经喝干了两千年的苦酒

啊啊！凡是真正的神
都只怕埋没
而不怕撞击
甚至脱去一层层锈衣
是声音，都让它
发出自己的天籁吧
只要不再编入庙堂的合唱队
不再把钟声缠绕在龙柱上
而是带着铸钟人
用血与火铸造的
金属般的渴望
奏出古老的华夏之声

我枕着地球思考

我枕着地球思考
两颗头颅在一起紧靠
我额上有深深的沟纹
它头上有纵横的堑壕
呀！十年洪荒，十年雨暴
水土的流失该有多少

而地球的一面
价值，被效益咬住
时间，被掰成分秒
而从胡迪尼式魔术袋中层出不穷的
是科学的发明创造
我躺在地上
真想用自己的头骨去将地球击个小洞
好窥探一下那边的奥妙

但我不能这样做
尽管我结识整个世界
而不只用大脑的东半球思考
但我知道，真正的蜜
只能用自尊心酿造
我决心用自己的交叉神经
去结构站起来的立交大桥
然后让祖国现代化的飞轮
在我神经上飞跑

我枕着地球思考
我读一张蓝天的日报
我睡在一张正在修改的草稿
我信手抓起一把阳光细嚼
呵！多么芬芳，美好
于是，我霍然从地上崛起
发现自己的头颅
比珠穆朗玛还高

黄邦君（1945年10月—1989年12月）

四川大足人。中国作协会员。1979年考入贵州社会科学院。著有诗集《抒情短诗一百首》《生命的张力》《十八岁的风》等。历任贵州社会科学院文学院副研究员等。

孙重贵的诗

贵州行吟（组诗）

花溪梦

我的花溪梦
花溪在梦中
水似青丝带
山如玉芙蓉
四季鲜花开不败
夹岸垂柳诗意浓

花溪美如画
梦中常相逢
麟山存古风
坝桥展新容
布依后生苗家女
笙歌曼舞乐融融

何时乘长风
飞越山万重
畅饮糯米酒
醉听好花红
真山真水真情在
高原明珠耀苍穹

梵净山魂

大自然的鬼斧神工
雕塑出了千古绝唱
梵净山巅的一座奇石
倾倒了宇宙万千目光

崔嵬直指巍巍苍穹
灵异震撼遥遥八方
古佛道场的万年灵芝
出神入化成超级偶像

春天编织净土花环
夏天沐浴红云骄阳
秋天悠然神游梵天仙境
冬天挺身而出傲雪凌霜

一朵灵芝万年开放
千树菩提如意吉祥
山的魂魄哟山的精灵
把山的风采四海传扬

请到林城来

请到林城来
林城情似海
山山水水美如画
生态家园人人爱

群峰披翡翠
环城绕林带
南明河水碧如玉
黔灵山中百花开

天蓝任鸟飞
地绿巧剪裁
东方风来喜盈门
爽爽贵阳春常在

杉木河漂流

高山青青
溪水清清
乘皮筏乐山乐水
悠悠漂进人间仙境

回归大自然
吆喝一声山鸣谷应
每一朵浪花每一尾游鱼
都是拾回的童心

漂流杉木河
净化了身躯净化了心灵
甩开红尘中一百〇八种烦恼
高山流水觅到知音

织金洞霸王盔

西楚霸王乌江自刎
头盔渺然失去影踪
织金洞里隐藏了多少日子
水落石出喜相逢

拨开岁月迷雾重重
又见当年叱咤雄风
力拔山兮气盖世翻转乾坤

一把火烧焦秦皇宫

历史无情石头有情
重塑项羽千秋美梦
不肯过江东方显英雄本色
霸王盔永驻霸王丰功

原载《贵州日报》，2013年12月13日

孙重贵（1946年10月—）

　　贵州人。著作三十余部，作品入选众多中外选集及中国香港教材。多次荣获"冰心奖""中国当代诗歌奖贡献奖"等奖项，被誉为"香港诗魂"。现任香港国际华文诗人协会会长、香港散文诗学会常务副会长、香港作家联会理事。

丁增效的诗

哭泣的云

并非所有的哭泣
都是痛苦
云哭了
哭得十分生动
一路上有风雷和闪电
送行

站在云的哭声里
我看见晶莹的泪珠
自天空落下
一滴一滴
直达地的根部
憨厚的土地
像憨厚的庄稼汉
憨厚得没有话说

云就这样以泪的姿势
走进泥土　不再漂泊
并在土地的怀抱中
脉脉地分娩出
鲜花和果实

面对哭泣的云
陡然想起
故乡的婚事

那出阁的姑娘
不也哭么

　　　　　　　　　　　原载《山花》，2001年7月

溶洞

世界上　并非
所有的隐私
都是丑闻

溶洞　大地的隐私
一暴露　便获得
世人赞美

　　　　　　　　　　　原载《花溪》，1999年第4期

早晨

鸟飞走了
留下鸟巢

空空的鸟巢
像一只酒杯
盛满阳光

树高举着
为鸟一路祝福

　　　　　　　　　　原载《贵州日报》，2002年2月22日

丁增效（1947年2月—）

贵州瓮安人。中国散文诗学会会员、中国诗歌学会会员、贵州省作协会员。1982年至今，在省内外刊物发表诗歌及散文诗作品。著有诗集《如果我们有缘》，散文诗集《悠悠岁月情》，作品入选《精短美文》《情爱百年》《中国诗萃》等。

周嘉堤的诗

茅草赞

在短视者的眼中，
它没有鲜花的魅力，
只默默地活着，
显得那样多余。
然而它柔软的根须，
却挽留住了万顷黑泥，
风雨中总呼唤着——
开荒的火，破土的犁。
终于等来了开垦的人，
它庆幸自己从荒原退居。
于是，深山里出现了座座茅舍，
为垦荒者抵御着风霜雨雪。

获贵州省首届文学奖

我和小草

鲜花在我的梦中变得模糊，
如今花瓣的形状我都记不清楚。
我后悔当初没有看个够，
以至留恋起早已消失的花圃。

我从记忆中发掘，
绿油油的小草长在记忆深处，

我曾在山岗上轻抚过它，
它纤弱然而内涵丰富。

这小草给了我启示，
远远的，就像绿色的雾；
它在贫瘠的土地上蓬勃生长，
不断积累看冰不见的财富。

于是我懂得生存的意义，
甘愿做小草一株；
虽然被大自然缤纷的色彩淹没，
连在一起却是诗人赞美的绿。

请为冤者起诉

曾经有过明亮的星星，
在我心灵的窗户；
曾经有过清澈的潭水，
在我灵魂的深处。

就因为我爱读，
爱读今天少年都爱读的书，
就成为射箭的靶，
我倒下了，心贴紧大地的胸脯。

昏迷中，星星被强盗剜去，
成为银河里两颗泪珠。
我醒来，我的潭水！
我的潭水已经干枯。

我没有被戴上手铐，
然而仍被扔进永世的黑狱；
我只能用心灵的辐射，
去探索人生的长途。

检察院同志，请为冤者起诉——
祖国大地就是法庭，
我的存在，就是物证，
我就是变成化石，后人定来考古。

地下水

我是地下的流水，
渴望能看到蓝天、白云和土地。
我知道，干渴的禾苗盼着我，
我也能使枯黄的叶子染上绿意。

然而石灰岩像深厚的雾覆盖着我，
阻止我飞向广阔的原野。
我激愤地冲击冰冷的岩层，
凭着流动产生的活力。

我在断层中千回百转，
终于冲出了禁锢我的岩层……
人们惊喜地笑着：水，水！
我应着笑迅速地流向大地。

可是石灰岩下我还有兄弟姐妹，
人们说：他们正在探测、挖掘。
不能让坚硬的岩层再埋没水流，
因为大地需要它，它也需要大地。

未来鸟

苦难中我常向往未来,
未来似快乐的小鸟。
美好是身体,希望是翅膀,
总在我心灵的空间鸣叫。

于是我拄着拐杖追随鸟鸣……
未来鸟,未来鸟,
它领我走过雪地,走过沼泽,
引我穿过弯曲的小道。

人们惊讶,我没掉进深渊,
人们疑惑,我居然摸出了黑牢。
是啊,我又瞎又穷,
纵然我有一只无价的未来鸟。

它飞在时间和空间的前面,
为跋涉者翩飞舞蹈。
它栖息在正直的人心窝,
分担着罪恶带来的灾难和烦恼。

它把假、恶、丑带进坟墓,
难怪恶棍和骗子诅咒它没有歌声,没有羽毛。
它是善良人心中的神啊——
昨日的冰雪已化作绿意滔滔……

选自诗集《我和小草》,贵州人民出版社,1981年12月版
获1994年全国奋发文明进步图书二等奖

周嘉堤（1947年12月—2002年3月）

浙江绍兴人。中国作协会员。1961年考入遵义师范学校。1966年因眼底血管破裂而双目失明。历任遵义市文联副主席、遵义市政协常委、贵州省作协理事、贵州省盲人协会主席。著有诗集《复活的琴声》《我和小草》《刺梨花上的月亮》等。曾获贵州省首届、第二届文学奖，1994年全国奋发文明进步图书二等奖，《星星》诗刊优秀作品奖等。

李发模的诗

呼声（长诗节选）

第一封信

你的信，像一根火引，
爆响了我们童年时代的笑语歌声；
同时，它又像一根刺藤，
绞痛了埋在我心中的苦闷。

你那双会说话的眼睛，
曾多少次向我叙说过"友情"；
我这颗少女激荡的心，
也多少回追随你熟悉的身影！
可是，我怎么能与你比，我的出身。

我在断崖前，你却有大好前程。
家庭问题，使我把身姿放低又放低，
工人出身，能使你把胸脯高挺更高挺！

是的，哪一个年轻人没有远大抱负，
哪一位少女又愿轻抛爱情？
尤其像你，有健康的思想，非凡的才能，
曾吸引住多少姑娘艳羡的眼睛。

但是，在重重压力下，我却不能，
不能向你敞开爱情的大门。
你想过没有，工人的儿子
爱上地主家的姑娘，
将给你的工作、前途带来怎样的厄运？

请原谅我吧，不是我不爱你，
而是我们之间有一道"万里长城"
尽管我还年轻，还年轻呵，
正值二十二三青春的年龄……

（捧着这第一封信哟，我像捧着——
她那颗晶莹而又痛苦的心。
与其说不答应，倒比答应了更为兴奋呀，
说是兴奋吗？我的心儿又为她隐隐作疼！）

第五封信

知识，竟成了耻辱的象征，
勤奋，竟遭到棒打的厄运。
人世啊，给我的难道只有失望，
横空，又飞来"小复辟"的帽子一顶。

教"民办"，嫌我这"地主崽子"
引坏了纯洁的学生，
申请入党，怕我这地主家庭的出身
玷污了组织名声。
搞农科实验，骂我——
天生的本性为"走资派"卖命，
考学校哟尽管考上高分，
榜上无名，还遭恶语扎心。

"狗息子，也想往上爬，
除非太阳从西边……"
"耗子生儿打洞洞，
哼哼，休想与工人的儿子通婚。"

啊！多么奇怪，多么奇怪的逻辑，
推导出一条荒谬的结论：

"地富女儿与工农的儿子通婚,
就会混淆阵线,带来国家变色的危险性!"

祖国啊,仅仅就因为我出身不好,
上大学没份, 参加工作没名……
祖国啊,难道就因为我是地主的孙女,
爱上工人的儿子也违反禁令?

广播哟,你天天在喊"辩证法",
为什么偏偏又搞"唯成分论"?
祖国啊,有着文明历史的祖国,
难道你就容忍那帮极"左"分子横行?

夜,已经很深很深了啊,
雨,还在下个不停。
雨呀,莫非也为我流下伤心的泪,
雷电啊,莫非也为我愤愤不平?

我疯一样在雨中跑啊,跑啊,
雨点,像悲伤落满了我的周身;
我在夜里奔跑,呼喊啊,
夜空中,回荡着我不平的呼声!

霹雳啊,你在哪里?你在哪里?
快快劈下吧,劈死这帮瘟神;
闪电啊,你在何处?你在何处?
快快斩下吧,斩断这伙祸根!

是他们,任意践踏党的政策,
是他们,用强制的武卫棒把人民的一切夺到手心。
啊!那位主任,那位"打砸抢"出身的主任呀,
半夜里,竟敢蹂躏我少女最珍贵的青春!

坏蛋啊,你能一步步逼死我,
逼死我,我却有不散的阴魂。

我死去也要作个厉鬼,
我死去也要抓你们到地狱审讯!

人民的心呵,岂容你们肆意践踏?
少女的心上,岂容留下你们的污印?
寻找死亡我跑呀跑上高崖,
石级呀,颤抖着把我举上峰顶!

告别了,倾听过我哭声的家乡,
告别了,曾与我一起流泪的雨云。
生我育我的祖国啊,告别了,
我在你怀中长大,死了也以你的怀抱为坟!

不是我想死,不是我想死呵,祖国,
我怎能割舍你生我养我的深情,
我还年轻,我要活,我要活呵,祖国,
我是千万个同命运的孩子中的一人!

隔着千山我看不见你的面庞啊,我爱过的人,
隔着万水你听不见我在高崖上的呼声:
我有冤,我有仇,我有恨啊,
但愿我的呼声能在你的心上引起共鸣

(啊!高崖,莫让她跳,莫让她跳啊,
她活在人世这么短,她还这么年轻;
啊!树藤,拉住她,快拉住她吧!
她还是个姑娘,还没做孩子的母亲

啊!雨住了,雷停了,夜色更浓重,
大地啊,这可怜的姑娘可曾睡稳?
啊!姑娘,姑娘,你就这样永别了吗?
黄土下,你是不是还满面泪痕……)

原载《诗刊》,1979年2月

获中国首届诗歌奖

忆逢现实

过"小桥、流水、人家"
再往前走
是"枯藤、老树、昏鸦"
跟着马致远，前行几程
忽见时日逆流而上，随势的拱桥
弓腰护落花沿河而下……

树影站桥头，想回避
对岸的鸦噪……却闻
飞驰的快速，一遍一遍
按响喇叭……

时势在变，正如
这山里的早晚
才忆书中"折柳"，而惜别
已转乘宝马

几翅春燕如剪，桥上谁的心思
如同乱发

原载《诗歌月刊》，2016年第5期
转载《诗刊》，2016年第12期
入选《诗刊》2016年度诗歌精品

雪落断桥

冰之白刃，割深秋一疋

裁为冬的孝衣，还是让山头
为春包一帕子

雪落断桥，一孩儿的嫩手
仿佛是世界
在挥动的春枝……

选自《李发模诗选百首品鉴》，贵州大学出版社，2016年8月版

岁月风在吹（组诗）

沉默

在沉默里垂钓往事，然后
又丢给沉默

沉默紧闭如黑匣子，已管不了
东南西北之风气，自知
沉默是已旧的日历，怕一翻开
有风如刀横立，吹走
几则记事

不提不提，失魂在沉默之下
落魄是沉默的根基
自个儿好好守着，图个吉利

人

人，是不是人

在猴眼中
也许是异类

到动物园逗猴子
猴子意识到
人,原来和它们的孩子
沾亲带故

自叙

在常人眼里,是个"老"字
在不屑者心上,是个"废"字
在妻儿嘴中,是个"病"字

生的味道,馁了
寻思"矮土",是一趔趄

累了,铺软弱在床上
还冒天真之芽,一头牛,一蓑笠
两脚如笔写童趣,却见
烟囱的黑道上,青云以上是玄虚……

是被荧光和目光烤熟的
一抹如血残阳,熟透之梨
就要落地
长不出甜蜜

病危通知

你来晚了,黄泉路上
客栈已满员

赶在天亮之前，紧锁的铁门转告
昨夜索命小鬼加班，太累
你先排队

等到正午，喊号的又说
有病情插队，因为忧患
你被抢救，误了钟点

唉！长眠那边也需"忍"
别了，太平间

明

日红月白，似爷孙俩
红红的脸蛋和白白的银发

哦！明白了
日红是天之子，月白是天老爷
天下，原是红与白调色的
全球意识

原载《人民文学》，2018年第3期

李发模（1949年4月—）

贵州遵义人。中国作协会员，中国诗歌学会常务理事，贵州省诗人协会主席。15岁开始发表作品。著有诗文集三十余部。长诗《呼声》获中国首届诗歌奖，被苏联作家叶甫图申科誉为"中国新诗的里程碑"。诗作多次获奖，许多作品被译成多种外文。

杜兴成的诗

祖土（组诗）

深情的土地

你看那故宫后院的大树，
枝繁叶茂，比井口还要粗，
五百年来，它吸吮着祖土的乳汁，
一头扎进土里，紧紧地把大地搂住。

古树饮罢春夏，当秋叶飘落的时候，
它又将叶儿掩盖在自己的根部，
然后，用多年沉淀的片片深情，
将自己腐烂，去变成肥肥的沃土。

你看那戈壁滩上的小草，
细黄瘦弱，比鸡毛还不如，
可它们为了生存，紧紧地抱成一团，
根儿却深深地钻进泥土。

小草摇摆着细弱的身姿，
不时跳起柔美的歌舞，
严冬到来，雪花把它们掩埋，
逝去的小草，却更亲地贴近生养它的薄土。

沉默的江山

大地有着无限的风光而显妖娆，
生长着茂密的森林和水草，

它的深处埋葬着无尽的宝藏，
丰盛的资源滋养着山河古老。

可是，自从有了强大的人类，
沉默的江山一刻也没有抛去过烦恼，
它的儿女们在它肥实的躯干上耕作，
点燃火种把它头上的毛发成片烧掉。

大地养育着聪明的人类，
可人类却从不给它以回报，
先民们赶着成群的牛羊，
在祖土的心上践踏，烙下伤痕道道。

开垦，扒开它身上厚厚的皮，
砍伐，剔下它头上大片的毛，
采矿，伸进它心脏的要害处，
盖房，压得它脉搏不能正常跳。

愤怒的神州

土地承受不住这极大的负重，
多病的祖土开始骨骼松动，
于是，山崩地裂，江河咆哮，
一把把黄沙，扔进我们居住的屋缝。

前天，地震捣毁了一座座城镇，
昨天，洪流卷走了一群群生命，
今天，沙雹向我们发出最后通缉，
明天，暴晒的日子将惩罚我们的子孙。

长此下去，人类便开始争夺生存，
民族与民族间矛盾定会加深。

没有了水,城市将变成古楼兰,
没有了地,庄稼难道可种上房顶?

到时候,人世间必然爆发战争,
为了各自的领地,兄弟间也难免流血牺牲。
或许只有到了那时,人们才开始悔恨自己,
忘却了土地是我们唯一生存的命根。

原载《诗刊》,2000年第12期

杜兴成(1949年5月7日—)

贵州绥阳人。中国作家协会会员、中国音乐家协会会员、中国电影家协会会员、中国散文学会会员。中国人民解放军八一电影制片厂著名作曲家。代表作有歌曲《战友之歌》,获"全国第一届音乐作品奖"和首届"中国人民解放军文艺奖"。为电影《马贼的妻子》《东方巨响》等六十余部影视剧(片)作曲,影片获得过"金鸡奖""华表奖"等。文学作品《白静的蒙古包》获全国散文一等奖。

龙治水的诗

乌江魂

浑浊汹涌引领风暴几千年
凝就一川雄风满江悲壮
奔腾咆哮势如滚滚春雷
深谷为胸襟高山为头颅
浪涛激荡多少船帆依然
号角马嘶多少诗文沧桑
今朝日出犹如壮烈的分娩
先烈的鲜血染成黄河的呼唤
山民勤劳创造出惊涛骇浪
大江的摇滚大江的裂变
汇成民族的魂魄民族的血性
东海因之不枯南海因之蔚蓝
高原因之峥嵘瀑布因之磅礴
万象终有终结时唯留万古江水
在时间里流在更新里流
在寂寞里流在莽奔里流
在山花里流在征服里流

改革者致瀑布

我们就在这里把常委会举行
把第一次常委会举行
把使命、果敢、激情
交给你断然的轰鸣

你从潺潺的流音
从曲折蜿蜒的远方来临
我们每颗惶惑的心
都得到不屈不挠的洗礼和馈赠
让那些市侩哲学在这里低头发愣
让今天开拓性的每个商鞅
喷发出"飞流直下"的千钧雷霆
反而叫车去裂、车去破、车去损
面对瀑布,你的气韵激发了我们
用你的浪花洗涤我们宽阔的胸襟
以你的果敢,你的雄浑,你的憧憬
为我们这一伙常委高歌壮行

原载《诗人》,1986年第2期

高原大瀑布

因为大高原大瀑布的缘故
时间和空间在这里犷悍
招龙节、翻鼓节、斗牛节……
开凿了一条犷悍的河流
阿公和阿婆形成了两岸
他们将猛虎猪皮拴在腰杆上
大摇大摆让兽中之王倾倒
他们的儿女像大瀑布一样骄傲
手握奔腾万丈的惊涛雪浪
陡然一阵阵大歌飞歌的澎湃
儿子最终成为铜鼓擂响山崖
怀抱大瀑布纵情高歌
他们的孙子引领百鸟而笑

把高原当成滑滑梯戏耍

转眼间犷悍成绵延的山脉

而孙女把白云织成定情的手帕

包住一座大山承诺一匹骏马

绣出一只苍鹰暗示一片柔情

以大瀑布约定了好日子

只等待意中人的山歌飘过山梁来

原载《诗人》，1986年12月

龙治水（1949年12月—1995年3月）

贵州瓮安人，笔名文鹏、苗家文等，苗族。原贵州省作协理事。作品见于《山花》《诗歌报》《安徽文学》等。著有诗集《爱情回旋曲》《爱情的季节》等，与人合著《在洗马这片土地上》等，作品入选《探索散文诗选》《中国新文学大系·诗歌卷》等。历任中共瓮安县委常委、县委宣传部长、县人大常委会副主任、黔南州文联副主席。

贵州诗人

20世纪

50年代
诗人

四十年

李报德的诗

清明怀父

以芳草为邻,
与白云为伴,
父亲从此住在高高的山上,
可以俯瞰城郭,可以极目远望,
——那是一个让我魂牵梦萦的山岗。
父亲啊,您葬在儿的心上,
如那幅永远不会再衰老的遗像,
让儿想您时赤心滚烫,
让儿想您时泪水清凉。

我儿时的摇篮,
是您硬朗的肩膀。
您是一棵大树,
时刻庇护着我的荫凉。
您无数次夺走我手中的柴刀,
老茧却布满了自己的手掌;
当我蹒跚学步,
您就递给我一支铅笔,
目光中充满深深的期望。
晚上,对着油灯,
您认真听我诵读课文,
打盹了也笑得那样阳光。
您把一腔父爱深深藏在心上,
像一座静穆的山岗,
只是默默地、默默地为脚下的小草,
提供最肥沃、最肥沃的土壤。

重病将您击倒在床，
我却戍边远在他乡。
怀揣一封加急电报，
为儿携妻女千里回乡。
您已骨瘦如柴，病入膏肓，
只笑笑说"潇儿的眼睛好像你"，
就再没有多余的话讲……

每年的除夕、清明，
父亲啊,我都要给你烧纸焚香，
还要把上好的烟酒供上。
可是啊
您在世时儿子不能进药端汤，
没过上一天好日子，
您就撒手人寰、驾鹤西往。
逝者如斯，
白云茫茫，
满桌供品谁享？
抬头问上苍，
无处话思量。

复活节
不能复活的
是我的父亲；
清明节
能够清明的
是我的父亲。
您从来宽厚、博爱、仁信
一切随缘，从不苛求
就像这人间四月天，
惠风和煦，
春和景明。

您宽厚的巴掌
很少拍到儿女的头上。

凝望您青草萋萋的坟头,
儿子心中终有解不开的疙瘩,
愧疚如无形的鞭子,
无声地把我抽打。
今天又逢清明节,
天清气朗,
满山樱花,
父亲啊,我就跪在您的坟前,
我真想、真想
真想讨您一顿责骂。
但是,
唯有山风阵阵,
松涛哗哗,
幽兰独自开在坟头,
青藤爬满了篱笆。
只有梦里依稀相聚,
醒来潸然泪下。

原载《山花》,2011年7月

李报德(1951年4月—)

贵州瓮安人。贵州省作协会员。公开出版诗集《黔灵行吟》《黔灵山人诗词选》。历任贵州省人民政府副秘书长、省人大教育科学文化卫生委员会主任等。

陈春琼的诗

我是支柱

再捋不到一丝风
再吻不到一颗星
只有矿灯清澈的光束
叫我时时看见比夜更黑的煤层

我沉重,一切沉重的因我的沉重而轻盈
我寒冷,无限的热能因我的寒冷而诞生
我为征服者开拓广阔的道路
我支撑起雄伟的地下长城

我不是参天的大树
我是地底下的支柱
我,将为祖国的繁荣安于寂寞
我,将为人类的光明献出一生

苦艾

那时,在这个地方
我们曾经苦苦徘徊
有句话挣扎在各自情怀

一阵狂风
像蒲公英的两朵小伞

我们匆匆飞开,匆匆飞开
那句话终于不曾说出来

如今,在这分手的地方
生长起一蓬苦艾
夜夜它都乘着清风
在我的梦里摇摆

彩虹

时间是四时的花朵
我细数着花瓣,把每一环计算

待到该相见时
偏隔着无垠的空间

砸碎时空的囚笼
让真挚的友谊为我们搭起一弯彩虹

七色的光辉中
你长久地投影到我的心间

瞬间

梧桐树干冰玉般清凉
而我的脸颊滚烫
猛然,我把脸贴紧树干
愿树叶沙沙的低语
将怦怦的心跳掩藏

我灵魂中孀居一册珍藏的书
储藏着一个羞涩的希望
一旦真正地被你发现
我又像奔逃的小兔一样惊慌
多盼你,摘片绿叶遮住我的脸庞
绿叶却像高倍显微镜
无限地放大了我的焦灼与彷徨
你呀,莫非你竟是一朵吊钟花

任我等待
也听不到你的一点声响

故园葡萄

故园的记忆中有一串葡萄
永远熟不了的葡萄
葡萄架下我们曾经约定
等它甜了将它摘掉

可是,没等到葡萄成熟
我们便在迷惘中走散
那串葡萄因此萎落
永远带着酸涩的味道

我的路弯弯曲曲地延伸
一路见过多少甜美的葡萄
多少甜美的葡萄我都忘记
唯独那酸涩的葡萄永远忘记不了

选自《中国当代女诗人诗选》,贵州人民出版社,1984年7月版

陈春琼（1952年8月—）

贵州遵义人，笔名玉京，女。2004年加入中国作协。1978年开始发表作品。著有诗集《青色的相思子》，散文诗集《孤独的伊甸园》《为你流泪是我的欢乐》，诗文集《菩提树·红尘路》，编著文集《遵义人物谱》《裁剪虹霓满天》《微笑的太阳》等。曾获贵州省首届文艺创作奖、全国煤矿文学一等奖、省职工文艺创作奖及乌金奖等。1998年评为省文联中青年德艺双馨代表。历任遵义市第一届、第二届政协委员，贵州省作家协会理事，遵义市作家协会副主席等。

龙超云的诗

自治州素描

"亚西卡"对准老州长
焦距调准自治州的远景规划
谈森林,谈工厂
说扶贫,说增长
我想如果决战在战场
他肯定更有大将风度

那位女大学生足蹬平底鞋
在中国女性升高一公分的时代
她栽的果树早就儿女成群
而她还是朵无果的花

"单身行走的人走得快"
她眼里流着清纯也流着复杂

鸭舌帽盖着个秃顶工程师
工程师又藏着颗倔强的心
他在监狱里自学成才
学制二十年但没有学历
有人抓住他的"从前"不放
他抓住中国式建筑死了也不放

年青县委书记慷慨陈词
从毛马路说到微电子
省长坐在他身旁

想着苗乡
想着和他一样年青的岁月

小轿车驶向公路
省长突然说"超载超载"
司机想起后箱的鸡蛋有些惶惑
省长却拍拍自己的肩膀
蓝的上装上
无非有七八根灰白头发
枕着风沙睡得正甜……

原载《民族文学》,1985年3月

我有一块红色纱巾

汽笛
催促你
接受我难以名言的信息
车厢
嘲笑我们的手
始终不敢握在一起
车站
正上演中国人的别离
脸红的叮咛
悄悄地眉来眼去
到了最后那个昏眩的时刻
一个纸包偷偷钻进我的手里
呵,我有一块红色纱巾

哪怕淫雨绵绵
哪怕寒风四起

哪怕今天被明天磨去
哪怕我身边消失你的踪迹
但我知道
你的足音
终究会朝这个方向奔来
你的眼睛
一定会穿透遥远和偏僻
敲响我沉寂的心灵
呵，我有一块红色纱巾

原载《花溪》，1984年4月

八月，走向成熟

田野
解开金黄的蝴蝶结
让披散的长发
在水波中流动

山间
做了母亲的红高粱
禁不住风的嬉戏
腼腆地垂下头

充实了
饱满了
在大地与太阳之间
告别春天的梦

摘掉夏天的绿头巾
戴上初秋的黄草帽

八月　越过岁月的肩膀
走向成熟

原载《苗岭》，1984年第6期

草海雾

不知天上来还是地下起
不知有意还是无意
你围着草海　依着草海
不肯离去　不去
人说是彝家女人乡愁依依
盘旋在草海的呼吸里
埋伏在大山的树林里
忽然间太阳亲吻了你
索性就化为露珠
与草海融为一体

原载《贵州民族报》，1990年11月5日

龙超云（1952年8月—）

贵州锦屏人，侗族，女。贵州省作协理事。贵州省人大常委会原党组书记、副主任，第十二届全国人大常委。

程韵的诗

七月的美姑

七月十五的月亮以及多情的风
不快也不慢地来了
清纯的目光是彝人的火把
从山里向山外燃烧

美姑河奔涌于宽阔的峡谷
彝人的爱充溢着两岸
养育着的青草铺天盖地
我的心纯洁在毕摩的洗礼

朝着龙头山我从夜里开始
骑上骏马挥舞着宝剑祭祖送灵
惊怵美艳的姑娘而不倾诉
走出了老远我也会靠过来

秋天的慷慨是我过冬的美餐
一个人的生活孤单不是主题
美姑一次又一次地弹奏
我被渐渐落下的太阳吻得流泪

山里的彝人

马洪觉村彝人的院坝
到处晒满彝人的收获

为山外来的彝人
增添一道又一道风景
喜悦里的山里彝人
忘不了把远古抬出来晒晒
总忘不了把今天端出来展展
希望和收获
在欢笑中掉进喝干的酒杯里
只剩你我蕴藏的亲情

美姑

美姑的歌
飘得很远很远
我疯了
在月光下

如果不是美丽的山
哪会有如此多的美女
如果不是美丽的水
哪会有这么甜美的歌

可由我自主
可由我凋零
只有这么一次
美姑任我激情

选自诗文集《诗意的美姑》，四川美术出版社，2006年7月版

程韵（1954年2月—）

贵州纳雍人，彝族。贵州省作协会员，贵阳市作协常务理事，贵阳市花溪区文联原副主席、作协主席。曾获贵州省政府文学奖。

赵宽宏的诗

一位施工队长的诞生

他的名字被百十张嘴默念着
他的名字被百十支笔在百十张选票上
　　重复地书写着
他的名字被百十颗心呼喊着
当最后一颗圆润的音符
挤开唱票员唱惯前任颂歌的
　　两片厚厚的嘴唇滑出来
滑出来撞响一阵火爆爆的掌声
搅拌机一样大嗓门的欢呼
涌着青春的血欢呼
　　被掌声拍得滚烫滚烫的
二十五岁的潇洒的年龄
臂膀上鼓胀着饱满的力的年龄
和知识和科学的管理一起
被欢呼在工地会议室里
抛过来抛过去

　　　　　选自诗集《贵州新文学大系（诗歌卷）》，
　　　　　　　贵州人民出版社，1997年8月版

日出

一轮红红的太阳
从工地，从脚手架上

弹起来了
像我的青春一样
　　　富有弹跳力

我展开手中的工程进度表
那个红箭头升腾的雄姿
不就是
　　一次伟大的日出么？

我手持瓦刀
攀上了脚手架
太阳在我背后和我比赛
啊，我不就是一次伟大的日出么！

　　　　　　　　原载《星星》，1985年第5期

我在施工合同上签了字

祖国，我在施工合同上
　　签了字
我用汗水和青春
在施工合同上
　　签上了速度和效率
于是，我担保着
　　——祖国未来大厦的稳固

我签字
我庄严地提起笔
像塔吊挥起了长臂
撰写一个时代的繁荣
讲述工人阶级的宏伟构思……

我不会忘记，我的笔
曾在信念的岸边搁浅
曾和生活一起冻结
今天，终于蘸着春的讯息
蘸着沉甸甸的思索
  和思索后的勇气
在施工合同上
在长满青苔的记忆中
   开拓出一片崭新的领地
我的名字
就是这片领地上的
  第一块基石
祖国大厦呵将在这块基石上
  辉煌地站立

原载《山花》，1982年第10期

赵宽宏（1954年10月—）

  贵州开阳人。笔名江北汉。贵州省作协会员，贵州省散文学会副会长。作品见于《人民日报》《山花》《星星》等。有作品入选高考阅读及制作成中学试题。《读者》签约作家。

黄明仲的诗

美术的眼睛

穿透千年烟雨
透视哲学的精髓
智慧掂量出的美
修饰延伸的世界

透过你的眼睛
我们真正地看到了
主宰世界的
还是真善美

纷繁复杂的意识
上一层光闪的釉之后
借用云彩和鲜花
把凶残与贪婪隐藏

所有形形色色的交易
所有伪装的精湛伎俩
在阳光的反光镜里
都逃不出七彩网

经历了烽烟血雨
经历了枪声炮火
颤抖的大山忙着泛绿
惊悸的溪水恢复歌唱

啊,美术的眼睛
你以犀利的炯光
给了我们聪明和智慧
给了我们信心和力量

原载《人民日报》,2005年12月13日

绥阳,诗的山情水意

绥阳,你是《诗经》黄页中的一个点
这个点,正在一天天亮起来,放大为
诗歌的山谷,诗歌的海洋
诗的山情水意,就这样荡漾开来
荡漾在两千五百六十六平方公里的土地上

遥想当年,东汉尹珍在这里开馆讲学
率先打开绥阳文明的史册,诗歌的乐章
越过魏晋、盛唐,朝拜一座座诗的山峰
二冉的诗句,吮吸着绥阳山水的智慧和灵光

从悠远、厚重的播州故地
到今天日新月异的诗海、诗乡
我们在诗歌的历史长河中穿越古今
我们读诗,一篇篇翻阅,竟有幸读到了
被毛泽东主席批示、赞扬过的诗行

一轮山中月,陪我读家乡的诗
后水湖气象万千,宽阔水万千气象
双河溶洞,告诉你什么叫鬼斧神工
双门峡情侣瀑,闪烁着迷蒙醉人的银色光芒

红豆杉和珙桐,年年在春风里起舞
叠翠的山峰,是修身养性的天堂
还有朝天椒的红,空心面的空
注入两千年悠悠诗河,溅起浪花叮咚歌唱
平平仄仄的音节、音符、音律
都是绥阳的山情水意,在永不停息地流淌

乡有诗,方有灵魂
诗有乡,才更有气象
在诗乡读诗,从杨柳青青到大江东去
从甜美的山歌,到李发模《呼声》的激越铿锵
一颗颗心灵,怀揣诗歌的小册子
强健的脚步,踏着诗的节奏,走向远方

啊,绥阳
在诗的山情水意间
有诗的速度,诗的梦想
有想落天外的浪漫飘逸
有激情似火的神采飞扬
且看淳朴的绥阳,生态的绥阳
张开热情的双臂,欢迎远方来客
你们不远千里而来
一定要好好看一看我的家乡
相信你一定会不虚此行
在这里走一走,你就会满面红光
因为这里有最美的山,最美的水,最美的人
因为这里是诗乡,诗乡的土地上硕果累累
诗乡的天空,格外明净,正升起一轮辉煌的太阳

原载《诗刊》,2015年8月下半月刊

有人偷走乡村的时光

每当土地与村庄熟睡时
便有人偷走乡村的时光
静静的晚风,码垒无尽的
秦砖汉瓦唐月,此处已无囊萤
唯独夜莺在悄唱

找回杳杳星汉,找回乡村的夜晚
暗恋时光的脚步沉眠
打开层层衣襟,送别驽马栈豆
一路辞队情发的乡音
响彻开外,灼灼其华

原载《星星》,2015年6月上旬刊

黄明仲(1955年10月—)

贵州绥阳人,笔名陈梦飞、李明奇、朗月、洪峰等。中国作协会员、中国诗歌学会会员、中国散文诗学会会员、贵州省作协会员。1977年10月开始发表作品。作品见于《人民日报》《诗刊》《民族文学》等。2005年—2017年连续在《人民日报》上发表诗歌。著有诗集《春天的语言》《快乐之歌》《万花谱》等18部。

蒋德明的诗

墨舞

赤足伸进历史
这是我们最初的
行走方式

将凝固的液体
慢慢融化开来
你倒入古砚里的水
已不是水了
砚会告诉你
活字排版之前
你已　黑字落在白纸上

脚趾踏破鼓点
丈量历史
每一步都跳不出
墨的韵味
不信　你可闻闻商周的青铜
兵俑的铁甲长城的每一块砖

上下五千年
弄墨者　　都
一一倒下
唯有墨　以柔克刚
楚楚动人

花溪憩园

我与一个女子约好
在巴金萧珊结婚的憩园相见

夜色没有到来
风在将一朵黄花肢解
一盏一盏次第点亮的灯
麻木了我的眼神

越来越浓的夜色
将一个个的人影拐走了
我一个人走进憩园

花溪是爱河
我在读憩园里的一些文字
我肢解文字的冷暖
将寂寞喂养
却撑大了往日的伤口

昨日重现咖啡屋

你在昨日重现咖啡屋喝一杯咖啡品雨的时候
我剩下的故事就在你的目光里找到了结束
无论是什么季节都会因人的离去而不再重现

今天一同坐在咖啡屋的人
似曾相识地走近,各喝各的咖啡

莫名的一笑,味道如巢

有的人,在这个季节喜欢华丽着装
她就不懂,在这个季节,任何华丽都是败笔
谁也不能与春天比绚烂

坐看斑驳的往事落地成灰
背影成为风景,有一种声音穿墙而过
那是风吹落花的声响。

感冒

许多时候
只需一步
我就可以走在人群里
走在热热闹闹的灯红酒绿里

转过身去　看见朋友在接吻
前两天　他与她因感冒分开
退回来　我已没有了抗体
我就在别人的接吻里
感冒了一周

情感病入膏肓的时候
最了解的伴侣是自己的影子

坚持不打点滴
宁愿孤独地猝然死去
也不愿接受热热闹闹的心胸手术

留在老屋墙壁上的画

那年，当我在老屋的墙壁上画画
居然把外公外婆笑露缺齿的脸，画成了菊花
外公举着拐棍追我，与我歪歪斜斜的铅笔字联欢
又是重阳，菊花依然烂漫
只是老屋的墙里墙外已不是从前
一些与重阳相关的人走了，我那些树枝走向的铅笔字
已经走失了多年

一棵树

鸟飞远了
树叶也落尽了
风告诉我
云，是树举向天空的
叶子

又是芦花飘雪，我读秋水
想你携我漫步十里河滩
白鹤孤影，你为我的诗来读我
我不是诗，只是骨子里
有唐诗宋词的脊髓

背景是千年诗经
站在河岸的吟唱
白露为霜的弄墨者
我知道秋风吹落的叶子不是花瓣

因为有你,我把这个秋天的落叶
望成了花

回到诗经最初的地方,种一株幼苗
千年地在风雨中成长,沧桑落尽
花影不老

蒋德明(1955年10月—)

  贵州贵阳人。中国作协会员。作品见于《诗刊》《星星》《绿风》等。著有文集6部。获第三届贵州乌江文学奖,第一、第二届贵州诗歌节尹珍杯优秀创作奖,《关雎爱情诗》2015年度十大实力诗人奖等。诗歌作品有英、日等语种推介到国外。

傅传耀的诗

我们的一九七八
——献给1978年参加高考的所有学子

一九七八,
特别特别呀,
那年的春天哟,
羞涩,
温婉,
姗姗而来,
时令已过盛夏,
春雨,滴答、滴答。
小草说:
下吧!下吧!我想萌芽。
小鸟说:
下吧!下吧!我憋坏嗓子,早想叽叽喳喳。
小溪说:
下吧!下吧!还我本性,哗啦哗啦。
高山说:
下吧!下吧!回报你们烂漫的山花。
大地说:
下吧!下吧!春风化雨,早该绿了。
忽然,
一道霞光万丈的闪电,
一声摧枯拉朽的惊雷,
一场天崩地裂的暴雨,
一缕五颜六色的彩霞,
草长了,
莺飞了,
溪满了,

花开了，
大地绿了，
揣着忐忑的小兔，
踏着刚毅的步伐，
沐浴阳光。
已经错过一九七七的开考，
一九七八，
我们来了。

一九七八，
给您说说我们这代人心酸的笑话。
不像一九七七，学兄学姐，
捷足先登，心驰神往，
更不像以后应届小弟小妹，
年龄整齐划一，容貌如玉似花。
曾经心灰永远关闭的高等学府，
大门徐徐开启，
突如其来的幸福哟，
我们犹豫彷徨，
我们心花怒放，
一张晚来的薄纸，
催下了喜悦的泪花。
老三届、新三届、应届生，
我们三代同堂。
还有那颠倒的历史，
以前的学生，
站在讲台上，
给我们当年的老师训话。
酸酸的果子，
悄悄地吞下。
还没到期末，
收到了稚嫩的电话，

"把成绩单带回来比比哟。"
"爸爸,妈妈"。
"妈妈,爸爸"。
六七十分的老学生,
除了尴尬还是尴尬。
令人羡艳的是师生同登一榜,
一个住上铺,
一个住铺下。
期末的考试总能捉弄我们,
学生总是名列前茅,
我们却甘拜风下。
一个班,
一百多条光棍汉,
只有几朵班花,
那随风飘移的眼光,
总是被同窗盯得把头埋下。
《这一代》,
《启蒙社》,
《炉中铁》,
深深地吸引着眼球,
跃跃欲试展示的是初出茅庐的才华。
怎么能忘记哟,
操场上微弱的路灯下,
学生会周末的晚会,
令我们手足无措,
目不暇接。
引吭高歌《我们是八十年代的新一辈》
圆舞曲里,
踩田埂的脚步伴着充满萌动的青春,
尽情挥洒。

一九七八,
我们蓄势开跋。

时代的宠儿。
历史的巨轮,
我们不驾谁驾?
回到农村:
深知父老乡亲的疾苦,
他们并不是一群懒汉,
脑子里装满的千年烙印,
患均不患寡。
是我们亲手砸碎了,
"三级所有、队为基础"的枷锁。
到工厂去:
争取简政放权,
推动绩效挂钩,
膜拜过马胜利改革,
学习过乔光朴如何当家,
过剩的纺机,
我们高举铁锤一下又一下,
砸,砸,砸。
去了学校:
面对渴望知识的小脸,
就像回望我们的童年,
尽管我们没有经验,
校长,主任,担子敢扛下,
无论初中、高中,
初生牛犊虎不怕,
自己只有半桶水,
什么都敢教,政史、汉语、数理化。
三十多岁的我们啊,
好多尚没有自己完整的家。
走进机关:
打水拖地,
写墙报,画版画,
刻蜡纸印简报,

走路送文件，
骑车跑乡下，
出调研报告，
书写重要文件，
还有领导讲话。
时代成就了我们，
做决策、抓调度，
挑对手、跨战马，
疲于奔命，心里乐开花。
腐朽陈规，
过时制度，
蔬菜食品的票据，
排队分房的惯例，
福利渠道，
果断下闸。
微微开启的国门，
用力把它洞开，
吹进了新鲜空气，
飞进了几只苍蝇蚊子，
有伟人给我们壮胆"不怕，不怕"。
高高的文坛，
勇于攀登，
讴歌时代，
捧回诺奖，
反映生活，
记载历史。
再高的山，
再险的路，
持之以恒，
我们爬呀爬。

一九七八，
开启新时代，

真的很伟大。
回首往事，
时光流转，
有人问我们：
悔过吗？
没有！
斩钉截铁的回答。
任何人无法选择出身的时段，
嗷嗷待哺，
吃树皮，
咽菜根，
食野果，
最好营养，
是一块玉米粑粑。
正因为这样，
迸发的是不竭动力，
这一代人深知，
什么叫酸甜苦辣。
牙牙学语，
手捧红宝书，
本该书生意气，
义无反顾，
到广阔天地里滚一身泥巴。
"上海那么大，没有我的家"，
"美丽的西双版纳，留不住我的爸爸"。
食过生肉，
满身虱子，
时代的孽债，我们亲身演绎，
岁月的蹉跎，我们童颜白发，
看似残酷的积累，
练就的是，
心忧天下！

卅多岁仍是光棍一条，
快过高龄产妇尚未谈婚论嫁，
压抑着青春，
响应了号召，
一对夫妻只有一个娃，
有人说时代对我们不公，
我们体会是：
正好，负担轻，一辈子都潇洒。

一九七八，
四十载春秋冬夏，
四十载青春浪花，
四十载岁月如歌，
四十载理想升华，
我们该向您挥挥手，
再见了！
但还有两句心里话：
感恩翻天覆地的伟大时代，
生得逢时，
幸运弄潮，
踏浪前行，
我们成了时代宠儿，
永远永远，
散发着正茂风华。
还有永葆青春的伟大组织，
"教我们学走路"，
"教我们学说话"，
我们是历史的舞者，
是您提供表演舞台，
我们成就共和国的四梁八柱，
是您将我们在火红的熔炉里锻造捶打。
发自内心的说一声：
谢谢您，妈妈。

感动一九七八,
奋斗一九七八,
享受一九七八,
魂牵梦绕啊,
一九七八。
永载史册,
伟大的一九七八。

原载《贵州日报》,2018年8月2日

傅传耀(1955年—)

中央党校在职研究生学历。作品见于《人民日报》《求是》《国防大学校刊》等。历任贵州省人大常委会党组副书记、副主任,十六大、十七大代表,九届全国人大代表等。现任贵州省茶文化研究会会长等。

童绥福的诗

我,不是一条漏网的鱼

这是一场
没有硝烟的战争
数字化的革命,没有血流成河
就凭一个诱惑
被咬了一口的苹果
数十亿人神圣思维的领土
就被温柔地霸占,就被文明地侵略

这是一场
看不见火光的战争
把文字的导弹发射到洲际
就敲一下
26个英文字母和10个阿拉伯数字的键盘
天空中穿梭的电子信息,就悄然无息地殖民
一张无形的巨大的网络,俘虏了自投罗网的奴隶

我,不是一条漏网的鱼
我在网上挣扎,射出诗意的子弹
能否击中网那边——你的心窝

选自《2015年中国新诗排行榜》,时代文艺出版社,2016年10月版

虚构

听说虚构
是艺术的手段
自打想当作家起
就开始虚构
虚构了几十年
虚构越来越谦虚、空虚乃至心虚

譬如虚构真诚
看到的却是诈骗者的虚伪
若是虚构善良
遭遇的却是邪恶者的凶狠
那就虚构美吧
展现的只不过是浮躁的涂脂抹粉

棍子赶不走世界的真实存在
但真实的门一半虚掩一半洞开
你不能也不可能更没有必要去知道所有的真相
什么都知道了那只会自添烦恼,乃至目瞪口呆
如果你不是能够改变世界历史的那个人
那就高一脚低一脚、虚虚实实地走完你一生的行程

如果把你虚构成当年的项羽,在鸿门宴上怒摔了酒杯
历史的演绎,又刻画的是怎样一个惊天动地、嗟叹吁嘘的年轮

原载《贵州诗人·特别推荐》,2017年第3期

童绥福(1956年2月—)

贵州独山人。水利工作者,高级工程师,业余写诗。

李裴的诗

以树的名义
——追怀最美基层干部文朝荣

以树的名义
扎根厚厚的泥土
吮吸大地母亲的乳汁
你，葳蕤茁壮

以树的名义
山河与你千古
百花伴你飘香
你，永远耸立的共和国脊梁

老支书　文朝荣
海雀村记得你
和尚坡记得你
苗族老阿妈记得你
一草一木都记得你啊
"点穴种树　浅坑植苗
借泥成肥　同向移栽"

你，以树的名义
长成一根钙质十足的长长的扁担
挑着苦甲天下
挑着筚路蓝缕
挑着绝地突围
挑着林茂粮丰的憧憬
一头是辛苦
一头是幸福

朝着富强和小康
朝着文明和荣光
当代愚公踏歌行
脚步阵阵松涛吼
奉献青春荫子孙
青山处处埋忠骨

七十二根蜡烛终已燃尽
七十二根树木却已成行
谁说你走了
你亲手植进泥土的小树苗
正在长成参天大树
谁说你走了
你带领乡亲们植下的成千上万株华山松
已经铺就茫茫林海

焦裕禄走了
泡桐还在
杨善洲走了
绿水长流
青山常在
你们都以树的名义
将生命化为生态
把爱留给世界
以树的名义
铸就一种高度

原载《人民日报》，2014年7月19日

我的1957·小雪

昨日小雪
今夕何夕
又见小雪
我的1957

57·57
几多雪霁
几多风霜
几多晨曦

那年那月
我的洗礼
我的诗乡
我的遵义

那日那时
我的小雪依依
梦出发的地方
已有57枚小雪叠起

雪片飞舞
自强不息
知青入天鹅
铁锤敲崖壁
筋骨劳兮身强体健
精神磨兮壮心不已

高考入门贵大
初衷可保衣食
是时百废待兴

当尽匹夫之力
一怀希冀
舒卷九天云翳
满腔热血
笑看四海浪碧
"我是七七级"
"精神的旗帜"
母校之恩泽
感念之挚炽

英气之年当以人生独立
地质转战报在江山无疾
红旗在山谷的风中飘扬
明灯被天上的星星高举
那狂暴的雨那火焰的情
一幕幕壮怀激烈飞鸣镝

师从先生徐中玉
蓄养一身浩然气
世事洞明皆学问
人情练达好文笔
学而不厌切磋天下大道
诲人不倦意在解惑释疑
为学不求甚精但求甚解
为师不求圣人但求圣语
修身立节堪羡芝兰玉树
做人做事秉承忠信孝义

坚定马列信念矢志不渝
追求人生理想自强不息
思想征程不辞千辛万苦
行政职场不分节假昼夜

组织协调哪容差失毫厘
悉心谋划岂敢三心二意

"重实际 讲实话"
足及村村户户
言出直面真理
"树正气 养大气"
秉宗旨不忘初衷
为民生执旗仗义
行走在大幕的背后
思想在决策的前期

昨日小雪·今又小雪
我的57·我的57
一次次感受您的温度
一次次高擎您的灵器
半瓶淡墨水
一支旧钢笔
此心光明
夫复何异

原载《贵州日报》，2014年11月21日

清溪湖断章

遇见

是的
遇见你
清溪湖有缘

时光隧道
一瞬
几十年
黄浦江畔的叠影

石头中长出舌头
旋律里吞吐氤氲
情感的天空
燃烧的鱼
莫扎特的音符
雪花飞舞
羽化

等待

风起
剥开云雾做成的
衣裳
时间的七彩
不舍
七亿年惺忪
清溪染作胭脂色

远古血与火
眼前风与景
王阳明山中的花
丁香开了
雨巷油纸伞
泪水串成的链条
惜语如金

本色

回响
宇宙穹音
七色的彩虹
树老千年雪作花
秦关与汉月
英雄血红漫天地
历史任性流淌

蓝就是蓝
绿就是绿
坚硬的时间刻刀
双河三生影
清溪万古心
命运交响曲
焰火燃烧

原载《贵州日报》，2015年12月11日

幻影

飞鸟掠空
泰戈尔留言
透不过重重叠叠的幻影
杀伐已如儿戏
耳目无声无色
坚硬的时间刻刀
挑穿苍白的空间
脑洞大开

留下一幅黑白木刻
沉默的石头
注满恋人絮语
土司小姐撒娇
从历史尘埃中
飘来一滴失恋的热泪
英雄真的是一个梦
请谁赐予
抬头望夜空
繁星点点

红籽

抛洒历史的鲜血
播种漫坡的红籽
点燃了夜空
密密匝匝暗红的星星
大将军策马远去
耳畔余烟霞歌声
情感与记忆
壁立千仞
断涧荒崖
镜中有月
水中有花
七百年铺满防御城堡
苦盼一场纷飞的大雪
飘落无声
伴夜夜笙歌
新王宫遗址
青山绵延

秦汉明月
尘俗可将扫去
闲心可以山居

原载《诗选刊》，2017年第10期上半月刊

李裴（1957年11月—）

贵州绥阳人，笔名裴戈。中国作协会员。作品见于《人民日报》《光明日报》《文艺理论研究》等。担任《舍不得乡愁离开胸膛》等20部系列长诗总策划。著有《美·有灵犀》《小说结构与审美》《痕迹的颜色》《酒文化片羽》等。曾获省哲学社会科学奖和省政府文艺奖。现任中共贵州省委副秘书长、省委政策研究室主任、省社科联第六届委员会主席，博士生导师。

王付的诗

微笑的黄昏

海岸上那只空船,黄昏一样宁
静,令人想起那些古老的时刻……
来不及摇醒椰林,刚才,阳光
还在海面上喧响。
黄昏,从水平线上金色地滑行
过来,不慌不忙,把天空和大海缝
补在一起。
帆,模仿着风的形象,渔人的
歌声开始显得冰凉……

旧钢琴

有人在弹,轻轻翻开了乐谱。
而空荡荡的房子里,
只有黄昏,
和我被伤害的心情……

萨克斯把大海吹远了……

是的,是这样,蓝色的。梦幻
的路,走着月光……

睡眠一样轻柔的夜啊,那个用
姿态传达爱情的人哪里去了?
刚才,一条船驶过,她睡着
了,睡在被一个名字渗透的地方。
那里,有一双没有生命的手,在编
织优美的音乐花篮,那里,有一片
不真实的霞光……
走,到海边去。月亮削薄了天
空,萨克斯把大海吹远了……
更远的地方,有人,平静地撑
起一张帆。

原载《贵州诗人》,2014年4期

王付(1957年2月—)

河南省临颍人,现定居贵阳。作品见于《星星》《山花》《贵州日报》等。萨克斯演奏家、画家、诗人。

龚炜的诗

春晨（二首）

初恋

我和你初次约会，
正是午夜的零点；
八〇年，我初恋的姑娘，
我心中的情潮在滚翻……

你叫人疾疾地思恋，
又叫我充满了疑团；
你那滚烫的心海里，
何处深啊何处浅？

你还会不会乱使性子，
叫人"左"、右为难？
我们爱情的果实，
是空壳，还是粒粒饱满？

想着想着，我失声笑了：
何必这样多疑不安！
我们都不是小孩子啦，
已懂得爱护纯真的情感。
我不再是过去的糊涂虫，
你也不是1966年！

只要我倾出心血爱你,
你就不会使我悔恨、长叹。
别害怕我们会吵嘴,
那是爱情的浪花在激溅。
青春的长河奔流不息,
永远不会是死水一潭。

听秒针"嗒嗒"地响,
好像是你在轻叩我的心坎。
第一声鸡啼了,打开门窗,
我知道,你正在把我偷看,
亲爱的,我真想悄悄地告诉你:
"我们……时间定在2000年!"

晨雾

曙色中,路灯睡眼迷离,
草坪上,浮动团团雾气;
看不清那椭圆的跑道,
只听得脚步声像鼓点一样急……

那团团雾啊,团团雾,
是年轻人呼出的腾腾热气;
那轻轻鼓点哟,轻轻鼓点,
是迎接朝霞的前奏曲……

原载《山花》,1980年3月
《新华月报》1980年第6期文摘版全文转载
获贵州省1981年首届文学奖

乌江人

金黄的滩涂
敞开乌江宽大的衣襟
人们在这里绣上
绿包谷的花边
红高粱的花边
高原的山成群结队走到这里
吃饱了包谷和高粱
喝足了乌江水
一个个长成顶天立地的汉子
一条条醉醺醺的山路
从天上的山顶往下流
古代盐巴客们肩上和脚下沉重的历史
顺着山路流进江里
打一个漩　变作页页浪花
江水因此而好像有咸味

涨潮的乌江
驱赶着乌江人
走向高高的山峦
他们把巢筑在山梁上筑在壁立的江岸
把山鹰赶到更高的峰峦
他们在大山滚圆的肚子上
缝上一块块田和土的肚兜

在古代义士们扎营的危崖上
放牛的孩子们拾起一枚枚生锈的箭头
这些历史遗留的相片里
有他们爷爷的爷爷

就这样

乌江宽阔地很有资格地流着

选自《抒情短诗一百首》，贵州人民出版社，1985年5月版

龚炜（1958年4月—）

贵州瓮安人，笔名李之舟、李之村。贵州省作协会员、重庆市写作学会副会长、2010年入选重庆市第一批社科专家库。作品见于《新华文摘》等。曾获贵州省首届文学创作奖诗歌二等奖、甘肃省政府优秀图书奖、全国高校文科教材一等奖。著有《传播学原理与应用》等两部，参编教材两部。现为重庆交通大学教授、广播电视新闻系主任、硕士生导师。

卜宗学的诗

小镇新楼

一组新时代的抒情诗,
发表在小镇的版面上。

一问世便气势磅礴,
轰动了多少惊诧的目光。

块块砖头像立体的汉字,
抒发出山民们心里的愿望。

告别柴烟熏黑的记忆,
小镇走进有力度的诗行。

座座新楼是发展的史诗
展示黔北农村的新形象

原载《人民日报》,2009年11月7日

我买了几斤一元钱一斤的苹果

等所有的人都过完年以后
我买了几斤一元钱一斤的苹果
这是这个小城最便宜的苹果

我用生锈的小刀
仔仔细细地削着削着
削走的皮比剩下的要多

不是不想买新鲜的好苹果
好的谁不想可现实
与愿望有一道深深的沟壑

其实高档的苹果和廉价的苹果
都叫苹果都曾经在
同样叫苹果树的树上结着

这些被挑挑拣拣后剩下的苹果
以前也曾在枝头风光过
犹如下岗前的我

原载《诗刊》，2002年第4期

候鸟

在每一个春节之前
打工的游子都像一只只候鸟
从四面八方飞来
飞回挂在大山上的旧巢

以一个群体的姿势沿着
回家过年这根传统的链条
把城市五颜六色的逸闻趣事
衔回乡村伸长了脖子的树梢

栖息于他乡的水泥森林里
梦中也在把故乡的小名呼叫
习惯了来来去去的聚聚散散
唱的跳的都是回家的感觉

原载《诗刊》，2004年第6期下半月刊

卜宗学（1958年9月—）

贵州绥阳人。世界华文诗人协会会员、中国诗歌学会会员、贵州省作协会员。毕业于贵州大学管理科学系。作品见于《人民日报》《诗刊》《扬子江诗刊》等。著有诗集《卜宗学诗选》等。曾被评为全省文艺创作先进工作者和县的专业技术拔尖人才。历任绥阳县文联副主席、县委机要局长、县委宣传部副部长等。

赵宇飞的诗

我愿意走

我不愿
靠着寂寞的站牌
长久等待
等待希望不大的末班车

我不愿
躺在温暖的火炉旁
做些关于春天的梦
让钟摆摇落
一片片苍白的时间

如果无休止地
悲伤地统计
泛滥的洪水
多少张黄金的日历

如果不管白天黑夜
总爬在静止的钟表上
收听过去的噪音
污染了多少青春的鼓点

呵——我不愿
我不愿锁住微笑
不愿让伸展的天空
被无用的叹息掩埋
我愿意继续走
我要架上犁

耕种我的荒原
耕种我的土地
耕种我的天空

呵,我愿意走
即使,深冬的寒风
吹散了我的围巾
即使,初夏的冷雨
淋湿了,我最后一件白衬衫的
最后一颗纽扣

呵,我愿意走
即使太阳被黄昏抢走
月亮在乌云里呼救
甚至星星都凋谢了
甚至没有一盏路灯
甚至没有一点闪烁的萤火

呵,我愿意走
只要心脏还在忠诚地跳动
只要心中还有不灭的火种

选自《中国大学生抒情诗选》,四川大学出版社,1986年出版

致去海南的朋友

没有什么能留住你
友谊、爱情、平静的荣誉和幸福
甚至月台上,慈母暗中擦去的泪

有人说你生长在高原
就应该像山一样
稳重、老成

可你说这高原曾经是海
后来它们凝固了，那些游动的鱼
变成了黑色化石

你说你也怕变成一枚化石
被考古学家搁在放大镜下
随手翻翻便扔掉

你怕所以你要到无路的地方
去写自己的历史
没有什么能留住你，
你平静地走了

从此，
在每个有台风消息的夜
我总久久凝望着地图
为你刚踏上的那片绿叶祝福

原载《贵州日报》，1988年10月16日

赵宇飞(1958年10月——)

贵州威宁人。1985年7月毕业于贵州大学，文学学士。作品见于《中国青年报》《贵州日报》《贵阳晚报》等。曾获中国出版政府奖优秀出版人奖。历任当代贵州期刊传媒集团、贵州日报报业集团党委书记、社长、董事长，现任省政协常委、教科文卫体委员会主任，中国记协常务理事。

20世纪

60年代
诗人

龙险峰的诗

我是一片瓦

我是一片瓦
盖在爱善美的木房子上
享受黑夜的空荡

你来
我还是一片瓦
盖在你的身上

你走
我仍是一片瓦
盖住你的身影

跨过一条河流

跨过一条河流
秋天留给你
我开始长征
走进冰山雪花的世界
去找曾经你绣花的针
和一双鞋垫上长翅的蝴蝶

这是一个人的旅途
风雨相伴
木叶生长在我的唇上
犹如山花开在来年你的屋檐下

那是一株夜郎花
高原唯有的一株
三百年开一次
一次管三百年
谁见谁有福

谁见谁就是我
此生最渴望觐见的神

心曲

半夜睡醒
窗怎么给月亮让路
一群小蝌蚪
在月亮路上走
蓝水的波纹
弹奏了恋人的嘴唇
屏住心息
贴近月亮
去倾听恋人
在天亮之前的心曲

活进春天

活进春天
一生的情爱都化为一场春雨
淅淅沥沥下在你的屋檐下
空中闪烁的雨灯

照亮爱心回来的山径
山径弯弯
草地野花伴随爱心一路热烈
在春雨下行走不用打伞
爱心的赤诚正是春雨喊你开门的声音

恋人浴火

失眠
因为花开
在春雨的淡淡忧伤里
恋人分娩心火的生命
生命疯长
满山的冬树
都倾听到恋人阵痛的春雷
春雷
击响了木鼓
木马奔腾
春天的草原
鲜花簇拥恋人浴火的彩虹

选自诗集《你是我除夕等候的新娘》，湖南文艺出版社，2016年9月版

龙险峰（1961年2月—）

贵州松桃人，苗族。贵州省作协会员。作品见于《民族文学》《山花》《花溪》等报刊，出版诗集《春天正兜售爱情》《你是我除夕等候的新娘》。获第二届贵州少数民族文学创作"金贵奖"、贵州省第三届尹珍诗歌奖。

王力农的诗

当我们重又见面

当我们重又见面
你不再是那个脖子上
戴银项圈的孩子
我也不是那个幻想
赤脚在水面上走过的孩子
岁月的黄尘
把我们黑亮的眼珠
染成了茶褐色

夜晚,来到儿时踏浪的浅滩
不再像从前手拉着手
仿佛你只是我的影子
我只是你的影子
寂静在尴尬中延伸
今夜的湖风真大呀——
望着月下波光粼粼的水面
你终于叹了口气
好像一叶红帆消失在天际

1983 夏

老农

挤压的人群没能打扰你
喧闹的街市没能吵醒你

你睡得很沉
还发出轻轻的鼾声
可是，你知道吗
你睡在公共汽车上
你睡在我的肩上

我真想挪动下位置
松松酸痛的胳膊
或者把你叫醒
说我快要下车了
但我没有
这时，我想起爷爷说过
种庄稼的人，起早摸黑
连做梦的时间都没有
也许，你现在正在做梦呢

1984.9

原载《花溪》，1985年第8期

高原上有十一名军人

以此诗献给黔北
高原凉风垭北口的战友

——题记

我们的高原离天很近，
假如月亮真能摘下，
谁敢说不是我们捷足先登。
高原上望月，

最亮最明；
高原上的人，
最有福分。

在高原深处
有十一名军人，
深深的山谷是他们的兵营，
只有天空
像一扇窗口开在他们头顶，
若干个月圆之夜
都不见圆月莅临，
我们的战士，
难道是高原上最没有福分的人？

中秋之夜不觉来临，
头顶只见一颗星星，
深谷里却有十一颗思乡的心：
每个人都在想象山外的月景，
每个人都在思念家乡的亲人。
高原的月啊，
你最亮最明，
却走不进这一片深谷，
却照不见我们十一名军人。

从谷底兵营到山顶哨所，
有一条陡峭的小径，
此刻，十一个人
都把小径当作幸福的指引——
那哨所就是战士们的望月亭，
谁能在哨所站上一晚，
真比当个总统还要高兴。
幸福的时光激动着每颗心，

班长宣布:
全体投票,合理公平!
一场选举在深谷里举行。

十支笔沙沙沙响成一片,
十支笔却毫不犹豫地写着一个人:
班长,班长,班长,还是班长,
班长最有权看月亮,
每逢十五的月夜,
哨所上总找不见我们的班长……
班长霎时涨红了脸,
望望高高的哨所,
望望身边的战友,
急得把身子蹲在地上。
副班长上前扮个鬼脸——
班长,你不必为难,
这代表可不是由你随便当,
代表看完月亮,
还得把月景描给咱大伙看。
战友们也齐声说——
班长,这任务就交给你啦!
目光从四面包围了班长,
啊,班长,班长,
今夜
你怎么如此优柔寡断……

突然,班长猛地站起了身
——一个爽朗的男子汉!
只见他双脚一并,
啪,一个军礼,
那矫健的身影
就跨上了曲折的山径。

十双眼睛
都望着一个方向，
十颗心
都被班长带上了崇山峻岭；
只有拂面的山风知道，
班长背身离去时
热泪已沾满衣襟。

今夜，十五的月亮，
仍是高原上最亮最明；
人间最幸福的
是万家团圆仰望明月一轮。
多愿丹青手描画一幅"千里共婵娟"，
献给我们深谷里
守卫祖国安宁的最可爱的人。

1985　中秋

原载《贵阳晚报》，1985年9月29日

王力农（1962年2月一）

贵州贵阳人。1984年毕业于贵州大学。人生13年的幼少年时期在老家农村度过，人生13年的青壮年时期在部队服役。20世纪80年代初开始写诗，著有诗集《22个数字》。现任职于贵州省文化艺术研究院，为《贵州诗人》编委。

陈绍陟的诗

西部大书

震撼便是诱惑，无言即达深刻。

——题记

有一个名字是太阳碎片

荒漠。季风。狼。是否一只大雕
高悬于天？灼热自翼而退，如海潮
凉风吟成蛇体，漫如晚雪，行人归宿
或冻死，你无言，颧骨突如沙丘，一蓬骆驼刺下
横陈诗的白骨，有谁读过？
有谁不读！

大漠无柴火，点燃一堆粪火，有酒便饮
一生寡言，一生有歌，风好大！
谁之手推转经轮？月隐或日出
唯云厚云薄，烟火或灭或旺
唱腔依旧，衣袂幡然
一只响箭自古人射来，有一个名字
是一片沙漠，不出阳关
早无故人，有风笛，有瓦罐，有古城的尸骨
多少传说长满枯草，沙砾男儿血
红柳女人眉

一条老狼叼着夕阳,喘息声掀动沙之潮汐
成为千古绝响
足迹写遍西部

骑一峰骆驼远去,一觉醒来
喜马拉雅兀自耸立,牛皮水囊泄为古海
早已枯竭。土伯特女人向你微笑
无声便是苦
无声便是歌
寂寞是天降财富,你已享用千年

踏过盐碱地。日出
踏过盐碱地。日沉

风是古来之物,白色尘土久已无雨
拈一撮在手,塑一尊雄性雕像
想一切馈赠来自死神,归于自然
诞生不过一缕轻烟,无需忧,无需喜,无需狂或怒
人又何必多言
——你驱动之笔为何流血

不嚎而威,不昂而傲
放逐于星辰之下,沙石之上,奔行,腾跃
伫立于危石,双眼淡然无光、无仇、无恨、无敌、无友
狼
唯爱
压崩山壁
轻盈漂泊的流浪者云啊!灵魂阵阵升起
以天下为我,以我为石头,为草木,为水土
血起潮则黄河浩荡

有一个名字是一顶雪山
红日嵌于左

白月镶于右
怎能抬头
何需抬头
高冠之下是汗还是泪
凛然流向人间,解牧人之渴,解旅人之渴,谁知晓?
一只迷途羊不思栅栏
旅人,或被放逐者扎下岁月。家。儿子。女儿
牧歌……土豆垒起矮墙
酷似光明大殿,酷似城垣……叩长头者磨破双膝
就是先人么?
就是子孙么?

大漠草无花,树无果,夜无灯火

从此节日源源而来如蝗虫

足迹写遍西部
沙山迁徙。风迁徙。一片片戈壁
一群群羊。一页页天。一架架野山。一行行大雁
尘土飞扬,经幡飞扬,黑牦牛火的眼睛
梦的灾难。冬的雪野。爱情有如无船盐湖
一声长鸣来自天山深处,树的音乐暗藏孤独
一顶红色太阳帽有血的诱惑
和辉煌

风铃在响,无风
山岩的手臂,盘旋的想象
一架老牛车辗过干涸河道
黄金白银散成沙石,叩长头者依旧不食不饮
衣袂揩地,拖拽出乐土痕迹

一个男人就是一个男人

勇士锈甲遍野，英雄堆成粪土，鼓角长逝
记起一线青海湖名扬天下，打鱼归来
牛羊皆为美食，猛兽鸡犬皆为美食
青稞地边一堵残墙
布满美和欲望……带一个女人上路
就是一个男人
饮哈萨克烈酒，骑一匹骏马，想历代豪杰
不过如此，因而抱憾终生，便说二十四部灯塔
耸于西部一条十字路口，灯已熄灭
绿洲安在？一件袈裟彤若暮云，金环清响
菩提树叩满额印。火啊
火！火！火……

内陆升于额际
一行诗便是一条新路
一行诗便是一条古道
马队奔驰，车辆奔驰。极寒处浩渺烟波
那湖映不出南方归来的候鸟
不知秋去
不知冬至
薄冰有履人，过往如飞，回到土屋
将一截生硬历史
唱成歌谣，噢
有一个名字是一团鬼火

是一片血迹

没有圣人降生的日子，孩子呱呱坠地，如羌笛之音符
从羊皮袄内滑下，分娩的母亲
躺在金色草地上
望着雄壮野山
以酒烧血，以酒灭天地之灾

盼英武牧人高歌而来。黄羊惊溃
……大盗快马

跋涉者目睹这一切
拾起羊皮袄，张成一面旗帜
一面天空
烤那堆燃尽的火，静坐至天明
孤烟自头顶袅袅而起，抖抖那领汉人棉袄
伸伸双臂，向西而去
一只旧水壶伏在草丛中
遗失为古董。远方，烈日烤炙石头
你唯有扭断野兔颈子
饮血止渴了

蛰居于冻土中的幼虫
头上奇怪地长出夏草

感到生命，坟墓和居室，遥远的白毡房
阵阵酥油奇香飘来，以粗壮为美的女子
铁矿的姿色，只望望天空是否下雨，丈夫是否归来
儿子是否剽悍，女儿是否出嫁
生就是生，死就是死，失望就是失望
羊群啃过的草滩就是天堂

涉过一条小河就是九十九条大河
翻过一条小丘就是九十九座大山
不要回望，那只奶罐已荡起白色火焰
有汉子怒目长枪
　　为何悲悯视苦难天经地义而浑然不觉者
　　你沉默得颅骨风化
　　谁又知你胸腔的沟壑之伤
　　　　像版图碎片

眼睛盛着青海湖
一百〇八股暗泉在耳廓奔突
鸟岛坐落于心

百里风区无人，长城断在何处
一条丝绸裹着帝王骷髅，就是历史
登嘉峪关者欲穷天外
黄沙入目，不悲自泣。传说祁连山下
唐人王瀚月夜豪饮，一只月光杯
高擎为北斗。你正蓬头垢面，听泉而跪
夺水浇灭心火

潦倒行者啊！向西而去
向西而去，达坂城那土路何见车马情歌
再行百里又如何？再行百岁又如何？肩上褡裢有诗百首千篇
可曾飘下浓荫一片
火焰山无薪自燃，飞沙走石处
尚有仙妖传说，红焰升天
白热灼人，一部西游招来天下无辜者
在此受难和欢乐，白兰瓜足可诱人
坎儿井足可解渴，葡萄架下有男有女
歌舞如花。谁最憔悴？一日
谁在书页里圆寂，或自焚

打马回家吧

有人敦煌归来
心有余悸，洞窟最有墓之宁静与威慑
乐僔大师手持锡杖，日暮至三危山下
已过千年，万年又如何？
今日又如何！
才知有一个名字是血肉，无光，无火，无皇冠高耸

只是一种生命,只是一种生命!卑微又至高无上
卑微又至高无上

终未敲开你那门,那道百姓家门
饮过邻家一杯茶,已遗忘方向
其实我已不幸走遍西部,走过你的胸膛
只深深记得西宁风沙送我,有人情同手足,那时秋未至
满城落叶千篇,不著一字,猛回头
有条陋巷通天

原载《山花》,1999年12月特刊号

陈绍陟(1962年6月—)

贵州省纳雍县人,穿青人。1984年毕业于华西医科大学口腔系,牙科医生。

周雁翔的诗

葫芦

其实是两瓣爱唇吻在一起
当分开它们的时候
都一个劲地舀水喝
莫非被爱的离别烧得太焦渴

原载《星星》，1988年6月
获全国"星星杯"诗歌大奖赛优秀奖

水

一柄剑多么锋利，只是它的光芒
从池塘里，剜出了旱季的形状

水的相片，嵌成遥远的云影
世上的傲慢，如雨远逝
所有身影成瓮器跪拜水，祈求如鸟
隐约村庄与雨云之间。那从空中
刮到运水的蹄音，锻炼出敏锐的听觉

水就生活在这个世上,在渴望之外沉睡
如果能觉出风啸的湿润,就离水近了一点
如果在困窘时刻大笑,水就从眼里流出来

原载《楚南文学》,1991年9月
获"中国赤壁杯"诗歌大赛三等奖

我来自植物

下雨天,翻开一本诗集作房顶
我要好好睡上一觉。睡在《关雎》之初
睡在春暖花开之时。我来自植物
有足够的理由,像参差荇菜
左顾右盼,我要抓住被漏掉的幸福和恬静

雨天让我喜欢,颇有节律的雨声
让人联想空心的楼板,踏过熟悉的脚步
我点燃蜡烛,洗手焚香,钟鼓乐之
开始为诗歌或者雨水,填写履历
在一格一格的春天,我刚填上牧羊女
草坪的笑脸,就为我送来了花朵的宝石。

一只小黑羊走近我,想吮吸一棵野草
我喂给它一捧甘霖。那只仙鹤来得最晚
努力把白发梳理成羽毛。我最终站到枯木
伸出干瘦的手指,指指远处的在河之洲
欲言又止,保持了一个说出心事的口型

原载《星星》,2010年第12期

跷跷板

坐在河流的尽头，老家一汪望月
跷上我放牛的山丫。寂静是一个玉质摆件
细雨洗过，露出母亲纹理清晰的咳嗽
仿佛裂缝的乒乓球，磕打床前的月色
河流将我跷上，一片黄叶的枝头
秋风朝向老家，推我摇摇欲坠

原载《诗歌周刊》，2014年，总第113期

初春的手感

握住水管，有一条街
在其中车水马龙？寒冷克隆人形
男人裹着皮草的硝味，女人们
喷洒叫冰凉的香水。这条街
弥漫一如掌纹，引导季节最后的撤离

那流入脉搏的一段，在算不得
宽敞的手臂，拐进另一条街道
血河两岸，稀疏的房屋
一座山峰，由肩头逶迤消失
身体里的沧海桑田，残余的冰凌
在消声处理过的阳光下，融化它的落寂

水管在水池上方，潺潺的水声
从墙体里流出。墙外是一个停车场
再往远处，建筑物被忽略

一个柏拉图式的气场,膨胀中显露
它热气球的浪漫,那一地凌乱的寒雪
像拴不住时光的树桩,到了被连根拔起的一刻
打开热水器,水仿佛从手臂流出

严寒有很好的功夫,磨成浸骨的尖刺
装满冰凉的皮囊被刺破。也许季节轮回里
就暗藏了一个热水器,堆积如山的冷漠
或者荒凉意义的生活,沿着一根水管
缓缓地流过手心,把体温带到原野之上

原载《贵州民族报》,2014年3月6日
《劳动时报》,2014年4月17日
入选《我的家园·贵州"美丽中国"征文获奖作品集》,
贵州人民出版社,2015年7月版

江界河

我用矿泉水瓶,取一些江水
也不知道,正好取得哪个部位
或许是我求之不得的

江边的橙橘味甜,像是某棵树
恰逢办喜事,见着谁都发一个糖包
听老船工说起,糖包是一种渔火的传递

西岸的犹家坝,有龙井数口
打一盆井水梳洗,脸上的鲜花就冒出来
甜蜜的爱情,就淹没江心的沙洲

开着车，从江界河到县城
我感到口渴，一口喝下整瓶江水
勾兑我的前半生，太多的苦涩

草塘大戏楼

只一次落日，落到开场锣鼓
等不到一个王朝被颠覆，等不到
疲惫的马帮赶到，草塘戏楼开演了

每个人都犹豫过，傩戏、川剧、京剧里的演员
都是如此，他们竭力挣扎着
先交出扮演的角色，还是先交出自己

手掌吐纳江河动静，马匹凝聚于瘦鞭一指
痛苦和快乐，缠绕在武生的翻滚
春风吹拂残雪，便是某个故事的一生

戏换过千折万回，热泪涤洗的怀古
装腔作势的口齿，已然退下过时的长衫
草塘唱腔里的蜜蜂，竭力探明消亡的花园

戏楼前人山人海，他们从楼体奔涌而出
像一根根柱子，嵌在情节里起伏跌宕
而悬挂头顶的月亮，顾自审视眼前的领地

原载《诗选刊》，2017年7月

周雁翔（1962年10月—）

贵州瓮安人，原名周应祥。中国散文诗学会会员、贵州省作协会员、贵州省散文学会副会长。著有诗集《爱有多远》《空蝉》，长诗《匠心茅台》（与人合著）等。

于一元的诗

不陨的星辰(组诗)
——致毛泽东一家六位烈士

杨开慧

轻轻地　将早熟的名字
打扮成一只美丽的鸟巢
然后种植一种叛逆精神

也许是因为阳光的指引
一只雄鹰从湖南的某个山冲
飞进了你的鸟巢
一个暖和和的家

后来　那只雄鹰
上了井冈山
你依然站在那片土地的圆规上
风里来　雨里去
抖落的羽毛　被乡亲们
亲切地拾起　又亲切地读着

当那只雄鹰飞回来时
你和你的名字　早已成了
永恒的"蝶恋花"
开遍中国女性的土地

毛岸英

那一个故事　流落
没有封面　没有封底
你和弟弟颠簸的足音
贯穿着每一个
参差不齐的情节

一颗种子　一颗顽强的种子
破土不久　就遇上
干旱的季节
然而　在一双温暖的手掌上
你长出了喜人的叶子

正当你茁壮成长之时
一声慈祥的湖南口音
把你插上了抗美援朝的战场
直至长成一株
绚丽的金达莱

毛泽民

饥寒的江西于都
一天天走向健康　你却
一天天积劳成疾
为了那枚欲晓的太阳
你乐意成为
人民的后勤部长

然而　在你
绿草茵茵的路上
时常潜伏着几条毒蛇

终于　你被一条
黄舌头的蛇咬中
殷红的血
永远种植在天山

毛泽覃

主力红军离开瑞金
开始去塑造
那个惊心动魄的句子
你依然将深深浅浅的足迹
撒播于赣南　撒播于武夷山
让那块萌动的黑土地
长出微笑的草来

那一次　狗洞里钻出
一只爬虫
子弹　包围了你们的小土屋
这时　你毅然站成盾牌
无所畏惧地抵挡罪恶的蔓延
战士们一个个走向平安
你和那个夜晚　同时成了
红色的蘑菇云

毛泽建

举右手　是一面女性大旗
擎左手　是一支起义号角
那些年轻而崎岖的掌纹
是你和队员们
打游击的路线

蓝色的鸟姿　盘旋于
躁动的南岳

人们不会忘记
一九二八年初夜的遭遇战
一群张牙舞爪的手指
企图摧毁你

之后　美丽的衡山
峡谷　那山峰
写满你振臂高呼的
猎猎旗语

毛楚雄

太阳爬上一竿子高
这时　你也
正好一竿子高
沿着十七岁的地平线
你开始走向红旗
开始走向
父亲的那句遗言

一颗毛泽覃亲手栽种的独苗
那时　你随王震的部队
风　风　雨　雨
成长的叶子
抖落于湖北黄土坡

正当你的年龄
长势喜人的时候
一只罪恶的手

将你活埋于陕南
这之后你可听到
在去延安的那条路上
每天都有雄鹰
高　歌

原载《花溪》，1991年第10期

载入诗集《草叶上的鸟声》，贵州人民社出版，1993年5月版

获1991年贵州省文学创作奖

于一元（1962年11月—）

贵州省黎平县人。贵州省作协会员，作品见于《人民日报》《诗刊》《山花》等。1991年与1997年获贵州省文学创作奖。著有诗集《草叶上的鸟声》《爱的方舟》《侗乡之歌》等4部。现任贵州省黎平县政协副主席等。

杨朝东的诗

醉在花语下

用聊天来磨亮孤独的时光
用聊天来清洗愁苦堆满的心脏

用聊天来怀念月光下的缠绵
用聊天来叙述春天中桃花的芬芳

我们在春天的深处
学会了用聊天来净化花的馨香

你在梅兰山上,看兰花绽放
又看云飞云涌,又看春风飘散

我在东山之顶
读着你飘飞的柔发醉了风的呐喊

我不知道你还在不在梅兰山上看月亮
我看着你的长发飘飘,飘成河边的柳枝摇晃

流水流淌的山谷,歌声爬上了岸
阳光明媚的日子,杜鹃花像黄金一样流淌

你站在百里杜鹃的长廊上
拉长盈盈的笑声,涵盖了花山水岸

我在风贯满耳朵的海边
闻到花的香味,穿过了海的湛蓝

哦，你的一声轻轻的问候，从海边返回
流进了我的空间，温柔的语言系着我的向往

我醉在爱的花语下
我吸到的花香，正弥漫着春天的山岗

一口井

头发扬在风中，流浪去了
手镯滑出手掌，心瘦了

胸前的疙瘩扣子
醉在谁的手上松了

衣服，一件件飞了
飞入地下沉默了

哦，你的乳白色的美
在我的眼前晃动了一下

跳动着的火焰
跳动出爱的水源

一口井流出的水
任风去吮吸

我翻开自己
骨头中的灵魂被水洗净

一朵花的消瘦

风跳出山岗四处奔走
石头沉默在风中不肯开口

我在流水的山间饮醉了酒
一个会飞的词,穿过水面逃走

一朵花,淌在蜜蜂的口中
一点一点消瘦

流水长出歌声

从山间,砸下
流水,竖成瀑布,同谁说话

蜜蜂收紧翅膀,准备着下次飞翔
那些嗡嗡的声音,被风打哑

水,流淌着的歌声
搭在桥上,拉直我的想象

我的内心,长出一枚桂花
花香飘来,被蜜蜂的暗示融化

你站在水边,感悟花的柔软
那些想好的情诗,被风留下

跳动的语言，躺在空间里
无法得到水的接纳

花开斗艳，谁在大海的深处
悄悄听鱼同我说话

安静

安静在安静之中找到了安静的语境
炙热的夏天在炙热中找到炙热的甘甜

我是一枚天上飘来的六月雪
带着六角型的心，冰冷了你的激情

你在你的梦里，彷徨着另一种彷徨
我在我的心中，不知你会不会把我拉黑

你在阳光满满的夏天，感受不到风的呐喊
我在我的白云深处，驾风已经抵达爱的泽国

选自诗集《甜蜜时光》，成都时代出版社，2018年3月版

杨朝东（1962年12月—）

贵州贵阳人，笔名杨添盛，苗族。贵州省作协会员。作品见于《民族文学》《山花》《散文诗》等。著有诗集《黑色恋歌》《甜蜜时光》，散文诗集《桃花是岸》等。曾获得第五届全国武警部队文艺创作二等奖、贵州省民族文学政府二等奖和贵州文学奖等。

笪亚平的诗

兰花草

我说过,等你开花
我一定把你的香写进我的诗里
让那些名词名副其实
让那些形容词得意忘形
让每一个字每一段文
都过目飘香

在阳台上
在金属和塑料的栅栏里
我每日三看
以水的清澈和
温润的巡视喂养你的骨头
渴望有一天能看见
你光艳迷人的骨朵
你剑侠的绿叶割痛我的欲望
我的等待如往日秋水

山里的兰草已很少见
都成了稀缺的物种
贪婪的目光在山间
在草丛中寻觅
他们要挖走这最后的余香

阳台的三两株兰草
不再沐浴山间的小溪
和树上的鸟鸣

不再在风霜雪雨中打战
不再享受林间日月星辰的恩惠
现在听到的是来来去去汽车的喇叭
听到的是歌厅话筒的K歌
和熙来攘去无奈的噪音

出差半月,你悄悄地开了
把幽香的淡妆露了底
只是粉色的脸上有些好看的小雀斑
多像从前小时我的邻家小妹
据说后来她去了老远的深圳
是否像兰花从山间
被移植到城市
也不知水土服不服是否含苞待放

花开我未见,花谢两不知

获2018年诗文艺春季诗会金手指二等奖
作者被授予"中国优秀诗人"荣誉称号

笪亚平（1963年1月—）

贵州纳雍人。贵州省诗人协会会员。近年来有两百余首诗歌发表于报刊、网络,有诗作获奖。现供职于纳雍县人民法院。

李晓妮的诗

一只鸟

我是在秋天贴近天空
贴近忠诚，贴近日思夜想的月宫
包括那些七色的鸟儿，停一停啊
用翅膀尖再写一首妈妈的诗歌
我爱妈妈，我飞到哪里，妈妈就在哪里
不要问我青草对秋天有没有感情
在母亲的怀抱里睡去，不哭也不笑

该上路的风铃是一定要上路
崇拜鸟儿，用迁徙告诉我时光的含义
季节就在鸟背上跳舞，羽毛温暖了天空
云层里的雷声开始化小，成为可以
依靠的岛屿，晚归的马匹不再嘶鸣
世界是一本书，天空是书本的一页
我呢，只是书本里的沙沙声

原载《绿风》，2016年第4期

爱，或者桃花

挑个闲日，坐在湖边，看水
一万年前是水，一万年后还是水
水，安静如石，水，姿态妖娆

雨来了,天空的水
和你坐进亭子里躲雨
脊背成为亭顶,被雨浇灌

你说,北方大旱
今年的桃子没有收成
桃花更不在话下,刚开已凋
崔护先生步履阑珊,抚树而哭

今晚的雨,是泪水做的
南国无旱,天公播撒不公
人间被涂上了阴影

突然想到时至中秋
天空的白月已凋谢了

原载《华声晨报》,2017年12月,第2期

李晓妮(1963年2月—)

贵州遵义人,笔名幽谷幽兰,女。贵州省作协会员,贵州省特级教师。作品见于《诗选刊》《星星》《绿风》等。著有诗集《诗噙着梦在飞》《倾听特美的声音》。散文诗集《高原上那一片爱的水域》入围第二届"李白诗歌奖"复评。

韩中州的诗

鼓浪屿

那些风雕浪琢的岩石
在红瓦绿树碧海蓝天
挺立柔软中的一种坚硬
两块巨石,一横一竖,顶天立地
两个巨人,一撇一捺,风骨嶙峋
日光岩,在岛的最高处呼风唤雨
郑成功,在风口浪尖迎击天风海涛
鼓浪石,冲在海的最前线
一波波集结鱼群的风暴
擂鼓击浪冲锋陷阵
一架架老式钢琴以百年的沉默
鸣奏月白风清的梦幻私语
鸣奏风雷激荡的镇海雄风
墙里墙外,古树老藤绿叶
牵牵扯扯小资情调
潜滋暗长前朝旧事
参天挺拔,树大必然招风
旁逸斜出,随心当然所欲
绕着老房子小巷子,走走停停
一次次不期而遇的惊喜
一种种莫名的惆怅感动
总让我陷落似曾相识的梦境
鼓浪屿,一场台风过后
你在我波澜不惊的心中鼓荡波澜
你在我光阴不再的眼里浪掷光阴

原载《诗林》,2016第6期

瘦西湖

不见洁白的琼花
秋天的瘦西湖
瘦得像一弯水灵灵的月
瘦得像一条轻盈盈的河
这瘦与思念无关
与病态的憔悴无缘
瘦是内在气韵本真的流露
瘦是一种妖娆
在诗经和唐诗宋词中妩媚
在扬州八怪的字画里婀娜
在吴侬软语和清丽委婉的昆曲中婆娑
千年一觉扬州梦
梦中那个柔美乖巧的女子
迷离的眼神惊鸿一瞥
瘦了烟柳画桥
瘦了绿杨城郭
瘦是一种气质
在长江和大运河的波光涛声里濡染历练
在历史悠长的文脉中传承升华
琼花开落几度秋
花下那个文静清秀的女子
曲线玲珑,瘦而不弱
绝代的风韵秋波内敛
惊起一滩鸥鹭
骨感俏丽,瘦而不虚
在湖光山色千年的轮回中
曼妙风姿流转的精神
温婉不同流俗的风骨

原载《贵州政协报》,2018年3月8日

龙场悟道

很久很久的一个夜晚
一棵孤独的树
透过厚厚的云翳
守护千古孤独的月亮
千年孤独的月亮
不绝如缕,从如水的月色
打捞一颗滚烫的心
一声长啸,不知惊醒多少漫漫长夜的梦中人
灵光一闪,迅疾的流星
将沉沉的夜幕撕开一道口子
心,忽然通透敞亮。
一声长啸,贯通天地人心任督二脉
所有的困厄云开雾散
所有的历练一夜薄发
心,在顿悟中水到渠成

从余姚到龙场
三千里路云和月
你一路格了多少竹子
格了多少山川日月
却格出了牢狱之灾,格出了三魂七窍
格掉了自己的乌纱帽,还差点格掉了卿卿性命
身体里隐秘的机关始终没有打开。
贬谪荒僻的小驿站,面壁自省
穴居简陋的小洞天,洞若观火
格天格地格万物
终于在龙场的石洞
格出人之初心和天地良知
为后世捧出一颗强大内心

知行合一，道在吾心，吾心自有光明月

知行合一，吾心即道，千古团圆永不缺

原载《贵州日报》，2017年10月7日

韩中州（1963年10月一）

贵州遵义人。贵州省作家协会会员、遵义市作家协会副主席。作品见于《诗刊》《散文诗》等。著有诗集《世纪回眸》《中州哲语》《浮云尘土》。

牧之的诗

组诗选二首

捧出我隐于民间的诗歌

当鲜艳的花儿们都次第开放
我的诗歌注定是民间散落的花瓣
离家园的土地最近
离城市的花园最远
像风一样找不到影子
却能感到丝丝凉意

在众鸟高飞的季节
捧出我隐于民间的诗歌
沿游子灵魂回归的方向
让一颗心连着一颗心
去寻找梦中的故乡

携一首民歌走进城市
一只羊　一滴露珠　一棵草
一缕缕暖暖的炊烟
都会在我的诗歌里被牵挂着
在城市的某个角落里
独自溢满馨香
任游子身上衣的故事
自由地飞翔于城市和乡村

站在秋风中轻轻呢喃
回味逝者如斯的岁月

把朴素的诗歌虔诚地举过头顶
一滴滴风干的泪水
便把千万里未改乡音的乡愁
拥在父母暖暖的怀中
如一朵朵无言的鲜花
悄然绽放在故乡的山崖
站在岁月的边缘

站在岁月的边缘

站在岁月的边缘
庄严地生活
我们感到有一种诗魂
自天边汹涌而来
注释我们蛰居的小屋
充满了哲思

我们关上房门
在屋内挥挥洒洒
轻轻地拨动地球仪
之后　把酒临窗
高唱大江东去
浪淘尽

站在岁月的边缘
回首人生之旅
这时的心
便如一只垂挂的果子
让幽香穿越旅人之躯
看鹰击长空

原载《民族文学》，2014年第4期

另一种低语

小得不能再小的石头
抖落了身上的月光
又一次　黎明像无家的可归者
消失在布满寂寞的旷野
我关上心的房门
窥探梦的锁孔

鸟巢　烟囱　水肿的乌云
正用阴影熔炼天空
我用另一种低语
踏着喧嚣与拥堵
与轻敲木鱼之人
怀抱我的热血走向沉默深处
跟心潮起伏　随风等待
另一个灵魂之外的人抵达

日光稀疏
我的祖先飘然而至
回身　拍拍我的肩膀　密示
西天的残霞如篆
如果愿意
还是做你人生的挑衅者
把写诗的笔
刺向发红的天空

站在故乡的风里

只要有风从故乡吹来
我就会夜不能寐
侧身站在雨里
流水的骨骼
照着父亲生前的样子
大风吹散他时
故乡的天空便飘起雪花
直到清明

站在故乡的风里
我的忧伤从井底飘起
抽泣的痉挛　在旅途
被生活的礁石
撞击得七零八落
我只有朝着故乡的方向
看落日　浮云　飞翔的鸟
携来故乡的一阵旋风
植入我一世的骨血
如一滴故乡的露珠
从草叶上跳出
复活自己

故乡的雨

用虔诚的方式
在空中匍匐而下

无论风怎么吹过
我都能聆听到
她的宁静与野性
溢着洁净的味道
拨动游子的心弦

岁月又涨潮了
故乡的雨
浸泡在我茶水里的思绪
独坐于夜的深处
想槐树上的那只鸟
是否还在
雨中等待

不在故乡
却使我泪雨涟涟

雪落故乡

把故乡的月压弯
雪雨迷离中
梅在故乡总与美丽希望关联
演绎着恩泽和失意
在某一落雪的瞬间
立地成佛

河流在故乡的雪中拐弯
往回走
一盏落日

在深埋的雪野里沉浮
故乡蓬松的农事里
倒映出时光的陡峭
我忍不住卸下
尘世的袈裟
与雪花
绝尘而去

花开故乡

系住游子的心跳
不必打探花开的故乡
只要顺着花的叶脉走下去
听那辗转难眠的箫声
用泪水祭奠黎明
凋零的香或者伤
都会回旋成涟漪的纹理
在水里开花　落泪

在梦中
与一群故乡的羊邂逅
回首已是
双眸溢泪　心灵泡软
于是　故乡的花瓣
连接起童年的鸟鸣
不绝于耳

梦在故乡

总是千姿百态
总是时浓时淡
时而如低沉的诵经
时而是旷野般悲凉
像飞泻的流星
像蛹化的蝴蝶
有泥土的气味
有炊烟的眺望

蓦然回首
游子与故乡
在梦中倾听彼此的心潮
如两只旅途相遇的鸟儿
溅起一片舌尖的惊叫
让梦在故乡
泅渡游子期待的蝉声

选自诗集《心灵的遥望》，贵州人民出版社，2014年5月版

在下水大佛边沉思

杨柳岸　大佛边
那个游走异乡的人
把自己的灵魂弄丢了
佛说　万物心机重

在下水
我与佛擦肩而过
彼此心照不宣

在下水
一些因果在树荫里酣睡
月光也没有回来
只有清风送来晨钟暮鼓
让佛择一处风水
筑庐而居

春风短
下水的柳岸依然空旷
一片温柔接纳了飞鸟的影子
而我愿意在下水的春天里
学习酿酒　放牧　种花
把内心的潮湿还给阳光

于是　莲蓬筑梦的涟漪上
佛说
一切皆为虚幻
刹那便是永恒

想起半山亭

岁月在与灵魂对话
那个叫张之洞的少年
让他内心的湖泊
在半山亭幽禁我们

无穷的时光
留下岁月惊心的齿痕

游离人间之外
而风在渡船
我们举酒一杯
等老年的张之洞
在古道边　半山亭外
与我们握手　拥抱
放下荣辱　生死
一起回乡

尘世漫长
一片落叶想涉水而去
看莲花里的天堂
而我们　正牵着张之洞的手
身后是故乡
还有
半山亭外辽阔的风

醉酒时光

是晚归
如同鸟儿与花朵
玩得游刃有余

是夜的想象
左找右寻
都是天空与大海

其实
醉的世界
就是　男人和女人
漫山遍野地找
夜的梦游
纸上的人间

选自诗集《纸上人间》，北京燕山出版社，2017年3月版

牧之（1963年6月—）

贵州贞丰人，本名韦光榜，布依族。中国作协会员、贵州省作协理事、黔西南州作协常务副主席。作品见于《十月》《诗刊》《民族文学》等。著有诗集《山恋》《心灵的河流》《依然如故》等。曾获"韶峰杯""李贺杯""美文天下"等全国散文诗歌大赛一等奖，第十四届中国人口文化奖，贵州第二届专业文艺奖等。

郭思思的诗

读读肖志

我以读者的虔诚　一页一页地
把你叠放在我的脑海里　肖志
我看见金鼎山的日出
正从你的枝头　冉冉升起

我以轻松的速度　一步一步地
进入你的故事　在最精彩的地方
画上一个又一个醒目的标记——

谁在继续　一次又一次灵魂的洗礼
在金鼎山　我们一起穿行
穿过记忆铺成的道路
穿过迷人如画的风景

我问问你　肖志
为什么你总是眼含泪水
你说　肖志同志嘛
比潇洒更肖
比志气更志

在红色的七月里　再次读你
读你铁骨铮铮的身体
读你量重如山的生命
读你在明媚的金鼎山播下的十万颗种子

哦　肖志
我神圣的诗歌　无论俯首或者抬头

都能看见
那些在金鼎山劳作而又充满光芒的身影

有这样一位书记

有这样一位书记
他从不带着乌纱帽下乡
因为乡下不需要官腔
只需要实话
乡下不需要过场
只需要细节

有这样一位书记
他从老百姓的心中走过时
绝不事先通知
他只想
悄悄看看
新农村在老百姓的心中
是个啥子模样

什么东西都是这样啊。
外表干净不算干净
内心美才叫美
在余庆
在余庆的新农村
干净
那是没说的
但书记不想看到表面文章
书记只想通过事实
去证明自己的县在别人那儿的口碑

于是
书记不怕苦
也不怕累
每一次从百姓心中走过
都必须让他们有些措手不及
才能明察秋毫
才能做到"观一叶落而知秋"

对于这位书记
我不想使用太多的溢美之词

如果硬要我说出书记的名字和那一"叶"的内容
我想大家都晓得
他叫杨兴友
至于那一"叶"吗
咱们杨书记也不怕大家笑话了
新农村建设
就是要从老百姓的厕所
实实在在抓起……

县长宋晓露的博客

余庆　在我所见到的县名中
它是最祥和的
它让我想起两个词
一个是"年年有余"
一个是"富学乐美"

这是我最喜欢的两个词
也是我
想用一生去体验的两个词

在2009年的春天
在一个阳光灿烂的日子
我目睹了一座座充满活力的山脉
狮子山
横断山
中华山……
也亲自走访了一个个充满幸福的名字
桥底
满溪
高寨
后坪
黄金榜
飞龙湖……

原来啊
现实中的余庆
比我想象中的余庆
更让我激动不已
环境家家如画
生活年年有余

余庆啊
你那意料之外的丰盈
让我不停地反转身来
打听你名字背后的秘密
到底藏有一卷怎样的经书

其实
说出来就那么简单
我从县长的博客
花了整整一晚的时间
才将余庆的所有农家走遍……

他山之石
看当今百姓和县长的亲密
文峰塔内
念积善之家必有余庆的《易经》

红星村有棵和融树

红星村有两棵老树
我叫不出它的名字
历史也叫不出它的名字
当地人
干脆给它们
取了一个非常贵美的名字——
和融树

看得出来
两棵老树
曾经有一段时间
发生过分歧
当然
那是过去的事

如今
搞新农村建设
它们和好了
它们舍不得分开了
它们说
纵然老死
也不分开

娄山关下

今夜
我全身的血液
像一条鞭子
在吆喝
那是因为
七十年前的那面红旗
不停地在我的胸中
呼啦啦地招展

如此宁静的世外苑
我却不能入睡
我拉亮灯
我瞑目翻开
那段历史
一支伟人的笔
在我的脑海里运转
铿锵作响

我知道
娄山的天空
其实
早已烟云散尽

我白天还被金钟人家的那脸阳光
普照得一身温暖
在如此美好的日子
我真不想被枪炮声打扰
我要安静地享受一回
板桥农家的惬意

但静以助兴
我还是被一首诗词点燃
一夜都在
娄山关下
和历史一起醒着

桃花庄里美人窝

正是春天
正是桃花开放的季节
我赶上了她们
正吐露芬芳的那几天
我好幸运啊

一个村庄
以桃花命名
这还不多见
但我遇见了
我真幸运
那一天
整个村庄的桃花
都在我眼中开放
我有些眼花缭乱
和不知所措
但我还是
无比幸运

我不想等到花谢
我要借一朵桃花
去安置我

那颗跳动的心
我不想错过
我这次幸运

诗乡人和空心面

中国
有这样一座小城
它的真名绥阳渐渐被笔名中国诗乡代替

诗是一行一行
从诗乡人的内心流出来的
而诗乡的空心面
却是
一行一行
从诗乡人的手心里流出

而诗和空心面
原本的区别
又是如此之大
但仔细想来
它们又有着某种神秘的默契

其实
那一行一行的空心面
已经从手上改为从心中流出
而那碗端在手中热腾腾的空心面
我已经把它当诗
一口一口地吃了

酒都人和红高粱

在仁怀
高粱一熟
人们的脸上就醉得通红
高粱一走动
酒都的血液就开始燥热
经济就在血管里奔腾

在仁怀
高粱是一天接着一天熟的
熟透的高粱
从山上走下来
聚会
商议
交通和勾兑
一炉熊熊的火
一炉熊熊的智慧——
思维在燃烧

在仁怀
一棵一棵的红高粱
从炉火中走出来
就是
从量变到质变
从固体到液体
从一滴一滴普通的山里子民
到一小杯一小杯芬芳而高雅地
去迎接外宾

就是红高粱

这就是酒都人

选自《迈向新农村：遵义四在农家诗歌散文选》，

九州出版社，2010年4月版

郭思思（1963年11月—）

贵州遵义人。作品入选《中国儿歌大系》《2011—2012中国新诗年鉴》《21世纪中国文学大系诗歌卷》等。主编有上百本图书，其《中国诗歌地理：00后九人诗选》入选2014年中国文学十大新闻。曾荣获首届贵州专业文艺奖、首届中国上海国际童书展"金风车"最佳童书奖、全国社科联优秀学会工作者、贵州脱贫攻坚英才等荣誉称号。现任民进贵州省委文艺委员会副主任、贵州省诗人协会秘书长、贵州智库专家、中国诗歌学会理事。

惠子的诗

我身旁就是一片荷塘

我身旁就是一片荷塘
绿油油的　覆盖了整个湖面
荷叶大而且阔
整个湖面像一张巨大的绿色的毯
有风吹过来
毯微微地动
有荷花开放其间
三枝两枝　七朵八朵
鲜艳得撩人
有莲蓬像风铃
等风来轻抚
等雨来撞击
等过路君子开口言曾经的身世
还有低下头的枝茎
故意折断身子
以换取留得残荷听雨声的美名
还有三三两两的鹭鸶
单腿站在嫩荷的尖上
一动不动　像一幅水墨
还有蛙声　这个季节
自然少不了这个塘中君子
我这样想的时候
夜色就来了
越来越浓的夜色淹没了荷塘
却无法淹没一片蛙声

原载《诗林》，2014年5月

空格子

空格子由谁来填我不知道
空格子填什么内容我不知道
空格子里涂什么颜色我不知道

空格子就是我们小时候写字的方格子
空格子就是我们小时候跳坑的土格子
空格子就是望你的那扇木窗子
空格子就是你穿的花裙子
空格子就是风送过来的木香子

空格子是家乡的田畴
是庄稼与庄稼形成的阡陌
是鸟鸣与鸟鸣形成的阵线
是蟋蟀与星星围成的篱笆

我真想把自己装进去
又怕乡愁溢出来

原载《诗刊》，2016年6月上半月刊

怀念

母亲一走
我就老了
老成父亲的样子

父亲一走
我就成了孤儿
成了五十岁的孤儿　无家可归

我想给母亲说说话
我看见母亲坟头的青草又绿了
我想给父亲说说话
我看见父亲的长烟斗
仍在老屋的那个角落里　闪着火苗

我终究什么也没有说
一任　草
枯了又黄
花　开了又谢
屋檐　青了又绿

原载《人民文学》，2016年12月

鸟沿着河岸低低地飞

鸟沿着河岸低低地飞
河水清且涟漪
那些花就开在河的两岸
那些五颜六色的花
那些不知名的花
那些像碎花布一样的花
小小的　就开在河的两岸
而鸟就沿着河岸低低地飞
雪白的羽毛　红红的嘴
和那些碎花布　和蓝蓝的天
和蓝蓝的天上的流云　揉碎了　一起

倒影在水里
河水清且涟漪
河两岸的花开得热烈
鸟沿着河岸低低地飞

原载《诗选刊》，2013年8月

诗歌

一个词紧跟在另一个词的后面
小心翼翼
像大人牵着小孩的手

词在闪光
是思想在闪光
词不说话
是思想保持沉默

谁被谁举着
高过头顶
在夜间行走

原载《滇池》，2017年6月

河西走廊

这应该是世界上最大的走廊
大得可容纳下整个东亚　甚至
整个世界的喧闹

而这又是世界上最安静的走廊
静得只剩下马蹄
和丝绸的声音

原载《诗刊》，2014年2月上半月刊

惠子（1963年11月一）

贵州贵阳人，本名覃儒方，苗族。中国作协会员。作品见于《诗刊》《人民文学》《民族文学》等。著有诗集《孤独的石榴》《最后的我》《惠子抒情诗选》等。作品入选《中国诗歌年鉴》《中国当代汉诗年鉴》《星星诗刊·四十年诗选》等。有作品翻译成英、日等多种文字。现就职于贵州省扶贫办。

南鸥的诗

英雄与闪电

英雄打开闪电,灯火
稀疏,英雄把黑暗打扮得如同白昼
时间在一根断弦上摇曳
我始终看不清祖先虚幻的脸
始终不知道自己的姓氏
天天回家的路,突然倒挂在天上,
我永远不知道自己的头
在什么地方

我的头被一位英雄挂在腰上
英雄的头被一位神提在手里
阳光普照。神降落群山森林和闪亮的河流
神撒下大片的泥土和蚂蚁般的人群

原载《中国诗歌》,2012年第4期

断碑,或午夜的自画像

阳光在一座古钟的体内苍凉下来
时针突然指向无名的病毒。天空生锈
青铜的大钟,丧失了鲜亮的音色

我拆下古老而漫长的指针
时间,在我的手指上断裂
然后慢慢消失

一张白纸突然飘来一个破旧的
黄昏,1095个昼夜打开春天的暗房
变形的时间泛出绿斑,爬满了苍蝇
我被深藏在一位妓女的私处
而嫖客头顶日月,在我梦里
梦外,昼夜穿梭

我像一根肋骨刺进午夜
随着它的血液,我在体内肆意漫游
从一个午夜到另一个午夜
肋骨卡住了时间,在它体内生锈
午夜昼夜蠕动着太平间的胃
天空,就像一条死蛇
蜕下的皮

原载《诗歌月刊》,2008年第8期下半月刊

雕刻时光

当黑白的光影打在他的脸上
他被一束光雕刻,完成了自己的宿命
他交出染色体的纹理与姓氏
交出了生辰八字。一张脸被刻成废墟
时光只剩下遗址,一具躯壳
从风中穿过

与此同时他也变成了雕刻家
高耸的阳具才华横溢,伸向黑夜的私处
他被时光挽留,他也雕刻了时光
就像一位早逝的天才在午夜重新复活
每一刻痕都是绝笔,每道幽光
都是千古绝唱

就像野火,就像野火的眼神
就像眼神从幽暗中射出的千年的雷声
就像躲在雷声背后的一场大雨
碑文被洗得发亮,它们说出了真相
时间泛出了绿斑,晶亮的盐
从海面浮现

就像那风,就像那风的舌尖
就像舌尖上的闪电,就像闪电的刀锋
也许时间依然赤身裸体,夜空
依然灯火稀疏,腐烂的身体继续腐烂
而那些死去的灵魂,重获
众神的启迪

原载《诗选刊》,2016年第5期
《山花》,2017年第1期

狂欢之后

蚂蚁爬动着自己的宿命
一粒谷物,永远无力支撑大地的黄昏
米酒的记忆九曲幽深,当重阳
把火焰慢慢变黄,当人们从酒窖醒来

当万家灯火熄灭，请告诉子孙
谁来守望来年的重阳
一只苹果把秋天举过头顶
秋天被火焰昼夜解读。当火焰被灰烬说出
当灰烬飘散记忆，谁以逝者的言辞
诉说秋天的苍凉。枯瘦的土地
无法将血液流向枝头，只有风
摇动最后的表情
其实火焰藏着天空的宿命
瞬间的闪耀，就挥霍了昂贵的一生
当黑暗吞噬了最后的星光
天空，终将露出白生生的骨头
当万物失血，只有逝者
向天空赎罪

选自《中国年度优秀诗歌2015卷》，新华出版社，2016年2月版
入列《诗选刊》2016年代大展

时间是命运的携带者

时间与命运的一次野合
一张明天的车票，挤上今天的列车
沿途的风景都有自己的宿命
为谁盛开，又为谁落败
其实，每一次生生死死
都是皈依

服从内心的指引，在时间
缝隙盛开，但我始终被时间排泄

我是命运的使者，又终将
被时间埋葬。原来时间掌管着
命运，原来命运犹如
时间排泄物

我穿越，挤上明天的列车
是时间的错误，还是命运的荒谬
是我的命运篡改了时间
还是时间的错误抽打我的命运
冥冥之中，谁篡改了
我的时空

原载《诗潮》，2018年第1期
选载《诗选刊》，2018年第4期

春天是另一种暗伤

不要以盛开的名义打扮春天
虚假的面具，无力支撑虚幻的容颜
我知道，每朵鲜花都开着病毒
总是让季节，再次蒙羞

时光再一次被无端嫁接
我不会再蠢蠢欲动。请收起假肢
掩埋那些逝者，就像掩埋
那刚刚死去的青春

这是幕后的剧场，失落的
一路失落，那些绝望的会更加绝望

所有的角色都在挂钟上摇摆

其实，更像在练习死亡

原载《诗潮》，2018年第1期

选载《诗选刊》，2018年第4期

南鸥（1964年2月—）

贵州贵阳人，原名王军。中国作家协会会员，诗人、批评家，鲁迅文学院高研班学员，贵州省作协主席团成员，《中国当代汉诗年鉴》主编。先后在《中国诗人》《星星》《华语诗刊》开设专栏。出版诗集《火浴》《春天的裂缝》和长篇报告文学《阻击黑暗》（合著）。先后获贵州改革开放三十年"十大影响力诗人"奖、第二届"贵州乌江文学奖"、首届"中国当代诗歌奖创作奖（2000—2010）"等。

李枝能的诗

致母亲

望着你久积的额皱　望着
你走过的诗句般小路
我满腹欲语　倏地
涌成两行晶莹的泪滴

而你依然像在我孩提时
撒欢娇嗔之后
颤抖地扬起手　扬起
能揩走稚气的衣袖

母亲啊
你可知道　我已成熟
并且　正把你额皱的诗
一行行细读

原载《人民文学》，1984年第4期

冥想

我不能确定自己的归属
在家的门口，陶罐

以永恒的姿态站立不朽
我知道有关秋天的道路
如何风尘仆仆直指南山
我幻想成一匹老马
精疲力竭，却又毫无怨言
常常在傍晚时分打坐
那些结满果子的树，令我
陶醉不已
我朝着水面一圈一圈掷骰子
那些空荡荡的波纹
让人怀想

远离尘世，多么轻盈
此刻的思想无限深远
一些虚无的感觉，令脚下的石头
发出迸裂的声响
梵音空灵，隐居在体内的神明
醒着，轮回的传说里
在安详的云朵里驻足
心怀虔诚，点一炷清香
不知是贪还是诵
留一石绿色
笑声在覆盖的预言里
降下一纸柔美的诗句

禅意

历险的光映在峭崖上，打亮一个比喻
从我脸上滑下季节干净的草石
禅意，一副手套来到你我之间

我们得到焕发光芒的自由
和盘踞其中的鼓励
眼睛获得的快乐是伤感的蓝颜色
我们被无声召唤
暗中总是滴下精神的烛泪
光影闪烁为固定的轮子
我们在轮盘上接受工具和良心

晶莹的火焰在水中
一滴季节没有影子的溜失
无尽的边缘打磨着我的耳轮
发出呓语之声
眼中秋日的余烬
尚未燃烧便已成为粉末
落地的木根,在雨中感恩
我要借您无边的大爱
抑制我内心的邪恶
弘扬我内心的佛

原载《人民日报·海外版》,2015年11月19日

马之魂

一声长啸,暗淡的瞳孔省略了远方
栗色的鬃毛雪崩般坍塌
远山,陷住一串脆响的蹄声
苍远的背景里
高原河流动着深沉的精魂

一条勒紧的绳索于手中渐渐松弛
勇悍的骑手，目光
又一次被老鹰拉高

篝火中吱吱作响的山芋
爆醒了僵冷的岁月
一朵矢车菊开放着季节
鲜嫩的日光，醉成
牧歌颤悠悠的长调
强悍骑手驯服了高原的孤独和荒凉
当晨风在牧歌里摇曳着草滩
剽悍的骏马，又一次
在高原人的胸膛里撒蹄

原载《中国文学》（香港），2013年第10期

李枝能（1964年3月—）

贵州纳雍人。穿青人，笔名李之伦、木子。中国作协会员、中国诗歌学会会员。作品见于《人民文学》《诗神》《中国文学》等。著有诗集《且行且吟》《流年碎影》等，曾被评为《文学月刊》年度优秀作家和中国新诗百年全球华语"百位最具活力诗人"。

王家鸿的诗

把一群羊赶到天上

我把一群羊赶到
天上。一定在傍晚
但不一定是
夏天。也许是
秋天

那时风一定是透明的
透明得好像什么也
没有。也不潮湿
却夹杂一些微淡的腥味。
我知道她正与斜下来
的光,挤在

逼仄的石阶上。
石阶很高。与低头在湖边喝水的
羊群相比,却很矮
那时我四五岁
甚至大一些或者
小一些。那时太阳正
忙着回家,只有割牛草的
父亲,还没有回来

父亲迟早要回来的
但可能会有一两只鸟
在夜色中迷路

原载《民族文学》,2012年第4期(诗歌专号)

莫高窟

十个朝代住在一列洞窟
是有些逼仄了
难怪他们互相挤压、推搡
都想在最富丽的宫殿
铺设舞台
让仙女、僧人、乐师、王公贵胄
一同演出

当风翻到最后一页经书
我看到长河与落日一起狂奔
被冲走的朝代骨骸　发出轻叹
落日烘干的诗句
正在慢慢收拢　宽大的翅膀
洞窟中打坐的高僧
还在捻着　沙粒的佛珠
为远征万里的将士超度

我是千百年前倒下的孤魂
扛着自己的尸体
游走在滴血的　黄昏边缘

原载《特区文学》，2014年第1期

回乡参加大伯葬礼

清明节还没到　大伯便忙着
赶去与祖先见面
这使刚刚冒出来的草芽
惊讶　坐立不安

这一天的雨　比大伯干枯的发丝
还细　可所有的桐花
都一齐撑开了小雨伞
这一天的风　是一匹好绸缎
为大伯铺上最柔软的床
劳累一生的大伯
也该好好地歇歇了

大伯走得很突然
没有一点预兆
连最亲近他的小马驹
也还在等他起床后一起上山呢
它还不知道　大伯这一觉
要睡到地老天荒
没人能够等到他醒来

除了匆匆赶来的一场春雨
略带一点哭腔
除了姗姗来迟的最后一朵油菜花
忍住一滴泪水
所有的人　都没有悲伤
包括从一座城市尾随我而来的
云朵　也只是
默默地　低下了头

选自诗集《站立的河流》，中国文联出版社，2015年12月版

沙坡路38号
——兼致诗人阿诺阿布

在贵阳沙坡路的车水马龙间
我看到一个异象
一个来自乌蒙深山的人

在房间里种葵
让马铃薯的藤蔓　在额际散开
这个靠诗歌打点滴挺过来的人
实在病得不轻

他每天所要做的事情
就是把已搬到家中的这座乌蒙
一遍一遍地翻弄
看其中的哪个皱褶
又长出了一叶新鲜草药
然后就带上它　在天空飞来飞去
像一只候鸟

2013年6月29日
我和一群人在沙坡路
经一道拱门穿过一片书林
在楼顶烧烤　喝包谷酒
时值候鸟栖回38号巢穴
站在城市光秃秃的枝桠欢叫

选自《中国当代十家诗人诗选》（中-英-希腊语对照版本），
环球文化出版社，2015年6月版

科学城

这年头氧气越来越贵
1kg就要2亿欧元
只有食品很省事
随便从地面提一块砖回来
已经足够我吃上三年

朋友们走得越来越远
有的已经移民月球
有的正在地面修复溃烂的大海
当我从天梯上下来
光年外的朋友
照常用眼波向我发射问候
今天的信息却令我惊喜万分——
她将在5050年的某一天早晨
带着为我养大的一群孩子
光临我的小城
让我们初次欢聚

我要用最坚硬的一块铁
为她布局满屋鲜花
我要在她飞碟即将到达的星际
铺上宽广而狂啸的海浪

原载《世界汉语文学》，2014年第2期

王家鸿（1964年3月—）

贵州镇宁人，布依族。贵州省作协会员、贵州省诗人协会副主席。作品见于全国数十家文学期刊。曾获第三届全国少数民族文学创作"骏马奖"等。著有诗集《第五个季节》《站立的河流》。作品入选《中国当代十家诗人诗选》（中–英–希腊语对照）。

王保友的诗

内心藏着太多的火种

我的内心藏着太多的火种,我的血液
被烈焰烧得沸腾。温度似水银一样
迅疾地,沿着毫米汞柱上升。

我的心里,装着数以千计的太阳
它们,在我的腹腔里,排列着,闪烁着
告诉你们,一些不为人知的事情。

我早已将许多卷经文,遗弃
在走过的路上。
带着肉体,回到遥远天庭。

一切,都是冰冷的。在冰冷中
我领受和倾听,每株树
生长的声音,树叶从绿渐黄的过程。

没有谁,可以将我带离这个世界。
因为,我与腹腔里的火种一样
不会轻易地熄灭。

我知道神的手不可违背

我知道神的手,不可违背和改变
因此,在众多的隐喻里,我必须逃遁
在唯一的路径。

奔突，喘息，咳嗽，匍匐，疲惫地行走
我知道，前面的路也许很黑
而且没有里程碑，为我导引
没有一座驿站，愿意将我收留。

这个世界，我能够改变的，只是自己的
光谱或波长，哪怕身上只留下
最后一根白色的蜡烛。

愈来愈远的场景，记录下拉长的单薄身影
愈发变得模糊了。
而我，必须找寻一条最为适合的道路
哪怕，尽头是悬崖，峡谷
也要一路走到黑暗的尽头。

一概不予承认，神的手，能够撕裂天空
垂下来的幕布。一概否认，尘埃和慢下来的步履
会淹没于奔涌的河流

走在没有尽头的柿子林里

我听到了你们，熟透后跌落
在地，头颅或身体破碎的声音。
我被你们，红红的柿子酱，涂抹和淹没。

我，走在没有尽头的柿子林里，
耳中灌满了冬季的寒意。
为什么，要咸咸地哭？为什么，要放纵
止不住的泪水？我不愿，给出他人想要的结论。

但我允许,许多嘴巴发出惊诧的疑问。
隐遁边疆,已经进入第九个年头。
目睹柿子树上的柿果,自高处坠落
同样也是我的曾经,我的轨迹和结局。

但我,从来没有觉得死亡有多么残酷
从来没有觉得星寒,天冷。更加不会相信
暗夜会将苍穹彻底地吞没。

原载诗集《骨骼里最柔软的部分》,百花洲文艺出版社,2017年5月版

王保友(1964年5月—)

原籍河南新乡。作品在新加坡、瑞士等翻译和发表。获2016年诗探索·中国诗歌发现奖等。著有诗集《骨骼里最柔软的部分》,散文集《年轮上的花朵》,长篇小说《人人都有中央眼》等。

陈长文的诗

黄河入海流

一

就这样　我们来到这遥遥海天
醒来吧　扎曲　卡日曲　约古宗列曲
我们前行的路到头了
一种湛蓝的开阔
一种前所未有的开阔
让我们忘掉了滚滚的万里行程
让鱼们虾们惊惶不安
兄弟　我们虽然驶过了青宁　跃过壶口
虽然我们九弯九曲
挤过了重重叠叠的高原与群山
虽然人们说我们从天上而来
虽然我们携带的泥沙
已远远超出了我们自身的重量
但是这一切已无关紧要
前边浩浩渺渺　海
早已悄无声息地列阵而待
百里　千里　万里　目无所极
兄弟我们前行的路到头了

我们仍滚滚地奔流　朝着从前的海
我们依然高擎着黄色的旗帜
我们依然领着千千万万的水族姐妹和泥沙汉子
向前走向前走
兄弟啊　这不是归宿　但

这是命运
一种陆地河流的命运
一种我们的淡水家族奔流的命运

二

我们在这个叫黄河口的地方列阵
我们在这个三角洲的百里芦滩上列阵
我们的淡水姐妹与黄沙汉子
手挽着手肩并着肩面对冷冷蓝蓝的海
相互鼓励

我们知道这是一场悲壮的较量
前边的浩瀚的可怕的海一直张着大口
我们的攻击定属徒劳　胜负
像一条小鱼轻轻游向鳄嘴
然后又被鳄嘴轻轻吞掉
但是　黄色的血液沸腾陆地的性格高耸
我们
必须对抗

黄河入海
黄河入海后不再叫黄河
黄河入海后不再有黄色
黄河入海后不再哺育两岸的树木与青草
这一脉来自冰山雪域渐大渐重的黄
在群山与海面渐融渐平时
就骄傲地　慢慢地　消失　消失

再见了　巴颜喀拉
请允许我把您叫作父亲
请允许我以神的名义祝福您

您的那个叫黄河的儿子
在入海的瞬间　一双汪汪含泪的眼
向西回望

三

贪婪成性的海　进行着
残忍的分割
多少鱼　多少沙　多少水
一概收受
海的面孔冰冷平静冰冷平静

我们错在哪里
那些祖先们的奔流啊
入海向东　向东入海
那不是一件神圣的使命么

随我而来的那些黄沙汉子
不肯屈服
他们咬着牙　手挽着手
拒绝入海
他们就在我入海的瞬间　断然地
折戟沉沙

千千亿亿的黄沙汉子
绵亘成同样开阔巨大的河口平原
哦　我亲爱的兄弟
我祝福你们刚硬的性格
感谢你们保留了陆地的精神

四

兄弟我们来回忆那些我们走过的土地
那些土地留下的嘱托
我们来记下那些树木　野草　那些人
那些牛羊　那些唱给我们的颂歌
我们不能忘记永远不要忘记
兄弟　我们去告诉那些同行的鱼
原　途　返　回
我们去告诉那些掀波造浪的龙
前面有鲸

我们是否把仍握着撑竿的艄公
改叫船长
我们是否叫后边紧随而来的兄弟们
准备救生衣　氧气罩
启动警铃与红灯

我们是否电告南边的长江
放慢前行的步子
告诉他们海水腥咸　暗礁四伏
注　意　安　全
我们是否通知所有的小溪小河
返回家乡照看好草木兄妹
坚守家门

五

我的母亲仍在玛曲　我的姐妹
仍住在那个叫孔雀河的地方
她们肯定在思念我
她们肯定在挂念我

我忘不了干旱的北方
那些烈日下饥渴的高原与沙漠
她们不停地向我呼喊
她们永远地张着干裂的嘴唇和眼睛
而我啊　为一种所谓的奔腾的使命
竟吝啬得没留下半滴水珠

是的　沙漠的形成与我入海有关
我饱满的血浆　慷慨地送给大海
送给了多余而富有过量的大海
一面是风干了几千年龟裂的灵魂
一边是冰冷温湿阔大广远的水的多余
而我们生命的流向　偏偏地就驶向
这种过量和多余
这是一条河流的悲哀
这更是一条滚滚不息的河流入海的
悲哀

六

除了沙漠之外　我们仍无法统计
有多少村庄　原野　有多少森林　麦穗
仍在等待
那些一缕微风一丝光照就会感动的
土地啊
那些一滴雨水就要流泪就要哭泣的
土地啊
他们如何以一种旷久的无奈的等待
面对着我们洪大奔泻的慷慨

感谢那些湖
那些孤独沉静的湖

那些淡泊却无比智慧的湖
那些与群山为伴与幽谷为家的湖
那些拒绝与我同行的湖
是她们殷殷地挽留了泉水与小溪
是她们哺育了那些丰茂的林木和青草
是她们让飞鸟　蛙鸣　蜻蜓与群山
相濡以沫　相互辉映

面对这腥咸的世界　回想那些翻滚的
麦穗与稻花
我们有什么理由以奔腾为借口
漠视生命的滋润与呵护
甚至以无知快意的流泻
对这种神圣的坚守
百般嘲笑　唾之以沫

七

我仍在腥咸的世界里前走
一股股的洋流　肢解着我脆弱的身体
他们慢慢地用海水将我漂洗
我知道
他们想让我慢慢地变形　变质

我明白了我的祖先
那些流经青海　宁夏　山西的祖先
为什么不舍昼夜地搬运黄土
让生命负重是一条河流的愤怒
万里流沙
目标是
舍生　填海

十里　百里　千里
千年　万年　亿年
多么悲壮的岁月　多么悲壮的行程
入海　如果注定是我们的命运
如果河流注定就不能回流高处
那我们就只有一条路
填海　造原　造原　填海

不是归宿
但
这是命运

八

我现在最关心的是　一滴水
变为水汽　需要多少阳光
最关心的是　什么样的风
能将这滴水　吹向沙漠　高原
或者雪山
我担心的是太阳　用多少热量
对这滴水进行蒸发
是否如我们来时的行程汹涌澎湃
轰轰烈烈

有没有怪异的风　故意地
将这滴水吹落
有没有雷电　猛然一击
中断这滴水向西回返的行程
我现在最担心的是
一
滴
水

九

谁制造了这大海
谁是海神
谁用大海包围着陆地
谁制造飓风海啸
疯狂侵害我宁静的
城市与村庄

有没有一种可能
把这腥咸的海水变成淡水
有没有一种可能将淡水
赶上群山
可不可以将这些沉积的礁石　海藻　珊瑚
变成高山　野草和森林
有没有一种办法让海平静
驯服地听从陆地的口令
向左　向右　稍息　立正

难道海洋比陆地高耸
难道海洋比陆地坚硬
离开陆地海水在何处盛装

向天空申诉
向太阳申诉
海洋　必须归还雨水　赔偿河流

十

现在一条入海的河流
还能说些什么
谁还在岸上以含泪的手势

唤我
谁还在与海天渐平的黄土原上
在那经幡般飘飘扬扬的百里芦滩上
高　声　唤　我

寻找
空空的寻找
苍天在上
太阳在上
巴颜喀拉在上
我们如何去面对前面那陌生的蓝色
谁去　谁去把这面斑驳的龙旗
交给我那白发苍苍的
祖先

呵呵
我们等待海潮　等待海啸……

原载《诗歌月刊》，2005年12月

陈长文（1964年6月—）

贵州习水人，笔名文城。中国作协会员。著有诗集《夸父的悲哀》《黄河入海流》《天葬》等。现任贵州中尔实业有限公司、贵州湄窖酒业有限公司董事长，贵州大学硕士生导师，遵义市作家协会副主席。

空空的诗

一种精神

背对太阳的人
永远无法体会向日葵
那种甜蜜的冲动和渴望
在太阳底下行走
低下沉重且高贵的头颅
是一种难得的幸福

许多年了，我们再也无法
平静而深刻地
面对这样的风景
庄稼在田里自由地生长
祥和宁静的季节里
青蛙鸣叫，牛吃青草
阳光照耀的水面上
人类的孩子
脱去多余的衣服
舞蹈、歌唱

许多年了，我们再也不能
像拥有生命一样地
拥有这样一种精神
饥馑中勒紧裤带
黑暗中憧憬光明
在苦难和破碎的花朵面前
弟兄们手挽着手
用鲜血洗净往日的伤口
需要这样一种精神

它能使初生的婴儿睁开眼睛
使暮年的老人焕发青春
并且在危机四伏的年代
使我们安于贫困
忠于诗歌和良心

原载《诗神》，1992年第3期

八月，还乡
——致 W·Q

我说过要在八月回到乡村
那时，我母亲浑圆的双肩挂满了玉米
田野上劳作归来的人们
怀揣幸福的黄金

我说过要在八月回到乡村
那里，我热爱的少女美丽至极
她弯腰汲水的侧影
使我想背走那口唯一的井

我说过要在八月回到乡村
我说过要去祭奠那些死去的人，熟悉的人
要让沿途的荆棘划破我的脚板
使我重新流出少年的泪水

远方的朋友，流浪的诗人
我要告诉你
你能够承受命运最沉重的一击
却无法忘记乡村的一滴雨，一片云

原载《诗神》，1993年第7期、第8期合刊

秋天

夕阳!这血的鞭子
狠狠地抽打着我的童年时光

想起遥远的年代
奶奶赤脚走过黄昏的山岗

夜晚鸡鸣,白天狗叫
炊烟和村庄是穷人的天堂!

人在水上,血在风上
天空下跑动着玉米和高粱

秋天呀,这就是我所怀想的秋天
我热爱的亲人在这个季节客死异乡

现在,我已不再惧怕疾病和死亡
一片落叶,春天会把它重新放回到树上!

原载《诗神》,1998年第1期

空空(1964年9月—)

贵州纳雍人,本名赵翔,白族。中国作协会员、毕节市诗歌创作委员会副主任。作品见于《诗刊》《民族文学》《诗歌报月刊》等。著有诗集《脸孔与花瓣》《人之高原》,散文随笔集《酒杯里苍凉的倒影》等。曾获"贵州十大影响力诗人"称号。

卡西的诗

我在等待一场雨

只有在这时,我的心才会挣脱
世俗的纷繁与喧闹
收拢疲惫的翅膀。我在等待一场雨
等待一支浩浩荡荡的队伍
从我生锈的血管,沙沙走过

只有在这时,灰暗的乌云是可爱的
它在召集鸟儿饥饿的嘴唇
开往枯黄的旷野
失眠的风倾巢而出
在梦与醒的途中,默读水的色彩

只有在这时,那些存在的事物
静静流淌在巨大的空虚里
像婉转的回声,穿过日子的表层
露出的皱纹还来不及尖锐
便被时光之手,一一抹去

只有在这时,不安分的闪电喷薄而出
破了煎药的土罐,破了纸包着的火
成群结队倾泻而下肆无忌惮
溅起的清凉,掉进干涸的杯中
不露声色地潜入,净我一身猥琐的风尘

选自诗集《假如时间再靠近一步》,文汇出版社,2017年8月版

与时光待在一起

仿佛被锁进真空
忘了磨碎的生活,忘了世界的存在
高原上的风
除保持尖锐的姿势
一点不想掠走
斑驳中年,以及深藏不露的伤痕

这是七月慵懒的某个午后
茂盛的树叶
挡住杀气腾腾的炎热
玻璃窗户敞开着。低调的房间一片安静
几乎没有其他
一只蚂蚁在身边爬行
感觉它的方向,就是自己的方向

原载《2018年中国新诗日历》,江西高校出版社,2018年3月版

时间的侧面

被时间牵着鼻子走,漫长道路
孤独而遥远
自由变得不可触摸
有些骨头的滋味,是可以轻易找到的

比如消失在雾中的羊群
错过的湿润日子
记忆的河流,以及残缺的歌谣

神圣之美是致命色彩
绽放的火焰，无法阻挡

这些发亮的事，镜子一样折射哲学
给寂寞城市插上翅膀
有思想的空气，露出超常力量
时间的侧面
有掷地有声的锋芒，也有花落无声的忧伤

终于明白，只有把尘世的欲望
收回，变小。小成分子质子藏回体内
做个普通人正常人小老百姓
自己才能好好活下去

原载《星星》，2016年4期

大寒书（外一首）

利刃似的手指，伸进潮湿天空
滴水成冰的大地危机四伏
这个时节稍不小心，就会变成守夜人

暴君的性格，狂野又任性
臃肿是街道的风景
一切之后的瓦解
表明叛逆者的身份，名副其实

北风醒着，在浓密的烟雾中滚动
一半是光明一半是黑暗
支离破碎的时间，无可奈何腾空跃起
陷入鱼肚白的梦境

我在自然的身体上行走
存在是消失的对手，势均力敌
这是保持平衡的最佳方式
世界不分善恶，不会死亡，只有交替

现实

在这座城市，我不过是一个异乡人
漂泊者，甚至草本植物。每天在低洼处行走
天越走越远，心越走越空

真的，我无法用语言形容这一切
面对匆忙而疲惫的目光
除了幻觉年轻以外，其他都已老去
仿佛濒临死亡的麻雀
无奈地蜷缩在城市陌生的边缘

只有夜晚是属于自己的
可以摆脱纷繁的恐惧，接近内心的空气和水
许多走失的眼睛返回
与跳动的风一起，唱耳熟能详的歌
缝合看不见的伤口

在这座城市，那些坠落的尘埃
也许是我生命的一部分
持续不断的碎片，细雨一样砸在肩上
让我不得不接受冰凉的现实

原载《山花》，2016年第6期下半月刊

有些面孔

十一月，除了为时尚早的温度
继续做着混合运算
躺下的水已开始密谋。重新站立的野性
让旋转的时间
没有多余的退路，可退

阳光渐渐冷却，卸下性别的负担
罗非鱼抬头看了看天
它的眼神，决定着事物生存的方向
患感冒的空气
睡在一些词语上。翅膀的虚妄
再也跃不过影子的沼泽

这些生活的链条，安放在必经之路上
透明的叶笛吹过灰色地带
毫无关系的空，也咄咄逼人
举起的拳头
有细碎的眼睛，目光炯炯注视我
仿佛夜晚一样锋利

我总是想起雪。无缘无故倾泻下来
湿润的呼吸紧拽凌晨的肿胀
这一切可以说事事关己
轻轻一碰，就会流淌出一片月光的水声

原载《厦门文学》，2017年第12期

幻境

想去某个地方，一个人
去那里。思考或悲伤
解脱尘事的清净是治疗剂，向我扑来

最好牵一匹枣红马
它的脾气压过我的性格
一坡坡野雏菊，一层层浪花
它们站在天空下的身影多么完整

你好溪水，青山，牛羊
顺气的空气罩着村庄
坐在田埂上，时光的慢自由奔放

一只微不足道的鸟绕过世界
栖息梦的中心
仿佛我的命运，石头一样向太阳深处沉去

原载《诗歌月刊》，2018年第1期

卡西（1964年10月—）

贵州贞丰人，本名郭龙翔。贵州省作协会员。作品见于《星星》《诗歌月刊》《诗选刊》等。著有诗集《卡西的星空》《风在轻轻吹》《假如时间再靠近一步》等。

西篱的诗

水

一

亲爱的，请留住你的名字
请留住
一种暗地里的沉思
头发已经剪短
阳光提前来到
锈蚀的铁钉
抓住某种认同的法则

当我的眼帘缓缓上升
在褪色的窗帘之后
一张绯红的脸孔渐渐远离
所有的摆设
　　强调两张红色纸片
单纯的笑意四处飘散
错误　虚无　抽屉的最深处
纸片们安然等待……

二

屋顶的纸张已经发黄
清脆的爆响　不时
为眼睛裂开一条缝
女人步态羞怯　春天

一张床占据了整个房间
所有为壁灯而述说的词句
　　因贫血而零落
黎明很暗，很凉
婴儿的眼睛很亮
这又注定了什么？

常有幽光
将白日布置成夜晚，如水
梦幻连绵……童年
路多么洁净啊
野狼，在远处
一时善良无比

我们的心房永远无人居住
光的过程，水的过程
脸色灰暗

三

真实与真实在互相比较
疲惫　青春
再次满怀憧憬
童贞，水，花朵
陶罐的碎片……

一旦跨过夜晚灾难就会降临
沉默或催促
皆无去处
我在街边站立太久
总有一片梧桐叶知道　并且掉下

心的至高点，暗伤
暮色迟迟不来……

把雨作为知己
一天之中无数次地
你的面容在它的幻境中展开

四

细节　细节　细节
在不同的人的口里
有不同的滋味
无论做怎样的挑选　准备
一旦吐出
你我便开始粉碎

某一日的午后谈论命运
面对父亲一般安宁的心海
突然涨水

这条黑布蒙蔽了双目
小丑们来来往往
赤裸着手臂制造风流
雨水淅沥
六月里　气候和人一道反复
木乃伊

五

黑夜如此令人向往
温柔与真情
只留在这样的时候

那灯光里的住所有没有鸟儿穿过
鸟儿，也如同音乐
在我们不断选择的日子里
总是提前消逝，不可寻找

在夜晚感觉我的身体
感觉它缓缓舒展
在半轮白色的光里
因为看不清你的脸
我的手指异常灵敏
　如同小巧的伞柄
寻找，一种本质
梦，与温柔……

六

闪电
在天边　丛林之后
一片扇形
它的呼唤如水的呼唤　不可抗拒
月亮充分准备
被一朵云吞掉　变形
巨型的船
愿望之不可及
在起航之际烟消云散

白色小巧的皮鞋
深陷于黑森林的泥土
时至今日
没有天空
爱人的面容却自天而降
那是我的爱人吗？

我的爱人是一朵微红的火焰
我的心在夜里
被激情甜蜜地灼痛
而他白日的冷峻
亦令我彻骨寒冷

七

在零点钟的时候听一种声音
于千里之外
柔波起伏
趋向那千古不朽的晒台
城市的某一处桥栏
也曾十分温暖
长久地等待灯火辉煌的远处
一个我们终身渴望的身影
准时出现
而今夜
所有的时钟
怪异地沉默
那桥栏
亦将在我的梦境里
　　沉湎千年……

走近这无边无际的池塘
水在无底的底部
青蛙依次跳水
它们的叫声里总藏有自己的灵魂

八

看星星,永远落入俗套
而你不能容忍

爱,两手相握
自你的头发开始
白天或者夜晚
总有一声脆响
令我如此慌张
而那一缕血脉突突作响

流水的声音轻俏而不断
是孩子粉色的双足
自一张洁白柔软的纸
走来了,在手心里
安慰
瞧这些夜来香们!

九

远处仍然有一盏灯
多年以前,它就忠实而小心地
爱护着我的身影

我甚至又找到了那张椅子
它洁净凛然
冬青花未从细软的蛛网间滑落
整日整日地,这石椅
让我们的心感到多么可靠,安宁

死亡
常在风的声音和阳光的声音里
吟唱
每一句,都芬芳而甘美

然后是连绵不断的雨
寻找创伤而来
双脚裸着
心却包囊得很紧
为了一种温柔和赦免
我等待至今……

十

像这样
再次一无所想

所有色彩
是你亲手涂上又亲手抹去
那些荷叶参参差差多么茂盛
陌生的房间里
是什么苍白而冰冷?

低下头
林间的阳光金黄金黄地
移至背脊之上
爱人,和一堆松软的草
在那边等我……

噢,水们漫过街道
然后毫无动静
石头爆裂的声音

将在明天响起

无论如何

我也得跨过这水……

选自诗集《西篱香》,南方日报出版社,2004年6月版

西篱(1964年10月—)

贵州贵阳人,原名周西篱。中国作协会员,一级作家,广东省政协委员,《网络文学评论》主编。作品见于《人民文学》《诗刊》《十月》等。著有诗集《昼的紫夜的白》等。曾获首届金筑文艺奖、第四届中国传记文学优秀作品奖等。

陈亮的诗

紫水

第一次细细地饮过你
我便慢慢长成了粗粗壮壮的男子汉
紫水　以我开始记事
母亲就这样天天挑着杉木水桶
到河边汲你吗
汲你的精血　你的骨骼
你的澄澈　你的柔情
喂养我　连同山那边的荒地

母亲说
从爷爷的爷爷那时候起
你就这般汩汩地流过来了
先是绕过我家对门的那片坟山
绕过一蓬蓬绽开的红杜鹃
白杜鹃　紫杜鹃
从这块洼地那块洼地中穿过
一直晃到我家门口
再向很远很远的地方流去

母亲说
你或许就是我祖先的血
你或许就是我祖先的气
你或许就是我的祖先的魂魄
你或许就是我的祖先的胴体
要不
你怎的淌成
一种很深很深的文化

至今　为什么祖先的坟山
就埋在幽幽的风水湾里
为什么祖先的斑驳的墓碑
一年四季倒映着清粼粼的波光
为什么那几块荒地
一茬茬开满灿灿烈烈的地米花儿
一茬茬结满金黄金黄的果儿
为什么每年清明
我们要到祖先的坟山
化一把香烛烧一叠纸钱
为什么那些半明半暗的祭日
我们要包一些粽子　盛几碗黄酒　砍一截刀头
煮两个鸡蛋
在秋天　在半夜
躲到很远很远的山坳里
吹响呜呜的萧子
或者
看鬼火
忽闪忽闪地舞蹈和歌唱

曾记得
当我还是翩翩少年
母亲便时常将我带到你的身边
那时候蝴蝶在半空中旋舞
水蛇在草稞里游弋
鹅卵石们傻乎乎地兀立于河滩上
那些潇洒的藻叶把一个个绿色的
酒窝打在清澈的激流里

那时候母亲很年轻很漂亮
很漂亮很年轻的母亲总也闲不住
一会儿教我敲清波绿浪
一会儿教我抓水鸟游鱼
一会儿教我追轻风叶影

一会儿教我唱一首悠悠的小曲
当母亲教我说大河你好呵
她总是泪流满面……

至今　很多年过去了
当我一个人在风中彳亍
母亲在很深很深的水域击水的声音
还在响彻着我的青春……

那么紫水　此刻
你或许成为一种定势了么
我站在你的岸边
迎送日出日落　云卷云舒
我的目光飞越千峰万壑
我的思绪萦绕亘古情结
我以男人的痛苦和节奏
踩响你的波浪
踩响你的韵律　踩响风霜雨雪　电闪雷鸣……
然后　我缓缓地抬起头来

那些血与火的洗礼
美与丑的升华
那些轰轰烈烈或者默默无闻的
那些金银铜铁
那些行尸走肉
那些殿堂　宗教　裸舞
那些地震　逆流与荒滩
那些无数的游水者和溺水者
那些炊烟　短笛和牧歌
都已然被你卷迭殆尽　涤荡而去
不复回溯

黑夜里听见有人弹响咚咚的地平线
你可知道太阳和星星哪个更加辉煌与灿烂
生命之水穿透遥远的空间自头顶倾泻

还有风的召唤雨的鞭打雷的呐喊
森林里我把一双眼睛交给狼烟虎啸
终于读懂了沉默的大山和那堆幽幽咽咽的篝火
紫水　除了你
我没有更多的奢望呵

啊！就这样
用你的精血沐浴我
用你的灵魂喂养我
用你光照人间的抚爱牵引我
我是一枚悠悠燃烧的火种
我是一只叽叽喳喳的山雀
我是一杯浓浓的阳光
我是一抹殷殷的野百合
天地间不能缺少的你都给了我
面对贫血的土地我还抱怨什么
假使有一天我躺倒在你身边
请让太阳从我头顶滚过……

原载《贵州日报》，1994年5月29日

陈亮（1965年1月—）

贵州惠水人，布依族。中国作协会员，贵州省作家协会主席团委员、理事，黔东南州作家协会第三届、第四届、第五届副主席及第六届主席。现任第九届凯里市政协副主席，兼任黔东南州文联副主席，《杉乡文学》主编等。

陈祖伟的诗

国际新闻

一天二十四小时
用十分钟接待世界来访
面对无常风云变幻
已习惯冷静
要哭　可开辟一条运河
若笑　会震惊一部历史
一颗流弹常常击中
两种表情

原载《星星》，1993年12月

看棋（组诗）

帅

其实并不是你指挥战斗
而是身后更强大的人
那些兵马不知道这些
拼命保护你

卒

平时　你不在眼里
只有当马仰车翻

才把你举在手中
当作旗帜

仕

跟随老将左右
时时谨慎小心
耻辱的是——
还未尽忠
将已先死

车

防暴警察兼
快速反应部队
太神气了
难免步入陷阱

你不是英雄
英雄面对面
刀对刀
你只是躲在别人后面
赢了战争

原载《贵州日报》，1992年5月30日

陈祖伟（1965年3月—）

贵州开阳人。1994年加入贵州省作协。作品见于《星星》等。2002年由贵州省作家协会主办、个人提供藏品在省文联举办"百位著名文学家书画展"。

陈波来的诗

大流徙(组诗)

春秋末年,……特别是唐至明清,汉族人民不断从今山西、四川、江西、湖南、安徽、江苏等地移居贵州。

——摘自《贵州古代史》[①]第12页

选择

……是时候了!你们
从最终空洞于祈望平安的眼里逃吧

箭镞掠水而来
灾难是一片金属的喧响
红鲤一夜之间破网而去
一夜之间有人白头
神鸦归于一双惊恐的翅膀
社鼓归于无声
桑田的尽头日子的尽头
祸与福,生与死竟相交臂
朝向大路

是时候了呀

---

① 周春元等.贵州古代史.贵阳:贵州人民出版社,1982:12.

想起当年
太阳在上,足下是那支
锈断在遗忘里的箭
日出而耕而渔
日落而息而歌
水声闪闪引路
谷仓是收获。劳动是丰收
冥想如此选择即是如此

想起当年——因此你们逃吧
带上水稻和麦种
带上丰收和黄铜的唢呐与钹
带上牝牛、女人
带上乡音,日后在乡音里做梦
在白鹤的竖翅间徐徐归返

逃离即为着归返
生与死陡然开阔无边开阔
大路朝天哪

根呵

最后一次跪下
朝汤汤大河的涛声里隐隐现出的
村庄和坟茔
远远地,我们跪下

祖父的家园祖母的家园
从前祖父以桑木为弓蓬草为矢
为我们早早射出四方
母亲唯一的那颗牙齿留在天上

还有一个鬼故事没有讲完
谷仓和雀巢犹在
桨橹搁在网上
漏出熟稔的水声打湿乃的谣曲
那在暗中拉扯我们衣袂
一如虬根的手
无力垂落

告别逐水之遥
告别缘出家园缘着祖坟的根
先人呵，告别你们

三次伏地大叩，匆匆之中
泥浆和血埋进皱纹
泪埋进黄土
植出明年的什么树
什么树在砍砍声中伐倒
在砍砍声中重又长出
根呵，渐堕入视野之外
堕入玄思之外
理解之外
转徙于土地之上的多难民族
以土地为根吧以土地
为根吧

先人呵！告别你们原谅我们

花灯调

你是龙种你冠着你先人的汉姓
不可更改

你的嘴唇是一支高高低低的花灯调
不能忘记你没敢忘记

没敢忘重建家园和社庙
流徙和灾难留给一页残损的农历
把耕织和建设筑在山上
鞭中国不老的牛犁出一重山水
没敢忘以土地为根的箴训
在芒刺戳穿的脚窝里种出日子
重以日子酿酒。烈性的酒
流进劳作者的吆喝
明年更是沓沓如风起的吆喝
红纸黑字间香火袅袅不绝
祷语不绝。告慰先人和亡灵
一元复始
五谷丰登
重备下花轿与阴沉的棺木
崽哟你们将在风里高大
我们将死去
或双臂颓然入土
或走进石头和熔岩
成为壁画和史诗

唢呐吹起来
悲凉或亢奋，泛在黄铜的光里
撼荡天日的民族之声
如流徙之路上下回转的花灯调
颠颠唱起来
林榉为之旋
山为之舞
无数支火把炫亮的龙升起来
无数的街衢和商镇从眼底
升起来升起来呀

崽哟
和那句不可更改不可忘却的箴训
和丰收和年年唱起的花灯调
年年舞起的龙
活
下
去

原载《山花》，1986年第11期

三原色（组诗）

红色

溅开。要么是火焰要么是血

我看见在硕大的太阳的诱惑下
血丝层层密布的眼睛
挤满想象的空间
果实一样沉坠的词语
使一百年凭栏远眺的季节
春华秋实。而暗示逼面而来
穿过躁动的血液和一地晶盐
在最初的灾难中见红，在最后的
幸福中披红见彩

渴欲如此煎熬地烧伤天空
升起的火焰映照着我背影中的灰烬
而我的背影年年高大
轻薄一如岁月的肌肤下面
血流成河。我听见我先人

劳动或征战的呐喊扼止一腕

活着。火焰还要升腾血还要滥觞

黄色

欲与不欲之间的
岸
你在岸上

欲望的鼓动来自血液
因为先人在最初的疼痛中
使甜蜜的晕眩流传开来
春天又一次走过你的身旁
空气中弥漫着
繁殖与戕杀的呻吟
伤口结痂的时候你垂下
桀骜不驯的头颅
沉思的那一刻起
你抵达秋天。成熟的日子
是那么的日新月异
河流从你的眼睛里进入内心
而岸迅速向四下铺延

你在岸上。血流的喧响
埋在黄皮肤下
你择水而居
和农耕与收获厮守一起

水安详地流着。你从自己
同样安详地划过水面的影子中
看出你五千多岁的年龄

蓝色

静静地流淌
静静地没顶

那来自时间的最有深度的流淌
覆盖了火焰
一切将归于悠悠的挽歌
戛然中断后的死寂
刀与斧敛尽最后一片血光
和鲜花与果实一同湮灭
天空展开,天空展开只是为了
在看不见的远方
与沉沦的海合二为一

静静地流淌
静静地凸现

只有最后一根唱歌的稻草
载引最后一个唱歌的人
从天边回来
他的攥满闪电的双手战栗不已
他知道他将重新以什么抟作
他知道抟作的将是什么

选自《星星》,2000年第9期

陈波来(1965年5月—)

贵州湄潭人,本名陈波。中国作协会员、海南省作协理事、海南省文学院首批签约诗人。作品散见于《诗刊》等。著有诗集3部。现居海口,律师。

喻子涵的诗

海龙屯悲歌（组诗）

  贵州黔北大娄山巅的龙岩屯，四面陵绝，左右环溪，九关雄险，王宫巍峨，随山就势绵延十余里，系唐代杨端驻守播州700年之第29代土司杨应龙在祖先基业上扩建而成。1600年，晚明王朝调集24万军队发动"平播之役"一举摧毁屯上建筑并易名为"海龙屯"。从此，昔日壮丽辉煌的土司"王宫"渐渐掩埋于黄土之下。400年后的2012年7月，贵州考古队一层层揭去黄土，昔日"王宫"又渐渐复活，并成为"全国十大考古新发现"。2015年7月，遵义海龙屯作为中国三大土司遗址之一，联合申报成为世界文化遗产。人们登屯观览，从荒垒残垣可以嗅到当年的战争硝烟，从砖屑瓦砾可以想见屯上的宫殿灯火。俯首海龙屯，不禁让人沉思古往今来、曲直是非……

——题记

一

一本书自然打开，木楼里的灯早已熄灭
一束绣着花的光流逝到现代
柔韧的文字筑成舞台，黑衣少女
张开十指花瓣一样挥舞，一头披发朝霞般弥漫
那时我像龙岩山一样沉思古往今来。
数十载我如冬眠的刺猬倦怠无语。头发直立如剑
面容尚且柔和，静待一段传说渐渐展开

音乐如银河的狂风翻卷巨浪。一座山瞬间
从她的指尖突起，严肃的星云满面流淌
当气息五彩缤纷时，唯一的杜鹃漫山遍野盛开

而文字啼血鸣叫，双眼生风
脚步行走在那座空中楼阁的绝壁
一个影子独立苍茫，最后的笑容淹没群山

我知道，四百多年的舞姿不是为一个人而舞
永不停息的神性里，有着永不停息的悲怨和倾诉
当风暴卷走杂念，旋转的黑影渐渐远去
一座山沉静如初，环绕着旷世的慨叹
所有文字葬身于深涧，等待有人捡起
铸成黑衣舞女的塑像

二

一匹鹰巡视在它的疆域
数百年毫不觉得单调和疲惫
蓝天上有他的队伍和子孙
一幕连一幕的，末世将军的羽旌
铠甲与长剑，骠骑的威仪
当年的气质穿云破雾，翅膀上的闪电不时炸响
时间或许是一种暴力，使他只能以另一种身世
盘旋在天空的荒原，守护他的内心与辽阔

当将军还未归来，一切风景不能成为过去
铁壁铜墙，龙盘虎踞，九关巍峨
散发英雄气味的夕阳，图画着残垣断壁
凋敝的营盘依然手挽着手
垂悬的天梯仍旧捍卫行宫
森林复苏，葳蕤抵御荒寒；露天的武库里
整齐生长着斧钺刀枪、箭戟锤棒
若干耸立的黑影，雕塑晨昏的苍穹
灰烬中的梁檐廊柱，风烟中的长号旌旗

丛林下的砖屑瓦砾，泥层深处的宫殿灯火……
当宏伟史迹一一复原，城堡和将军，让世界瞠目回望

永不疲倦的盘旋，静穆的眼光一遍遍抚摩大地
统驭是一种气魄，俯瞰是一种责任
孤独的英雄不计较岁月，不纠结来路和去路
既为成功者证言，也为失败者志哀
翅膀扇动罡风，以暴制暴的血性延续刚强的历史
生也如此，再生亦如此

三

我一定要爬着绝壁而上，沿着天空
云海的大道，找到一条血性的河流
一座天空之城，风云交汇的巨大构想
飞虎、飞龙，是一种雄性的象征
磅礴的底气源于七百年的保家卫国
直到穿上飞鱼品服的忠贞与豪迈
筑就一方坚不可摧。应对东西南北
小心上下左右，无论什么危情和处境
都不选择放弃与逃亡。或许才气过高
又言理想太盛。政治暴力源于政治符号
不就是一座山吗？戴着它的花冠而已
一场灭亡真的发生，为另一场灭亡成功预演

一条深涧，无数生灵构筑另一座宏大的建筑
暴力与暴力的角逐，我溪流的双手无能复原
他们最后的刀口。或许他们拒绝我的柔弱
愿以长眠捍卫自己的品质。满山的猴面鹰
伫立深夜的峭崖，此起彼伏的呵嗬唤醒沉睡的灵魂
磷光照亮清泉之路，数万清醒的面目回荡在呵嗬的笑声里

黎明到来之时，露珠依然苦涩
我抚摩第一缕阳光照亮的岩石
坚硬的伤疤生气蓬勃，一如既往的孤傲
满屯不倒的废墟，尽是肉眼不见的碑文

四

烽火一直燃着，青烟里的美人笑靥如花
一代比一代好看。飞凤关有着双关的修辞
也有着历史的宿命。虽不及铜雀台的盛名
但屯集了满屯的想象、青春意气
也屯集了隐匿的暴力，未来的战争
历史并不想重复它的细节。飞凤关的废墟
卓然峻峭，充满传奇甚至诗意
作为事件的主人，必然属于情感的物种
来自宇宙的优雅情感，注定他的悲壮宿命

于是，时空会弯曲，它的涟漪改变着事物的走向
有时甚至是悲剧的发源地，有时
面临绝境，情感或爱情也是人的庇护所
那些石头的纹路里，季节一幕幕更替
命运则是一条由季节和情绪汇成的彩色河流
人在季节的中心，像鹅卵石让时空飞速打磨
无许人物和事件在浩瀚的历史中布满歧路与纷争。
硝烟过去，当历史清醒过来
人们总会记起肃杀中那一丝柔和与春意
冷艳的城堡，男人和女人的故事总是风景的主角

人是角力场中的一枚棋子，正如我此时独立苍茫
仍旧被各种力量围剿。一切又是宇宙抛出的微尘
女人、将军、城堡，情感、暴力、战争
生死、朝廷、口号，以及一切的历史……

各种事物呼啸而来，又席卷而去

有人点亮暗夜，也有人毁灭辉煌

战争或许是表面涂抹了双方脸色的游戏

而人间悲欢离合，也只是一段经历

毫无知觉地向另一段经历滑行

没有牢不可破的江山，也没有绝对的正义与胜负

苍茫之上，飞凤关的女人只是一个影子

面纱消失，留下一面石墙的传说

原载《诗潮》，2018年第7期

喻子涵（1965年5月—）

贵州沿河人，本名喻健，土家族。中国作协会员、贵州省作协副主席，贵州民族大学教授。著有诗集、理论专著《孤独的太阳》《汉字意象》《新世纪文学群落与诗性前沿》等。1997年获第五届全国民族文学创作"骏马奖"。

石秀昌的诗

怀念一条船

这时候
我坐在幽雅的屋里
四周弥漫着动人的音乐
一杯浓茶
溅起心思点点

不怀念童年的摇篮
也不怀念甜蜜的初恋
却偏偏怀念七十年前的一条船
一条普普通通的船

没到过嘉兴南湖
不知道那湖水是咸是淡
只知道那条船泊在那里
乘者都拿着火把
后来爸爸接过那火把
烧了财主的家
那条船便从爸爸的故事里
驶进我心灵的港湾

一条普普通通的船
驮起一个昏迷的大国
一支支火把
驱走漫天的黑暗
如此的神奇

怎不令我
在每一个幸福的日子里怀念

七十年风雨无阻啊
我看见
共和国的船头
立着一面不倒的帆

原载《贵州日报》，1991年7月1日
建党70周年征文

渴望再生

穿过岁月的浓密的森林
我的眼
成为两扇伤口
终于使我误入诗歌的歧途

雨点好亮好亮
一如你彼时的诺言
濡湿我敏感的头发
风　裹着欲望的种子
踏歌而去

骚动的情绪爬满额头
是珊瑚虫还是你多情的手指
感觉的田园
蛙声如潮

我不是写诗的材料
却在诗路上奔跑
形同远空
那缕不安分的白云

渴望　真心的渴望来世
疲惫的心魂化作一块石头
布满苔藓和血痕
沉默不语
接受雨水阳光的抚摸

原载《校园诗歌散文报》，1993年8月31日

石秀昌（1965年6月—）

贵州从江人，侗族。作品见于《春风》《当代诗歌》《南国诗报》等，作品入选《黔东南文学六十年》《中国当代乡土作家作品选》等文集。

周平的诗

一张农民诗人的脸

眼神透出铁质的光泽嘴角挂着农家的辣味吊脚楼上
一杆山烟
吸着古老的民风

一张脸
褪去往日的青春任田埂阡陌
编织喜怒哀乐　走过的崎岖坎坷
干涸在汗水冲刷的河床

昔日的矫健　已不在脚下　却在脑海汹涌唤醒灵魂
在脸上万马奋蹄传播内心的铿锵

一张脸
由深深浅浅的皱纹绘制成一张地图　供后人
导航

父母总在你身旁

一挥手
你张开了帆
踏上异国的土壤你把羽毛
投向遥远他乡
在高山雪原起落升降贴近彩虹锤炼翅膀

你的浆
在学海中翻转 拍打异域的波涛
穿梭于未知的海洋在异乡
寻找自己的方向

你是爸爸的手心妈妈的目光
在彼岸生根发芽
延伸着梦想

苦了咬咬牙累了歇歇脚
风里雨里不怕跌打别忘了
父母总在你身旁

水泥

经历一次粉身碎骨此生
尘埃落定
遭遇过无数次的焚烧
才不惧怕火燎 经历过捶打磨砺最终脱胎为泥

每一粒骨髓里依稀可辨
石头的留香

小小的粉尘
创造一次次奇迹一座座人工山石再现生机与活力

上天入地 跨江越谷 坚实的基因
洒向世界各地

小小的粉尘 巨大的魔力 把地球的外套
装点得更加绚丽不是化妆品

却把家园
打造得越来越靠近
人间仙境

钢筋

前世为石
荒废在深山旷野埋没地底泥沙中

今身在熔炉诞生融入人类生活　无处不在
却　很　少　抛头露面

柔弱的形体
一旦与水泥沙石混合就产生乘法般
强大的合力刚劲无比

桥梁大坝
揭示你的宏伟博大高楼大厦
因你
拔地而起

你的骨骼勾勒乡村构建城镇改变世界打造地球
因你铁的钙质

选自《一个民族的桥梁》，贵州大学出版社，2016年7月版

周平（1965年6月—）

江西萍乡人。著有诗集《一个民族的桥梁》。现居贵阳。

贺建飞的诗

紧握手中枪

我知道
在我接过
手中钢枪时
就已经置身于
敌人的
射程之内

原载《天涯》，2005年第5期
获中国第二届全球通手机短信文学大赛铜拇指奖

贺建飞（1965年8月—）

贵州福泉人。20世纪80年代中期开始诗歌创作。作品入选《词语的盛宴·中国二十世纪五六七十年代出生诗人作品精选》《中国网络诗典》《新世纪贵州作家作品精选·诗歌卷》等。著有诗集《阅读是有缘分的》《鸡蛋与石头》《解决》（汉英双语）等。

欧阳黔森的诗

贵州精神

贵州人
有谁能够保证
没有被
夜郎自大
黔驴技穷
这两块巨石
压得痛心过
贵州人
不应该在这痛中麻木
失却自信
而是应该在这痛中
自信自强地发出
一声断喝
事物的属性总是充满了辩证
自大与自信
原本只在毫厘之间
自大而不自满
何尝又不是一种自信呢
黔无驴
是黔虎吞食了
好事者的驴子
黔驴技穷这样的谬误
贵州人是完全可以
视而不见
贵州人没有虎牙
却应有虎气

抖抖肩
抖落这个陈词滥调
自信而诙谐一笑
柳宗元是个明白人
这才是当代有虎气的贵州人
贵州人的那一声断喝
似霹雳一声震天响
贵州人骄傲而自信地
唱响了多彩的贵州
贵州人赞叹青藏高原的
高耸入云
贵州人拷问黄土高原的
历史沉淀
在这块神奇的土地上
贵州人寻找到了多彩含义
我们与五百年前的刘伯温
心照不宣
地无三尺平又如何
不，拥有了别人没有的
就是富有
贵州胜在哪里
就是胜在这青山绿水里
于是，珍视青山绿水
便成了贵州人的明智之举
这样的明智
与工业发展并不冲突
高度的工业文明
恰恰能有效地留住青山绿水
纵观世界，这是不争的事实
有了青山
有了绿水
就不会缺少

别样的颜色
谁都知道
大自然的底色是青与绿
谁都知道
在青与绿的世界里
有色彩斑斓、五彩缤纷
可是,有谁会想到
是"多彩"这个简明的汉字
却道出了这块神奇高原的
不尽风流
唱响多彩的贵州
是当代贵州人的精神风貌
是当代贵州人痛快酣畅的一次
大声吆喝
这吆喝之声
一声声飞快地
掠过高原起伏的连山
飞到了山的后面
没有什么再能阻挡
因为,我们站在高处
快,一切都在快
像贵州人的声音一样
一声、十声、百声……
当这种声音超过万人之声的时候
这是一种多么绚丽壮美的声音啊
这声音,自信而从容
穿透大山上的天空
与云彩交汇之后
这声音像巨大的电流
急如闪电撕裂了苍穹
在霹雳声中宣告
贵州的春天来了

快，一切都要快
但要能快则快
快的完美是不能跌跤
快，原则就是
又好又快、更好更快
这就是辩证法则
这就是科学的、理智的谋略
当睿智成为一种谋略时
这便是一种与时俱进的精神
这种精神像钢一样坚韧不拔
是普天下强者的象征
钢铁是怎样炼成的
钢正是从不断地锻铸中
不断地热轧冷却中
聚集了无穷的力量
从而开始了一个志士
必不可少的严峻考验
钢正是在这样的考验下
脱胎成形
竖起，它是擎天大柱
横起，它是立地栋梁
钢正是在这样的考验下
才有了阳刚之气
才有了有棱有角的性格
也才有了千古名言
百炼成钢
钢的肌肤是坚韧的
坚韧得一敲上去
就响起当当之声
这是典型的英雄性格
这种性格是会挥手高呼
让暴风雪来得更猛烈些吧

钢原本是铁中的精英
刀尖上的锋芒
钢的英雄形象
只有在危难之时方显身手
三千度的熔点
才显示它红的本色
这时候，它柔软如水
却不是水
这鲜红的洪流
遇冷而坚
毫不动摇
这是钢的精神
钢的个性
是的，在危难之时
钢就会显出钢的本色
它会遇冷而立
挥手高呼
让暴风雪来得更猛烈些吧
这是英雄主义
这是乐观主义
这是理想主义
当一个人拥有了
这样的精神
他将战无不胜
无坚不摧
这便是当代的贵州人
贵州人不缺这样的钢铁勇士
在一场百年不遇的冰冷较量中
这种精神在老百姓的泪光里
在共产党员的形象里
寒冷就这样严厉地来了
想必春天的信息已在冰凌下涌动

想必在贵州的春天里
这钢铁的精神、也是贵州精神
会生根发芽、茁壮成长
茫茫千里冰雪
掩埋不了青山绿水
掩盖不了钢铁般的贵州精神
更掩盖不了冰凌下那些
不逊色于任何一片红叶的名字
李彬、欧光权……
世界上理想主义的道路
从来都是一条
充满起伏跌宕的河流
如果一滴水、千万滴水
不曾有着艰辛而漫长的汇集
就不会有大地抒情诗一样
美丽的小溪
如果一条小溪、千万条小溪
不曾有着与千山万壑、千难万阻
较量的勇气
就不会有大江大河的汹涌澎湃
在这汹涌澎湃里
每一滴水都是英雄
都洋溢着战斗的英雄主义
有了这样的精神
才有了大江大河的浩浩荡荡
不可阻挡、一泻千里的气概
是的，一滴水曾经是那样的不起眼
可是，只要亿万颗水滴团结起来
就能成为大海
浩瀚无垠、波澜壮阔
大海才是万物之源啊
水是无形的

贵州诗人

无形的优势
是它可以变成任何一个形状
在峡谷里它是急流
在悬崖上它是瀑布
在盆地它是明镜
在天空上它是云彩
在云朵中它是雨滴
在南风飘的时候它是雾霭
在北风刮的时候它是雪花
这便是水的属性
遇坚而刚、水滴石穿
遇软而柔、润物无声
这便是水的精神
团结而和谐
贵州人
应该有着这样的精神
有了这样的精神
我们的自信自强
便有了水的属性
遇软而柔、遇坚而刚
我们便有了一滴水的情怀
屹立高原、心向大海
也许有人会认为
一滴水融入了大海
是令人恐惧的
一滴水在浩瀚的大海里
还有那滴水吗？
因而宁愿是绿叶上
一颗晶莹剔透的露珠
美丽在深山里
那么我们告诉你
这是典型的自私自卑自闭

在一个晴天
你的美丽
也许只能是昙花一现
一滴水于弱者是泪、于强者是汗
一滴水向往大海而艰苦卓绝的过程
于弱者是灾难
于强者是财富
这就是事物的唯物的辩证法则
能快则快也正是
遵循了唯物辩证法则
事物的属性总是难以完美
只有快慢相适才是得失的完满结果
这才是真正的科学发展观
有了这样的科学发展观
绝地也能逢生
暂时的贫穷并不可怕
可怕的是精神贫乏
可怕的是没有足够的开放心理
和思想的与时俱进
当代贵州人
当然明白了这一点
于是"开放创新　团结奋进"
成了我们的座右铭
"不怕困难、艰苦奋斗
攻坚克难、永不退缩"
是我们勇往直前的誓言
千里冰凌掩盖不了贵州精神
百年大旱也枯竭不了贵州精神
那些不老于任何一片绿叶的名字
毛明举、申玉光、成名尧、谢光学
屹立在山头
树立起了一座座贵州精神的丰碑

这一座座丰碑
像一面面旗帜
在烈日的热浪中飘扬起火红的信念
在这旗帜的下面
朱昌国、千百个朱昌国正挺身而出
用智慧和勇气
升华和诠释着我们当代的
贵州精神
俯视祖国的版图
中国是一个不缺山的国度
只要是中国人
谁都能随口说出一连串
令人敬畏的大山来
人们总是这样
敬畏大山、喜爱平原
贵州不缺令人敬畏的大山脉
东有神奇瑰丽的武陵山脉
西有巍峨磅礴的乌蒙山脉
北有雄关险峻的大娄山脉
南有俊俏秀美的逶迤苗岭
我们缺的是平原
我们生活在唯一没有平原的省份
山的后面还是山
这是我们的特性
五年前的一个预言
一直是贵州人的一个希望
现在这个希望
不再是一句空想
这是贵州人的理想
一个伟大的军人
也是一个伟大的诗人
在这里种下了

"一唱雄鸡天下白"的理想
一个伟大老人，诗人的战友
送来了春天的万物复苏
高原人的精神世界里
有了"科学发展观"的方向
高原不再沉默
沸腾的群山中一派生机盎然
高原出平湖
给大地带来了一片光明
天堑变通途
把贫瘠与富庶的距离拉短
听吧！我们听见了一种
前所未有的步履声
由远而近
这是时代强劲的脉搏
在前方豪迈地弹奏
听吧！我们听见了一阵
吆喝般的鼓点声
由慢而快
这是时代急促的号角
在身后嘹亮地响起
这时，我们的血液
像水滴一样澎湃起来
从我们千百条毛细血管里
涌向我们的心海
像大河奔流浩浩荡荡
这一刻我们高原人
朝气蓬勃、血气方刚
这一刻我们高原人就是
"早上七八点钟的太阳"
红彤彤地屹立在东方
纵爱连绵起伏的群山

横爱碧浪清波的河流
纵横是经纬定格了
我们忠贞不移的爱恋
升起来是我们的精神
落下去是我们的辉煌
落下去
是为了第二天的升起
周而复始
这便是当代的贵州精神

原载《光明日报》，2012年9月4日

欧阳黔森（1965年10月一）

贵州铜仁人。中国作协第七、八、九届全国委员会委员。研究生学历，一级编剧，贵州省核心专家、国务院特殊津贴专家。先后在中文核心期刊发表长、中、短篇小说五百余万字。获有全国"德艺双馨文艺工作者"称号、中宣部"五个一工程奖"、中国电视"飞天奖""金鹰奖"等奖项。现任贵州省文联主席、贵州省作家协会主席。

睁眠的诗

冬的爱情

我无法拒绝寒冬的来临
我无法说出寒冬的爱情
北风劲吹——
它将一个人的头发悄悄撩乱，而又
放肆地掀开了另一个人关闭多年的衣襟
在遥远、神秘的漆黑之地
多少孤独的身影会重叠在一起？
此时，两颗心，两粒木炭，慢慢地
发红，慢慢地，上升着、奔跑着蓝色火焰

这个秋天，浪迹天涯的诗人重归故里：
一切熟悉的、陌生的面孔
一切冰凉的、温暖的表情，一切
提前抵达而过于青嫩的果实
都被他细细端详，久久抚摸
又轻轻地放回原处。他甚至来不及
吐掉整个秋天的金黄和坚硬的杏核！

扶起一位矜持多情的少女
攥住一丝漫天狂舞的柳枝
有人忘记了尘世的灯火，天上的月亮
有人从农贸大街出发，途经新修的加油站
他的呼吸是否正越来越急？而
另一个人，是否会彻夜难眠？
把道路拉长，让步子缩短
是否就为了将返回起点的时刻
推迟一些，再推迟一些？

爱上一个名字叫蓝的布依女子

昨天，与蓝相关的事物还仅仅是
天空和大海。走五百里旱道
再行五百里水路，策马向前：
一身清白，一脸微笑，一位名字叫蓝的
布依女子匆匆地映入我的眼帘
在这个四百米海拔，摄氏二十度气温
人口不足二十万的偏僻小县，蓝
土生土长了二十年！
蓝来到我心间即成为生命的种子
不断生根、发芽、开花，乃至枝繁叶茂
菜花黄，李花白，泡桐花开
但它们均不如早春的蓝美丽新鲜
蓝甚至超过了她一生中只见过一次
便被吓得哇哇大哭的白雪！

明月之下，蓝与我在火塘旁
屈膝而坐。动情之处
蓝竟然一口气干掉了十碗土酒
又喝下了十碗清水
并在苦竹圈围的草地上舞步翩跹
蓝天生能打三天三夜的木鼓不歇息
吹七天七夜的唢呐不眨眼，蓝说她
可以生下九十九个龙一样精壮的男孩
养大九十九个凤一样飞翔的女子
此时，项链是蓝唯一的奢侈
蓝的出现就是水晶的出现

蓝，温顺的绵羊，肥硕的绵羊
它们还要穿过多少岁月的风，时间的雨

被水草和希望领着,翻过一山又一山?
就像我:还要去远方
继续写诗和流浪,还要归来
在你日日顾盼、夜夜失眠的河边
最终与你唇齿相依

选自诗集《狂奔》,四川民族出版社,2015年9月版

睁眠(1966年1月—)

贵州纳雍人,本名蔡贞明。贵州省作协会员,贵州省文艺理论家协会会员。作品见于《诗神》《星星》等。曾获"1989·中国杯""屈原杯""尹珍诗歌奖"等。著有诗集《狂奔》。

杨启刚的诗

激情的火焰（外二首）

在南方　我用充溢着感恩和敬意的花朵
盛满温暖　记忆和梦想
给你带去一片明媚的春天
走遍神奇多情的南高原
我所有的热情
都将为你默默地怒放
所有的语言
都营造出奇美的迷宫
在四季的轮回中悄然穿行
南高原上璀璨的星宿
让我倾尽所有的激情和火焰
雨季来临　汛期如潮
百合一夜之间粲然盛开
玫瑰含苞悄悄绽放

夜晚里流浪的飞鸟
怀念简陋的窝巢
而我　独自用一句简单至极的歌词
吟唱着黄昏雨后烟雾升腾的家园
走遍如梦如幻的南高原
双手合十　花期将至
我听到陷落于土地深处的呼吸

就像我用洁净的河水洗濯的爱情
打马跑过南高原所有古老的城池
我临风傲然而立

用清澈的双眸
默默地感受岁月穿过季节的心脏
我相信　这不是夕阳下辉煌的结局
而是生命燃烧后达到最后的高度

伫立的土地

轻轻地推开春天明丽的窗
我在视野里
穿越你这粗犷的南高原
母性飘动的河流
有山歌甜美地拂过高高的峰巅
莽莽苍苍的南高原
谁是你淳朴的歌手

你的泥土与石头长在高处，一粒民歌
另一粒民歌，掠过那更高的土壤
南高原，你的腹地是多么开阔
却又多么金黄和明亮！
这是我祖祖辈辈繁衍生息的故乡

那春天里凸出的部分
用最纯粹的颜色，永远期待和歌唱
那春天里的花瓣告诉我的一切
我要遗忘，像飞鸟一样
匆匆越过最初的苍茫

但我却要在另一个季节里
反复记起这样的句子——
南高原，你为什么让我看见山顶上
这么多美丽摇曳的果子
在成熟的晚风中叮当作响

为什么,你让我看见那盛大的庆典
在雄性的土地上
演绎得如此的浩浩荡荡

南高原,在这样宁静的早晨
太阳红,草儿绿
满山绽放的映山红
鲜艳地覆盖着我的山岗
我的山岗,高过天堂

当我再次捧起一把温热的泥土
让纯净深入我的心脏
我的血液,在大山之间
和着森林与清溪吱吱流淌

不需要回忆,多少个日子
悄然随风而逝,多少朵斑斓的花
只有这一朵,我闻着她千年来凝聚的香气
清淡而且幽远,并将弥漫我的一生

高洁的云朵

走进南高原,进入山花烂漫的腹地
便走进了这幅山水画卷的世界
飞翔的目光
放飞遥远的苍穹
金色的油菜花喧腾地扑进我的瞳仁
雪白的李花渐渐地迷惑了我的视野

崇尚素雅　清新自然
拒绝忧伤　笑靥盈盈

是南高原亘古不变的主题
更是南高原魅力独具的风情

布依山歌的悠扬
在高高的山岗上驻足
让这片古老的土地更加丰饶而辽远
苗家芦笙的雄浑
吹绿了每一座逶迤的山岗
那高山上奇幻的色彩啊
把南高原上空的云朵
映衬得更加高洁

谁把一地斑斓的颜色
泼洒在这片七彩的高原
让色彩绚丽的歌谣
孕育出一季季丰沛而充盈的日子
让那些永不凋谢的古歌
一直传唱到今天

看呀　姑娘小伙们的对歌开始了
小伙子嘴里衔着心爱的叶笛
吹奏着一年胜过一年的收成
姑娘们舒展着婀娜的腰肢
把山歌唱醉了一座又一座沸腾的村寨
寨老们沉静而慈祥的脸庞上
荡漾开一朵朵丰盛的容颜

走进南高原
深入春意融融的季节
就走进了缤纷多姿的风景线
古银杏树下的百年布依山村
千年枫香树林里隐藏的苗家古寨

就这样紧紧地依偎在
高原母亲宽阔丰腴的胸怀
成为永远的大山之魂
一生一世在这片神奇的热土上
傲然屹立繁衍生息

原载《诗刊》，2009年第8期下半月刊

杨启刚（1966年2月—）

贵州都匀人，布依族。中国作协会员。作品见于《诗刊》《星星》《中国诗人》等。著有诗集《低吟或晚唱》《打马跑过高原》《落日越过群山》等。曾获政府文艺奖、鲁藜诗歌奖、尹珍诗歌奖、华亭诗歌奖等。

陈乔的诗

膜拜

读中国地图,偶然发现玄机
土城,竟是它的肚脐
遵义,默默在丹田发力

——题记

一

昨夜辗转反侧,定与月圆有关
我跻身膜拜的人群,满怀敬畏
与赤水河边的古坊打着哑语,拱手
作一个旧时的揖
这般礼仪搭配
敬七千岁,敬冥冥中早有的安排

二

古街的石头好瘦,瘦骨嶙峋
瘦得只剩下日月的精华
为它穿衣的人,必是慈悲开示
为它开花的树,必是心怀善念
石头流出感恩的泪,滋养刺桐花
为一座城,扮相俊美

三

我必须坦言相告：我受命而来
有许多关乎国运苍生的悬疑，待解
我不想取悦那些高喊无为的人
无病呻吟的人

枪炮声，依旧在赤水河远端舞蹈

四

与其让寒冷的剑锋，挑一朵桃花
不如用低沉的嗓音，唱出
故国本身的颜色。一块祖先生存的土地
并非总是繁花似锦。回首
刀尖上走过的辈辈代代
记忆千疮百孔，我们坐拥最和平的一段
大幸

五

因此我想问一问，上了年纪的黄金湾
早闻盘古开天，伏羲始出，女娲造人
便有了这一方厚土，傍水而居
五行相生，聚土成金。便有了鳘人
息壤，得福地安身

六

虽有史以来兵家必争
虽历经苦难战火洗礼

为何一向处变不惊
商贾云集，宾朋满座
去来从容，练达知礼

七

都说，半座土城半是庙
滔滔赤水非等闲
庙里不供菩萨，只供奉良心
供奉一族人、一方人的皈依
供奉土城始终保留的那份神韵

八

安静下来的油吃铺
将老街搭在肩上
旧时模样，布幌上依稀可见
抬头遇见王亥的牛车，问一声
不知当年之帛可否兑换？

天际廓，高低俯仰
前后顾盼，竟都是不能相忘的样子
骨子里遗下的古风
七千年不散，日日在老街漫游

九

敢问土城，为何得文明之先？
这赤红的汉子，负重前行数千年
沧海桑田数千年，吸天地之精华，数千年

莫不是昔司马错溯涪水而上
为争盐而战，唐蒙开了西南？
莫不是九子拓疆域，把一脉根
置于土，把一脉人间烟火
拧成一股绳

十

先祖于此结绳记事，在遥远的那头
锣鼓译出巫师的预言
山峰和河流，大海与陆地
相互倾慕，不停地变迁

物证和人证一一到齐
等一座城，在厚土里孕育
从初生到茁壮，从蛮荒到繁景
所幸，我从未错过每一处精彩

十一

更多的史实，在石板街。静候
在船帮旧址，在铁匠铺，在栈房门前
伫足。他们做过的善事
和犯过的一些小错。他们气质里的淳朴
口气里流露的善辩。他们谨小慎微待客
胆大妄为闯滩。让我一时难辨

十二

我仰视这面七千年筑就的高墙，似乎
曾读过的一本厚书。手书的封面

藏着孙子兵法，棍棒拳脚，跌打损伤
一路英雄热血，一路成王败寇
一路红尘滚滚，一路波澜壮阔

十三

小心翼翼翻开，扉页呈绿色
是小坝俊俏的脸，和漏沧沟发达的肌腱
我摸了摸青铜的记忆
锈迹斑斑，却又如昨日重现

谁用红色慢慢涂抹，暗红的，是血
涂抹可以消炎。潮红的，是热情
涂抹可以保暖。猩红的，是呐喊
涂抹，渲染出气节。

十四

鲜红的是人心
一杆公平秤，为时代评分
火红的，是一面旗帜的注释

读中国地图，偶然发现玄机
土城，竟是它的肚脐

十五

几次垂危，几次转机
古老中华大难不死
原来，鳛水九曲回肠
一直连着硕壮的母体

原来,共和国聚气而生
丹田的位置在遵义

十六

忽闻民谣轻唱:"叶是花的情郎,雨是云的泪珠"
一座城,与一群人有着怎样的血肉相连

当每一根经络与一座城相融
便会幸它的幸,荣它的荣,痛它的痛
土城蹚过刀山火海
终于尘埃落定
华丽转身
给膜拜的我
一个精彩的亮相

选自诗集《厚土红城》,贵州人民出版社,2017年12月版

陈乔（1966年3月—）

贵州绥阳人,女。贵州省作协会员,贵州省诗人协会理事。著有诗文集《磨刀岁月》《倦鸟》,主创长诗画集《厚土红城》等。现就职于致公党遵义市工作委员会。

左拾遗的诗

大好时光,让我们一起来虚度

在晋朝。我的前世过着士大夫的日子
守着气节,祖宗
留下来的残山剩水生活。拒绝
参政或到异地为官
面对春光,用落红在流水上写辞赋
让我们一起来,虚度光阴

隔三岔五,我携带浊酒、美人,呼朋引类
去竹林、庙宇
清谈,枯坐。说一些不合时宜的话
三步之内,用衣角杀人

建康城的体内,生长瘀毒、专权
流感。有一间新开张的店铺
出售人间铁、箴言、朝代更迭。贴补
书生的胆识。日月,像工匠举过头颅的大锤
落向:大地、灵与肉
无法躲闪的光亮
反复要把江南,打造成一件闲置的兵器

原载《山东文艺》,2013年第1期
《山花》,2013年第9期下半月刊

没有人比村庄更懂得等候和抒情

村庄习惯搬起脚趾头数数过年。一个人心细到
在年初做减法,在岁末做加法,将村庄里的劳力
或后生,在正月撒到城市去种植
在腊月里一一收割回来
偌大的村庄,也像挂在时代列车后面的车厢
除了春运忙于进进出出以外
剩下的日子,只有一些空巢老人和小孩
庄稼地里,一半是杂草,一半是口粮
每年时令大雪到来,雪花酷似村庄的头皮屑
落满了大地的双肩。春节,愈来愈像
举过故乡头顶的鸟巢
等待鸟儿的回归。此刻
没有人比村庄更懂得守候和抒情

原载《诗林》,2017年第4期

《诗选刊》,2015年第5期

村口

村口有良田万顷。五月
故乡精打细算,将种子大把大把地
撒得,遍地开花

刚刚经历了旱灾的田野
几场新雨之后,稻田怀抱着新瓷
装满青山、云影、雨水的恩泽

易碎的乡村，农人捧在手心
追赶节气、秧苗
和收成

晌午的村庄匆忙吞下了炊烟。远处
通往城市的铁路
像一双筷子，搁在自家的地头

原载《诗刊》，2017年第11期上半月刊

朝阳寺

朝阳寺像一剂膏药，贴在马场镇的背后
如果哪一天小镇的腰不痛了
那一定是朝阳寺，烧了一炷高香

寺庙坐西朝东。最初，用民间的三言
两语，盖出内心的大雄宝殿
用榫卯法，小瓦，盖出依山赋形
错落有致，肃穆的氛围

偌大的寺庙，周末一个人都没有
独自坐在台阶上，玩起拆字
"庙"字的大庭广宇下面
新进来一具即将恢复的自由身

东山上的月亮，像一面照妖镜
让隐藏这么多年的清风
低语，以及昨日的乡愁，一一现出了原形

原载《诗刊》，2018年第6期上半月刊

左拾遗（1966年3月—）

本名董书明。中国诗歌学会会员。作品见于《诗刊》《星星》《诗选刊》等，作品入选《2016年·中国网络诗歌精选》《2016年中国散文诗精选卷》《2017中国诗歌年选》等。著有诗集《给我一枚透亮的钥匙》《辽阔》等。现居贵州黄平。

张世德的诗

空椅子

在院中,我坐过
太阳坐过,月亮坐过,落叶坐过
有时云影坐过,雨水坐过

它是清静的,也是孤独的,风来了
听着树叶的笑声
更多时候,它坐在自己的影子里

空椅子并不空
我不坐的时候,它的怀里
坐着天空

原载《诗潮》,2016年第9期
《诗刊》,2016年第12期

野蜂

它有一片自己的江山,和城池
如何稳稳地,站在一朵花的香气之上
它一生都在练习。只要飞翔
它就有嗡嗡的欢乐。我只在内心里
有片原野,并且
需要一再辽阔下去
在我想飞时,才够我驰骋,俯视

原载《诗刊》,2014年第9期

林荫道上

爷孙俩走过来,一个慈祥和蔼
一个活泼可爱。微凉的秋
在他们的笑容里,有了绒绒的温暖。一片秋叶
悬在空中,爷孙俩走远了,才落下来

选自《中国诗歌精选300首》,德宏民族出版社,2015年7月版

黔山秀水(组诗)

乌江

上有八百里,下有八百里
站在千仞的崖岸,他想把乌江缠在身上

黑夜关上天空的门了
他把乌江摆放在比高原还辽阔的梦乡

他一侧身,抱着乌江睡着了
眼角的一滴江水,闪着远方大海的喧响

高原上的月光很香。有时他从梦中醒来
就把乌江挂在天上

草塘大戏楼

一方小镜,可以装下整个戏楼
但必须站得足够远,才可以装下戏楼里的声音

雨一直努力，也没能洗净戏台前的泪痕
一些脚印，跺下时用力好重，幸好没有蹬向天空

在这里，可以吹着汉代的风，听着唐代的蹄声
但请不要打搅蝴蝶，它们陪着梁山伯飞了很多年

会忘了戏里很多情节，唯有泪水的味道忘不了
当然，有笑声落在你的肩上或手中，可以不归还

仙桥山

天空的快乐是蓝色的，把夕阳也送给了山上的花朵
只有飞鸟，喜欢把一座山的寂静搬到另一座山

已经没有天涯了，星星把所有的路都铺向了山上
这桥也是牛郎织女的，银河只好从桥洞里穿过

云雾在脚下，可以踩着去往天上，摘一朵雪花
回到人间，有阳光搭好的梯子，或者骑上一颗流星

在桥上不能站得太久，被神仙搂住也很难为情
月亮是一个吻，闪耀而且发出回响

原载《诗选刊》，2017年第7期

张世德（1966年9月—）

　　贵州瓮安人。作品见于《诗刊》《绿风》《诗神》等。多次获全国性诗歌大赛奖。作品入选多种选本。

刘华的诗

世遗海龙屯：文学的臆断与磅礴的群山

海龙屯位于贵州遵义老城西北约28千米的龙岩山巅，又称海龙囤、龙岩囤、龙岩屯，是一处宋明时期的"土司"城堡遗址，2015年7月4日在第39届世界遗产大会上列入《世界遗产名录》。

——题记

九关：风语树言

铜柱、铁柱——左右相环，柱柱互连
让龙岩山铁桶一般，飞鸟难进
飞虎、飞龙、飞凤——关关紧扣，虎虎生威
让应龙的彪悍与雌凤的娇媚
有了临窗一飞的潇洒和长空盘旋的侠意
万安、后关，甚至还有连名字都被挖去的无名小关
在七月的骄阳下渐次淡去，渐次遗忘
朝天关，则在云端处
以王者的威仪与昔日的虚幻俯瞰群山，笑看苍生……

九九归一，一生万物
踏进九关每一道关口，心都在莫名颤抖
似乎每一缕风，都是骠骑大将军沉重的呼吸
每一棵树，都是宣慰使滴血的人生——
谁，在时空之巅，还我铿锵激越，还我凌云万里

天梯:三十六级渴望

六六三十六,多少赳赳勇士
倒在这貌似吉祥的数字上
石如巨人立起来——一块块刀砍斧削
一墩墩光滑坚硬,固守着千年残缺
刀光剑影中,无数滚石檑木自飞龙关轰隆隆压下——
世界在挣扎与呐喊之间,訇然坍塌

而我,在这陡峭的杀气里,感觉比刀更锋利的月色
刺骨而来;而我,更在这匍匐的危机中
在永远攀援的梦幻的石阶上,找到飞龙在天的渴望
以及由光组成、通往天堂的唯一长街……

新王宫:杜鹃花红

拾级而上,王宫气场浩大
九级石阶,级级是王权,步步皆荣耀
有应龙在此,四方游走。所到之处,尘土飞扬
有权谋在此,帷幄运筹。宫殿山岗,不留片甲

环顾左右,新址奢侈繁华
五步一岗,七步一哨,百步之内,金碧辉煌
文臣武将分列——明争暗斗,剑拔弩张,廷内喧嚣日上
后宫佳丽簇拥——衣袂翩飞,红花红颜,满城脂粉飘香

登高远望,古播江山如画
苗民精神的坐标,在群峰叠翠与百溪欢腾之间
在世界的膜拜与仰视中,不断拔高,不断升华
而1600年明军总兵李化龙的那场六月风暴
卷走700载杨家将。宫楼倾颓

苗兵涂炭，龙凤双殒——此刻
杜鹃花火红的触角，正爬满大火焚烧后的残垣断墙。

绣花楼：半支山歌的诱惑

四面绝壁。人迹罕至。
有美人的身姿在楼上闪烁，一飘就是四百年。
半支山歌在历史的空谷久久回荡……

这样的意境配得上杨二小姐的倾国倾城
配得上玉面书生的才气过人，配得上播州土司的狂放张扬
这样的结局，让所有虚怀若谷的歌手潸然泪下

战争，因女人而起
战争，让女人走开
杨二小姐的绣花楼与田雌凤的飞凤关
究竟哪一个，让我能还原历史看清真相？
满坡杜鹃花熊熊燃烧。阵阵松涛
宛若盛夏最美最亮的嗓音，从大地腹部袅袅升起……

原载《散文诗》，2017年1月上半月刊

青海短章（三题）

大美青海：湖水涌动

青海——高原最美的一张脸
刻在亿万年的沧桑中。方圆千里的天堂之水
瞬间从头顶漫过。让我在阳光直射的二郎剑
苦觅日月山高高隆起的鼻，青海湖深深凝望的眼。

如果说大通山是你明亮的额，布哈河可是你洁白的齿
或者，以塔尔寺做耳，可聆听袅袅福音
晨钟暮鼓；以拉西瓦为发，电光闪闪
青春舞动，能扛着大西部向前冲

而我，在唾手可及的白云间
更愿以仰天一飞的豪情
拥吻你孤傲冷寂的心狂放自由的魂。
湖水无语。轻起的涟漪，仿佛颊上隐隐的笑
令记忆在八月中旬的某一个午后猝然凝固成蛹
让2009中秋前的那一段日子
因此镀上油菜花温暖的亮。
漫漫沙滩堆满热望与祈求
藏民残留的祭祀台与风中轻扬的经幡
还有水天一色的粼粼碧波
让我如何抛弃眼角轻浮的惊叹
从而以无上的澄明
直达高原的坚韧与大湖的沉默

黄河少女：贵德记忆

黄河，在茫茫天地间孕育
从莽莽唐古拉山母腹中呱呱坠地，一涌而出
蹒跚到此，眨眼就少女般婷婷婀娜。
不信你看：百里黄河绕山而流
清澈见底的河水，可是她清纯迷人的娇羞
"天下黄河贵德清"——钱其琛老人的题词
是否让小小贵德，一下就有了江南的神韵？
如果说葱郁的胡杨是少女的披肩长发
洁白的梨花可是她吹弹即破的肌肤近处
威武雄壮的丹霞山是她身边的忠诚卫士
远方，英俊挺拔的皑皑雪峰则是她心中的白马王子

漫步绿水的鸳鸯是她豢养的小小宠物
嬉戏湿地的大雁可为她传递绵绵情书……
甚至，干脆把奇石苑一半的无价之宝作自己的嫁妆
或者将灿灿金梨当属于海南州的荣耀
黄河少女呵蹦蹦跳跳一路东下
在兰州忽地就成娴熟端庄的黄河母亲了——
在你转瞬即逝的青春记忆中
可曾有我们贵德，黄金的烙印

梦幻草原：寂寥温柔

牦牛在眼前，像极了一朵悠闲的乌云
倒贴在幽蓝的天际。或是最浓的一滴墨汁
悬挂于画家的笔尖。藏羚羊呢
一身洁白，步履高雅
将自己的孤独嵌进草原的想象
其实，更多的时候是黑压压白乎乎一大群
漫天而来无垠而去。都是弯曲的角
呆傻的影，纯纯的几近透明的眸
长长的几乎垂地的毛
黑牛与白羊。绿草与蓝天
还有若有似无的牧歌，以及镶着金边的梦
将此刻的草原渲染得五彩斑斓，寂寥空旷

牛羊在梦幻上。温柔在牛羊上
寂寥在温柔上。牧人的身影呢，在天上
外表越喧嚣，内心越惆怅。远方的旅人呵
先不忙夸张地拥抱，也不要故作潇洒举目四望
最好拿起牧鞭，去追赶咫尺的夕阳和生命的跌宕

原载《散文诗》，2009年8月下半月刊

刘华（1966年10月—）

贵州遵义人。贵州省作协理事。著有文集《原上梅》（与梅子合著），散文集《在率真与豪放中笑傲》，长篇叙事诗《天弈》等。作品入选《2001中国年度最佳散文诗》《世界华语诗人代表作选》《黔北二十世纪文学史》等。另有日语长篇翻译小说《冲出地狱》（与曾祥禄合译）在《厦门文学》连载，日语短篇翻译小说《红秋千》在《世界儿童》发表等。现任遵义日报社主任编辑。

徐必常的诗

北京,春风辞

一

一嘴风沙
我认识了北京的春风

2013年3月9日
潘家园旧书摊前
狂风一下就蒙住了我的眼睛

我饱含热泪
咬紧牙关
捂住心头的疼

在北京,拥抱我的
第一缕春风
竟是我眼中
一粒粒沙子

二

风在吼
书在哭
我在承受

我想开口
却开不了口

三

我弯下腰去
拾起躲在脚下的
那本书
像扶起一位
体弱多病的老人

而更多的人
却把一本本书
踩在脚下
狂风
把更多的人
踩在脚下

四

我不想在眼里掺上沙子
我做不到
我想躲过这一场风暴
还是做不到

在北京的春风里
我还能做到什么呢?

五

又一阵狂风来时
我躲进墙根,和一群

操着北京土话的人挤在一起
他们一直用眼睛挖我

他们挖我什么呢
我可不是这场风暴的作者
也许他们也不是

六

借助沙尘暴赶走雾霾
如借助这群恶棍赶走那群恶棍
难道北京已经没一点力气？

但昨晚，我分明见到
北京的灯红酒绿
霓光灯下的狂欢……

在北京，在雾霾，
在沙尘暴，在春风里
很多事情
我不敢想

七

从风的欲望中
我看到了我们的欲望
从我们的欲望中
我摸到了地狱的门闩
和斜倚在门上的铁镐

再往下去
我们只得手握铁镐
给自己掘墓

八

一连几天
我只能隔着玻璃
看着这座我爱了半辈子的城市
现在我想恨她
却怎么也恨不起来

我怎么能狠心
在春天里
恨我爱了半辈子的城市呢
只能恨我自己

九

我用半个月的时间
等来了
北京春天里的一场雪
等来了
春风的干净
北京的干净
这春风
虽然有些寒
但不是心寒
面对这样的寒
甚至有些惊喜

十

被雪洗过的春风
能撑多少呢?

走在雪地上
我见到了一朵开放的玉兰花
她开在高枝上
撑破了雪的风韵

我多想北京
能把一朵玉兰花
含在嘴里
像我含着甜蜜

十一

雪却一下子融了
那么多干净的雪
都变成了污泥浊水
都朝一个方向奔去

它们是舍身清洗这个世界
还是另有所图？
又有尘埃扬起
在春风里

十二

今夜，我甘愿让时光
从指缝中溜走
甘愿用一杯白开水
让生活漫下来

我打开窗户
想冷眼看着窗外的世界

但我还是不能

冷眼看着那些

发生在我眼皮底下的事情

原载《椰城》，2013年第7期

徐必常（1967年4月—）

贵州思南人，土家族。中国作协会员。1989年开始发表作品。现居贵阳。

黄眉英的诗

扶贫的号角（外三首）

声音落地铿锵，老幼欢呼
打工者的回程，十列火车拉不动
先让每朵云把心捎回去

生态移民，人居环境
跷跷板，蘑菇房
水泥路上奔跑的书声

两旁的花，笑成大片
飞上云霄，感染了我
摘下一朵云呼吸

村庄的夜空很亮

骑行在乡村的路上
老幼嗑着瓜子，拉着家常
热情朴实，我不用怕

幸福照亮了他们的胸膛
坦坦荡荡
村庄的夜空如此明亮

收获玉米

挽上袖子，裤管
一个一个地掰

放远望去：夕阳照老烟斗，
悠然有序，从小排到大
最后，大到看不见

牛背上的小花脸

腮帮子吹响叶片
流出小溪，螃蟹，小鱼儿
枝条架上的馋香，诱出
童年的歌谣

原载《诗选刊》，2017年11—12月上半月刊

黄眉英（1967年8月—）

贵州湄潭人，女。中国诗歌学会、贵州散文学会会员等。作品见于《诗选刊》《羲之书画报·诗书画家》等，入选《中国诗人档案·2017卷》《中国当代文艺名家名作年鉴》等。贵州大学毕业，副研究馆员。

罗大玉的诗

听月

闭上眼,听月光抵达树梢的声音
今夜,很近
月的呼吸温润 晶莹
脚步很轻
情未了,缘未尽
你定是来寻你的情郎
才如此靠近

痛的感觉

月亮滑落在水里
我伸出手,却打碎了自己的影子
随指尖流淌的水
一滴,是蓝色
又一滴,还是蓝色

候鸟

一条石板桥，褪尽喧哗
走过布依人的沧桑流年
诚实，厚重，本真
承载匆匆的步履
岁月静好

一湾清水，任鱼儿撒欢
有白鹅浮水
清幽，安详，朴素
我踏着季节而来
如一只候鸟一样

水烟飘来父亲的味道

父亲这一去四年有余
恍然如昨日，还是下班回家时看见的
手拿水烟筒蹲在阳台处　咕嘟咕嘟
烟雾随吹来的风袅袅飘出
还是小时熟悉的兴义味道
父亲的味道——浓厚　柔绵
弥漫我的呼吸，不好闻，又习惯地依恋

父亲因工作在另一个城市
捡拾着白昼或黑夜的相聚与分离
来来又回回，父亲老了，病了

抽水烟的背影
枯瘦别离的伤痛
掉下,砸碎后来的记忆

水烟筒,是父亲除却我们的最爱
那是他的神呢,他笑而不答
父亲性情亦如水烟的温和
烟草的味道萦绕不散
过节了,燃香燃烛
在烟雾与焰火交会的光亮中想你的模样
聚也依依　散也依依
最后把你写在烟之上
写在离心最近的地方

走过康定

在离天很近的地方
天路铺满形形色色的心事一路西奔
灵魂被放逐
一片红草地上我们躺着数牦牛,一只,两只
跑马山的情歌
挂在溜溜的白云之上

康巴锅庄随着雪山舞动
康定,我转动经筒
亲近你,诉说幸福的话题

我携清风一缕吹动经幡

在你柔情的河滩

晾晒我的沧桑与流年

选自诗集《时光的另一张脸》，团结出版社，2017年9月版

罗大玉（1967年10月—）

贵州兴义人，布依族，女。贵州省作协会员、贵州省文艺理论家协会会员、鲁迅文学院少数民族班学员。著有诗集《时光的另一张脸》。

覃志钦的诗

高原上美丽的眸子

高原千岛湖
高原上清清亮亮的眸子
是长在古老的夜郎的传说里
是长在美丽神奇的
富饶土地的脸上的
恋人的一汪思念

罗甸　龙滩　千岛湖
多彩贵州　魅力西南　和谐世界
是高原上最美丽的眸子的相思
是睫毛弹奏的夜郎鼓乐
是高原明珠折射的七彩阳光

高原美丽的眸子
是西部太阳给世界的笑脸
勤劳篆刻在大地
的一轮明月
挂在高高的腰间
是世代挂在阁宇的祈望

高原千岛的心思

湖水从远古倒流
在世纪的焦点

汇聚
在西部敞开衣襟的瞬间
与世界亲密
所有的激情
如同
高原额尖飞溅的瀑布
如踏歌飞舞
如皱褶的土布短裙
绽放无限的遐思

从湖的手心穿越
写成一枚枚
飘散山野的希望
在希望的河谷
串起
西部赞歌
拾起父辈起茧的泪
擂响血液的躁动
把海的狂飙　画在
高原的肩头

选自《西部的太阳——中国诗人西部之旅获奖作品集》，
作家出版社，2007年12月版

城市的岁月

一月银杏的落叶
覆盖着孕育初春的大地
金黄色的幸福
随风而起

二月倒贴的福字
与新春的气息
在城市的空中飘起

三月老人依靠在敬老的院落
斜照的夕阳摊入大门的双手
老人们万年的温暖缓缓抬起

四月落地喧闹的花瓣
撩开另一场舞剧
人间交加的悲喜

五月透过阳光的杯子
高楼肩并肩地翘首
大地的触须渐渐爬起

六月广场的鸽子悠闲
拾荒的老人看见风吹过的喜悦
我见老人额头忧伤的岁月

七月踏着滑板的女孩
踏过无忧的时空
短暂的童年

八月正如戴墨镜的姑娘
他们的儿女　他的女友
我的爱人
无拘　悠闲
温柔伴着贤惠

九月的茶铺和生意牵手
悠闲的时光中妖艳
一杯清泉和琴声悠扬

十月跨过天桥的女子
名牌的挎包和裙子
一阵浸泡法国香水的风
味道和体香点点迷醉

十一月一只受伤的麻雀
在城市的上空盘旋
再大的空间
也找不到自己的据点

十二月清洗劳累一年河道的人们
在修正遍体鳞伤
开始一年的结束和开始

一粒米的沉醉

一杯酒的诞生
是一粒大米一世的麻木
醒来的时候
我逃避曾经的醉态
那些真实的故事
一滴水的思想足够
让一粒大米得意

蹚过黑夜的雨水
我想策划一道彩虹
与天地长久对话
有你有我还有相爱着的人们
哭泣的时候

我的思念正如
滑过你杯子边缘的红唇

久逢知己与千年修为
打开一粒米的温度
才可以走进你温暖的胸膛
借一杯美酒的热度
放大一粒米无限的遐想

原载《贵州作家》，2013年8月，第27辑

牵牛花儿上纸来

更接近乡村
齐白石画笔上盛开的牵牛花
天上流淌而下来的神话

这仰面向天的金碗
饱含乡村最原始的气息
接纳阳光与甘露

画笔置于春天之上
绽放在童贞的花园
酿成一种雅致

白石老人那些纸上
掂来的灵动
我看见一个耄耋老人
和一个稚童

在春之暖阳下
与花对饮与欢笑

选自诗集《栅栏外的月光》，团结出版社，2015年11月版

覃志钦（1968年2月—）

贵州三都人，布依族。贵州省作协会员。作品散见于《星星》《滇池》《诗林》等，入选《西部太阳获奖作品选》《中国诗歌21世纪十年精品选编》等。曾获《诗刊》《星星》《中国作家》等刊物举办的全国诗歌奖多次，著有诗集《栅栏外的月光》等。曾获第五届"乌江文学奖"。

梅尔的诗

双河溶洞

我不能告诉你所有的秘密
我的秘密还在生长

——题记

一

海水再一次漫上来
带着涌动的全部欲望
从舌尖到心灵深处
那些生物无法逃脱
大地,请你收留它们英雄的尸体
昆虫,鱼类,甚至
包括熊猫和犀牛
七亿年后,人们会找到它们的化石
并奉若神明

忘记我一次又一次的痛苦
和秒针一样尖锐的快乐

我的内部也开始秘密勾连
传递七亿年前的烽火
我一直活着
像一则传奇

二

我吞吐过火焰
并经历着崩裂
那撕心裂肺的疼痛,被水注满

那是我清澈而深深的血液
伤口不再愈合
遍地的石花,生长着
那成片或大或小的钙化池
是你的梯田
在你的日月里,她们一样开花结果
你的温度是她的日照
你的目光,穿过七亿年的隧道
落在她的身上,充满深情

三

石头被遗忘
石头里长出了另一种石头
石头以另一种形式抛弃了自己
石头,盛开成自己晶莹的花朵

有时,石头忘却了外面的世界
轻盈如棉絮
仿佛荡漾的柔情
穿过坚硬的时光

唯一,但并不孤单
我清脆而嘹亮的歌喉从未唱出
七亿年的沉默灿若星空
为了等你,石头们惜语如金

四

当繁华落幕
所有的灯光都暗下来
我的心落满了尘埃
曾经的波澜汹涌在石头上留下印迹
山洪来的时候
大象，犀牛都来不及逃生

一次又一次，我的体内发生小规模的崩塌
我曾衔着恐龙的尾巴
渴望得着一丝温暖
岁月常常忽略树和雨的歌唱
她们覆在我身上
早已是我不能分割的一部分

背着柴火的山民走在我的脊背上
炊烟袅袅
黄昏的香草味，伴着晚霞
抚慰我的黑

听说硬币都有正反两面
我和我的背后
有什么不同？

五

鹰尝试过飞进我的内心
它俯冲的速度过于猛烈
我在有限的阳光里存满了水
茂密的树木是昆虫的天涯

经年不休的瀑布
是我呼啸的声音
我的可以倾诉的所有
圆柱形的身上布满了伤口
那是我的血脉
经由它们,我与生生不息的你们
相通

鹰沿着垂直的峭壁飞向天空
留给我一颗困境中可以翱翔的心

六

我在你青花瓷般的手势里
读懂了乡愁

七亿年的寂寞与雷霆
都是你前生的脚步
一粒卵,在嶙峋的壁上繁衍
石头与水
成为被朝圣的
图腾

十二背后

序

王,你隐藏了七亿年
当我蹒跚着跪在你面前
那曾经卷进你心脏的风沙

都变成了晶莹的珍珠
澄碧的水潭

王,你拆成十二
是为了让身上的豹纹变成云彩
北纬30°
我端坐在你心中
成为地球同纬度上唯一的
绿宝石

一

起飞吧,火星
朝着鸟死去的远方
精灵在海上飞舞
你说,亲爱的
朝我开枪吧,即使森林繁茂
我无法面对心中的蛮荒

王,支起你兽皮制成的袍
收复一个又一个洞口
在山顶,俯视峰峦
你的盔甲,星星一样燃烧

二

听听来自丛林的歌唱
胜过那些呐喊与嚎叫
天使安慰着每一块石头
从五峰岭到九道门
王,你命令退却的
是洪水不能自抑的激情

当黑暗变成耀眼的蓝色
十二,安静下来
王从宝座上离开
百鸟虫兽
各自拥有朝露般的爱情

三

午夜,裂开
星光,裂开
树木与石头,裂开
天,裂开
装进了地缝

王,你是一把匕首
你的疼痛淹没了时光
七亿年,你做媒
让天地融合
七亿年,你吞掉的
一个又一个采药的老人
已经结成奇异的山果
你的诺言,绽放成晶花
在洞内熠熠闪光

四

王,这个春天,趁蛇还没有苏醒
拥抱一下我,修复我的皱纹
你的故事激荡着花
她们争奇斗艳
在绝壁上,鸟瞰和嘲笑着青苔

那是你的皮肤，王
我深藏其中，潜入你的呼吸
一个又一个背后，你搜集的心灵
早已成为标本
你躲不过我的眼睛
树熊打盹的时候
我用血液换取了你的灵魂

五

种子果真那么重要吗
它们在鸟的腹中生根、发芽、过冬
现在盛开成春天的色彩
王，我从来没有像现在这样渴望穿越你
穿越你的目光与年轮
你的光环背后深藏的寂寥

种子在冰封的谷底
太阳山，月亮湖
它们借助我潋滟的波光
呼唤过你
王，成就的背后
是七亿年
一宿一宿的沉默

六

当然，我更多的时候像个天使
怀揣着婴儿，乘着精灵的马车
把美好的生活涂抹得光怪陆离

不，更多的时候我像个巫婆
把明明一帆风顺的生活描述得
荆棘重生，陷阱密布

我交替着左右，重叠着前后
怕不能与深奥的你重逢
王，你的领口绣满了我的密码
北纬30°，我在原始的路口
带着洞林山水
朝拜你脚下的尘土

选自诗集《十二背后》，恒字出版社（蒙古），2017年出版

梅尔（1968年7月—）

原名高尚梅，江苏淮安人，现居北京。1986年开始发表诗作，已著诗集有《海绵的重量》《我与你》《十二背后》等。曾获多种诗歌奖项，诗作被译成俄语、蒙古语、乌克兰语等十几种语言出版。现任中国台湾《秋水》诗刊社长。

未未的诗

云上居

云天之上,是星星月亮居住的村庄
嘿!居然有人不服命运
扛着一架云梯挑战上苍
——凭什么人就该活在地上

这些年,他一直在山与山之间奔跑
他相信总有一座峰巅
能够让他站住脚
上天去睡觉

谁劝也不起作用,他已经认定
白云就是他家祖先晒在天上的棉絮
他有足够的理由继承和享用

昨天我在路上遇到他
假装没看见他心里装着的事情
只是点了点头,我们谁也没说话
生怕打扰各自前行的步伐

到天上去居住,这是一项浩大的工程
必须动用一生,但也不一定能够完成
对于他的行动,我们最好保持沉默
且千万不要说:徒劳

走在傍晚回家的五只羊后面

走在傍晚回家的五只羊后面
我像秘密的偷窥者,隔着五十米
也不敢贸然轻咳一声。尽管
一只羊不停翕动嘴唇,嗫来嗫去
在两只羊的尾巴下面,有时
还爬到背上去,表演爱情
全然不顾它们的后面,有没有人
按照自己的方式,傍晚的五只羊
五个温柔的动词,五颗饱满的音符
五位夕阳里的乡村散步者,漫不经心
它们认识家的方向。突然,其中一只
跪下来,在悬崖边伸长脖颈,努力
接近一棵青草。我就是这只羊
不止一次跪在悬崖边

坐在劳动的中间

蜜蜂已经忙活了一阵子
当然,最忙的,还是这个春天
她旮旮旯旯都要走遍,也只有她
才能将万物,一一拍醒

从天上赶来的阳光已经坐遍大地
我就坐在阳光坐过的石头上
从屁股到心口,暖烘烘的
身体里面,好像也有什么
马上就要发生

小河还在涨水
河对岸的一群妇女，仍在抓紧时间
赶在天黑前，把菜地清理干净
下一个白天，她们还有春天的另外一些事情

这个春天，我就一直坐在这群劳动者中间
抽烟，喝水，想一些事情
一点也没感觉到，春天的大好光阴
正在浪费

桥上的时光

还将遇到多少匆匆的人事
从这头到那头，车轮滚滚，尘土飞扬

从东到西，这是流水。从南向北
我和流水的路线构成一个运动的坐标

带着波浪，流水在河床里走
我带着自己走在桥上

我的远方是彼岸，流水的远方是大海
我和流水，相隔九十度的方向

但我们相遇在桥，在摸不着的白云下
我居然和蓝天站在一起

我要在桥上慢下来，像蜗牛一样
耗费掉一生的时光

奔跑的仓库

一座仓库在奔跑，带着一条跑不完的路
一条路在奔跑，带着两只争先恐后的鞋
两只鞋在奔跑，带着一对灌满狂风的裤管
一对裤管在奔跑，带着一根前仰后合的腰杆
一根腰杆在奔跑，带着一串叮叮当当的钥匙
一串钥匙在奔跑，带着一扇又一扇虚掩的门
一扇又一扇门在奔跑，带着一颗充血的头颅
一颗头颅在奔跑，带着声音、色彩、味道
还有辽阔的天空、大地、思想，以及欲望
最后，它还带上喘息，带上精疲力竭
带上不得不，慢下来，或者放弃

墓中人

我尊敬六景溪的老人
当时光截住，最后一口气
他们就主动退出生活
把阳光地带，让给子孙
然后，走向寨子后面的阴山
抱着一堆土，假装睡去

如果有人割草，不小心
踩痛了他们的骨头
他们也绝不会坐起来
找你评理

他们太安分守己
口渴了，也要等到夜深人静
灵魂才来到泉边

鸡叫之前，又返回土里
成为墓中人

选自诗集《似悟非悟》，作家出版社，2008年12月版

末未（1968年7月—）

贵州印江人，本名王晓旭，苗族。中国作协会员、鲁迅文学院第18届高研班学员。作品见于《诗刊》《民族文学》《山花》等，作品入选《2006中国最佳诗歌》《2012中国年度诗歌》《2016年中国诗歌精选》等。著有诗集3部。曾获贵州省青年作家突出贡献奖、贵州省第二届专业文艺奖特等奖、贵州省少数民族文学"金贵奖"等。

陈朗的诗

中国元素（组诗）

汉语：幽

且说花开半朵
莲花无限
又有人说
是你是我
花在赞语中开放灿烂

以草的名义
在原野中肆意地疯长
不敢涉及的是
草丛中生命的轮回

拈指中
一朵花在峡谷里
徐徐寂灭

汉语：沨

哪怕是游
也是在风起云涌的时候
旋律起伏的水面上
欲飞的涛
溅向河的两岸

哪怕是游
也是躺在水面上看风吹

想漂荡么
船儿在风中摇晃
帆肯定是丰满而永远
水肯定沉稳而温柔
想象认知的过程
如风中之水
平平仄仄

成语：守株待兔

七月流火
阳光灿烂在嶙峋的树上
大树屹立
守望着幸福的麦田
时间自大树上悄悄滑过
抚摸出黄昏的温柔
金黄色的麦田永远不动声色
以幸福的姿态诱惑着幸福
以仇恨的时间诱惑着时间
大树　大树
祭礼自你源远流长
牺牲真是血光迸溅么

成语：羚羊挂角

雪地里一片寂静
等待因此成为一道风景
鸟儿飞走　水被冰杀

冷　抑或恐惧
大树不语
任凭光与影冷静地切割

大树之上
是灵性空明的空
大树之下
是无迹无踪的茫
一张弓无弦而响
叩开冬天的夕阳

圣人：庄子

一声发自胸腔的清啸
在九天之上缭绕
诸神微笑退避合十
看庄子乘大鹏自在地逍遥
宽袖大袍中挥洒出思想的光芒
在高山大岳中如风般飘过
那是膜拜的大地
御风而起的山巅
是无为的身躯
乘坐在有为的大鹏翅羽上
云雾拂开光芒万丈
鹏飞九仞的身影
翱翔中国几千年的天空
匡护我们自在的大笑
自在的逍遥

圣人：孔子

让我们盘膝静坐下来
怀揣悲天悯人的心境
在寂静的夜里
谛听我们的血液
如何被大师娓娓动听的语言
导引得波澜不惊温柔如水
这是必然的态势
正如双脚不能涉过同一样的河流
我们必须亦步亦趋
让大师敦厚的目光
恩泽般地拂过我们的胸膛
使我们胸中正气浩然光明正大
鬼神不惧的日子里
我们赤足走在春风浩荡的神州大地上
一片阳光让我们身心荡漾
一滴雨露让我们茁壮成长
克己复礼的天空下
有多少悠扬的歌声四处飞扬
儒雅的东方圣人站在鲁国的大地上
为世界撑开安详和平的阳光
那是上天之德的恩赐
也是人民一生的向往

陈朗（1968年9月—）

贵州兴义人。贵州省作协会员、第四届鲁迅文学院西南六省（区）青年作家培训班学员。著有诗集《冬日信札》，1999年获水利部作协二等奖；诗集《中国·白马》，2009年获贵州省"新长征"杯一等奖；组诗《纳祥郎岱》（长诗节选），2018年获贵州省"新长征"杯二等奖。

苏卫的诗

海龙屯，让我用诗歌为你包扎创伤（组诗）

应龙，我想扶你下马

从字如其人去读你
一笔一画
我的目光沿着你雄健洒脱
端庄的颜体
一点点感悟笔画透出的
刚正不阿　赤胆忠心
这本身就是一个难以攻下的堡垒啊

铜柱关　铁柱关
飞龙关　飞虎关
关关相连
守护着播州百姓的安居乐业
守护着一个土司政权的风平浪静
而这四平八稳的幸福
却被谗言的刀砍去一只脚
让明朝的元气也跟着向下滑
应龙啊！你就像自己写的那笔字啊
笔力劲挺不向腐败折腰

说你不忠
难道年年无偿进贡成吨的金丝楠木
只是一根鸿毛
说你造反

谁会把爱子拿去当作人质
爱子病逝
却不把尸首归还

前面是悬崖
后面是绝壁
漫天的乌云啊
要霸占你所有的天地

而我还是想扶你下马
看你用满腹经纶
擦净流言的脓疮
看你忍辱负重
让播州百姓安康久长

如今那些残存的城堡
成了你人生最后交上的答卷
让人惊叹之余　黯然神伤

致海龙屯考古人李飞

原本一桌丰盛的秀色
被明神宗饕餮114天
留得残羹冷炙放置四百余年
却丝毫不减你浓厚的兴趣

把家放在远方
你从时间堆积的泥土里
发掘一砖半瓦的秘密
或顺着一块碑
推开穿越时光的大门
找寻走失的岁月

你竭尽全力解答一个个谜团
让一息尚存的历史重见天日
让她们在你的指尖复活

当你的青春
在事业的执著里慢慢花白了头
却让苍老的海龙屯越发年轻
让世人瞩目

关隘

这些从炮声里存活下来的堡垒
以残缺之美
向世人讲述那个腥风血雨的故事
这么多年
它们以苗兵站立的姿势
孤傲地耸立在世界面前让人仰望
而每次抬头注目
我却仿佛看见杨应龙睥睨天下的目光

那些在龙岩山开采来的石头
在石匠手里是最听话的孩子
被安放这里赋予生命
他们把杨应龙的战略思想垒成奇迹
可再厚的城墙　再雄奇的关隘
却未能挡住凶残的人性和明朝的腐败

七百年苦心经营的忠孝在杨应龙这里丢失
仅留几座关隘像几根无肉的龙骨
衔在岁月嘴里任凭游人想象

海龙屯，让我用诗歌为你包扎创伤

光阴沉淀得太厚
伤残的历史太脆弱
只能小心翼翼
一层一层揭开岁月的绷带

每一小片砖瓦
都是一段伤心往事
拿在手上
可以感受那成吨的痛
让杨氏土司肝肠寸断

我的力量微不足道
海龙屯啊，且让我用诗歌为你包扎创伤
用质朴的文字为你建一座城池
让所有受伤的灵魂都来城里疗养

城里四季充满花香
邻里和睦　大爱无疆
没有利欲熏心的肮脏
能经受时光闪电的抽打
也永不垮塌

海龙屯啊！请随海潮寺的钟声
一步一步走进我的城池
让一切不幸尘埃落定
让所有游荡的灵魂得到安宁

杨应龙书法

性格里最刚烈的那一部分
酣畅淋漓得力透纸背
而我却听见有刀枪的砍杀声
从脊背上冷冷升起

布局合理精妙
像海龙屯的每一个关隘
环环相扣　首尾呼应
一撇一捺中透出缜密的心思
和豪气干云的气概

每一个字写得中规中矩
章法不乱中是文韬武略的涵养
就像训练有素的苗兵纪律严明
字体偏胖　有大家风范
想必也字如其人

原载《贵州诗人》，2016年第4期
获2016年"龙腾汇川·日照山海"（日懋园林杯）全国诗歌大奖赛三等奖

苏卫（1968年9月—）

贵州遵义人，笔名眉山运松。贵州省诗人协会理事。有组诗获贵州省第十一届及十二届"新长征"职工文艺创作三等奖、优秀奖，"日懋园林杯"全国诗歌大赛三等奖。作品见于《国酒诗刊》《贵州诗人》等刊物，入选《中国诗歌地理：贵州60后九人诗选》。与人合著长诗《歇脚丙安》。

谢佳清的诗

我在土城等你

在土城的三月
以梨花的心情等一场春雨
一把油纸伞盛开的情缘

在古镇的小巷
借一条会飞的鱼
跃过岁月对韶华的想象

零星散落的灯光里
望穿诗意的尽头
我看见了自己的影子
在阡陌纵横的小巷艰难爬行
你不来就不会懂

你不来啊
就不知桃花儿对土墙的低语
老屋与古树交错仰面苍穹的诉说
你不来
就看不见青花瓷的旗袍
如何把土城的古韵连接

满地青石板的古巷深处
月照旧庭阑角的赤水河畔前

如果还有一场云贵赛江南的美丽

那也是因为在等你的到来

原载《贵州年度诗歌精选》，2017年3月

谢佳清（1968年9月— ）

贵州遵义人，女。贵州省作协会员、贵州省诗人协会理事。五姐妹合著出版有谢氏姊妹诗文集《生命之弧》《五味真情》，五姊妹与周雁翔合著出版长诗《匠心茅台》。现供职于遵义市纪委监察委。

刘东宏的诗

江南

横向水面的桃花,近于理想王国
为远道而来的人,备好浓荫,软语,梅子酒
给他身后的道路轻轻覆上桃红和芬芳
山塘静如小令,抚了孤舟与独唱
收纳蝴蝶,琴声,落单的眼神
哀怨化为穿堂风
有人正出得厨房,上得厅堂
手绣了祖国,村落,鸡飞狗欢
通向老屋的小路也通向社稷
窗下的人自备了心仪的山水与物事
去山顶问道论剑,与鸟鸣谈天,她有唐朝的细雨
到檐下穿针走线,与鱼儿读月,她有汉代的腰身

十亩之间

适合栽下桑梓。在浓荫里
筑屋,盖小瓦
用榫卯法,盖出故乡

让燕子双飞,温习穿堂风
唱飞花令,日日
交头接耳,互诉衷肠

去屋后种修竹，养虚心
一个人偷看秘籍
暗练内功，种下固执的节气

屋前洒下芝麻，看日子
一天比一天高，与流水
对话，细数从前慢

备三碟小菜，饮两盅清酒
吃真正的晚饭。灯下
借了酒意，嘱托娘子

一定要散养爱犬
看好园中半开的桃花
决不让它开过墙去，泄了春光

镇坪古盐道

剩下的是寂静。唯有大风仍在
追赶背盐人的脚步声，惊醒
银狐眼中的山水与忧伤，在镇坪
柴扉还在盐道路口，暗自留下
承诺，陕南方言，挥舞的手势
密布相思与叮咛。留下泪水
燕子单飞，咸涩的味道，也是
岁月和巴山有形的空旷与苍茫
仿若盐粒之白，逆光更是温情
一粒盐自有一个世界，收藏
往事，口信，翻山越岭的民谣
我已不能抵达。或者抵达

就是再次回来,桃红深处
她依然穿着大红大紫的旗袍
"描远山眉,梳三股辫,等你"
接过行囊,风尘,更多的疼痛
接过盐巴,铜板,内心的生活
接过归情,无语,经年的饥渴
南江河怀抱夜雨与秋池的温软
左边是小巷日子,右边是
现代日月。月光漫开灯光
漫开时光的温馨与芬芳,而风声
尚在一遍一遍地通过古盐道
通向情缘未了的红尘,浩大的人间

原载《诗选刊》,2016年第7期

刘东宏(1968年10月—)

　　安徽枞阳人。作品见于《诗选刊》《世界日报》《椰城》等。现居贵州开阳。

成果的诗

内心挽留下来的光亮

一字一句,像鸟群一样在眼前飞舞着。
更像星星在心里闪动着。

抒写是淋漓的,我明白:
一个词着了火,
文字会像一把有灵性的刀
在内心　闪亮。

游走的躯体被斑驳的文字
打捞一生。
刻在心灵缺口的囚徒,
到处撒下文字的淤血。

倘若肉体的火焰　吞噬
极为短暂的生命,
文字,被挽留下来的光亮,
"绝不亚于永恒的火柴"。

选自《中国年度优秀诗歌·2013卷》,新华出版社出版,2014年1月版

夜晚来临

时间之手,
把一张黑幕拉下。

猫头鹰的眼睛在黑夜寻找光明，
夜晚的灯光，
似星星闪烁的光亮，
那是谁的眼睛饱含温度在耀眼的闪动。

朦胧中，月光撩人，
我看见鸟儿翅膀在天空回旋的迹象。

夜晚的底片是深褐的，你无法打开它心底的月光！

原载《绿风》，2015年第6期

成果（1968年10月—）

贵州凯里人，原名成艳，苗族，女。贵州省作协会员、鲁迅文学院第二期少数民族文学创作班学员。作品见于《诗刊》《绿风》《星星》等。

阿戈的诗

把你的名字拴在桃枝上

把你的名字,打扮成花蕾
悄悄拴在桃枝上,拴上就别动

在春风里,你一定听见一朵桃
即将开放的心跳,扑腾扑腾的

你数着这些万分激动的节奏
慢慢把自己美滋滋地打开

屏住桃花的气息,你听见
蜜蜂的脚步声,由远而来

原载《贵州日报》,2013年12月6日

带你走进一朵桃花

我已经将一朵桃花的疆域,扩大十万倍
它是我今生粉红的江山,空空旷旷

美人,请你离开镜子锁紧的表情
让我带上你,走进一朵桃花

桃花里,幸福不已的微风四起
漫步桃花,说着含蓄的爱,说着黄昏的蝶舞

说着我早就拴在桃花上的骏马，纵横驰骋的形象
我们顺着桃花通幽的香径，嘚嘚地去看李白的月亮

原载《贵州日报》，2013年12月8日

我是命寄往春天的信

我是命天一句地一句，长一句短一句
寄往春天的长信

春天收到我就含苞欲放啦
春天把我一页一页翻开来读

风哗啦啦地诵出声来
蜜蜂嗡嗡地听，呵呵

翻一页我的内心开始发芽啦
再翻一页我的灵魂就绿啦

我在第四页的修辞里大喜，幸福得要命
我开始在时间和空间上蹦来蹦去

春天牛胯扯马胯把我扯到第五页
我看见抒情的蹄子在汉字里累死累活

我在第六页的字里行间发现拴着的宝马
命啊，那是给我撤退时用的吗？

原载《贵州都市报》，2013年5月24日

携爱崖上

如果你的爱,经历了同心崖
她就不再是冰雨

如果你信仰春天
你来,崖上的春天就来

携带你的爱来崖上吧
你不可来路不明地潦草而来

你更不能在信口开河上
划一叶孤舟而来

你要像下雪一样洁白地来
你要像秋天的落叶沙沙而来

你的动静
要让朋友圈都知道

走在崖上,你把押韵的影子
放在花谱上,让蜜蜂越拖越长

它拖你去黄昏嗡嗡
拖你去日落的西山嗡嗡

它拖你,和你爱的人儿
去蜜一样的地方嗡嗡

原载《贵州诗人》,2017年第4期

我只是来人间晃一下就走的人

我偶然来此人间,只是晃一下
晃一下是多长,我管不着

我在花坡①的东坡坠地的时候
是不是神不愣登的,我不知道

也许我的光屁股被拍了一巴掌
也许我的哭声晒着了太阳

我来人间是干吗来着
但肯定不是来消灭寂寞你的寂寞

这一晃是否如秒针动了一下
我的右手正滴答着打磨时光

而我的左手吐出绚丽的烟圈
我从圈子里看见拴在酒中的白马

我是要把马骑进命运里,去看一下
明晃晃的人生吗?我开始在酒气里跟踪自己

我想我是没时间和我争了
我就不逃避到山山水水去啦

社会再黑我也没必要躲起来
藏头露尾多没意思

---

① 花坡:地名,今瓮安县鱼河乡深溪村一个村民组。敝人出生的地方。

朝廷谁说了算，与我喝酒没关系
反正都习惯那些打躬作揖的游戏了

这一晃，我只做一回自己
这与玫瑰带不带刺毫不相干

我分泌一些隔行如隔山的诗句
我看见闪电从字里行间扯出一股火镰

我也跟着晃一下，晃一下我就走
我携带着咔嚓的雷声，游回到人民中间

原载《诗网络》，2013年5月10日

阿戈（1968年12月—）

贵州瓮安人，本名宋泽华。作品见于《贵州日报》《贵州诗人》等。20世纪90年代曾在贵州省大中专学生诗歌大奖赛中获奖。

李俊的诗

五色石

上天本来就倾斜不平
到处有漏洞和裂缝
人世间于是就有了
无穷无尽的苦乐与悲欢

我原本是一块不起眼的石头
美丽的女神啊
用那双温暖的母性之手
将我轻轻捡起
烈日灼烤
野火焚烧
我在冰雪中煎熬
我在风雨中涅槃
最后,我被炼成了
一块坚硬的五色石
女神用我补缀苍天
以泽济苍生

我只是三万六千五百块石头之一
我的形象并不高大
分量也十分轻微
但我决定不再沉默
为了女神的微笑
我要高声地呐喊
尽心地舞蹈
纵情地歌唱

春夜见友人

世界太小了
桃花开时
你又春天般飘来

只知道你流浪四方
独坐海边看海
说大海是黑色的
说大海可以消毒
都知道你是位诗人
诗中那些无人能懂的句子
就是你自己
你的歌声仍未沙哑
手指燃烧时
六弦琴为所有的人哭泣

为什么你仍然是春天里
那一片孤独的叶子

荷兰花街

空气中弥漫着郁金香的诱惑
风车鼓动浮华与奢靡
木鞋清脆的声音里
也浸润着香艳之气

生命的原始状态
以人性和开放的名义

赤裸裸地展露
橱窗女郎的微笑
罂粟花一样迷人

热情的招徕者
用生硬的汉语
对黑眼睛黄皮肤的男人吆喝
"开发票！"

花祭

流云飘散
感伤的足音
在空寂的院落禅坐

冬天的故事
爆开点点滴滴的花蕾
栀子树静默
告诉微雨的消息

一片落花的身影
一丝丝流水的叹息
迷蒙的琴声凝固
如瘦花枝上的碧液
馥香涨满了池塘
未照过任何影子的静水
快乐的小蝌蚪游弋

那独坐看花的旅人
在痴痴地为春天哭泣

常绿已爬上栅栏
有几滴青葡萄的眼泪

<blockquote>选自诗集《五色石》，大众文艺出版社，2005年11月版</blockquote>

红星照耀猴场

在中国西南群山的褶皱里
一支远征的队伍红六军团
千里转战　突出重围
踏着1934年深秋的凉风
来到乌江南岸的瓮安猴场
沉沉黑夜里的枪声
惊醒了猴场的黎明
"红军到，干人笑"的歌谣
如红色的种子
开始在瓮安的土地上播撒
也是这一年的寒冬岁末
又一支远征的队伍
党中央和中央红军
拖着"左"倾重病的身躯
带着湘江惨败的疲惫
衣衫褴褛地来到这里
乌江凝咽　寒风呼啸
猴场的夜空冰雪狂舞
红色军队又一次身陷绝境
红色政党面临生死抉择
宋氏祠堂的灯光
从1934年的黑夜
一直亮到1935年的清晨

两种声音从旧年岁末
争吵到新年伊始
一个浓重的湘音响彻猴场
黎平会议的决议要执行
打过乌江去
在黔北建立新苏区
这是我们唯一的出路

瓮安大地　雪后初晴
乌江南岸　星光闪耀
那个来自猴场的湘音
成为一次伟大转折的前奏

于是　红流滚滚向前
突破乌江　占领黔北
遵义会议放光辉
四渡赤水出奇兵
万水千山等闲过
长征精神树丰碑
那个风雪弥漫的猴场会议啊
从旧年开到新年
漫长而又短暂
一会跨两年
跨过了乌江
跨进了遵义
跨过了雪山草地
跨进了陕北高原
一直跨向　新中国

原载《贵州日报》，2009年10月
获贵州省纪念建国60周年诗歌一等奖

李俊（1969年4月—）

贵州瓮安人。中国作协会员、贵州电影家及电视艺术家协会主席。著有专著《影视文学论纲》《写作范文解析》，诗集《五色石》，散文集《红色神奇中的行与思》《贵州红色文化》等。剧本《这方水土这方人》《夜郎王》《第三个黎明》《夜郎春秋》等被搬上荧屏。曾获中国电视"金鹰奖""飞天奖"等。被评为贵州省德艺双馨艺术家和贵州省"十佳"电视艺术工作者。现任贵州师范大学人文学院院长。

谢启明的诗

另一种声音

如果不能忘掉,就请你永远记住;
如果不能记住,那么就干脆忘掉。

——前记

星期一。
　　夜深人静时
　　我喜欢点燃一支香烟独自默坐
　　(说是喜欢,其实更多的是沉重)
　　然后,在一沓沓的纸上写下
　　我内心热爱的诗歌
　　(其实在白天更广大的时间里
　　我也在写作着我所热爱的诗歌
　　只是白天给我更多的是浮躁的尘嚣)
　　这时　我依偎在黑夜的身边
　　未语已断肠　因为
　　从另一个方面讲,这世界
　　不需要诗歌,扶住心灵
　　哪怕你守着诗魂　坚持
　　从《诗经》《楚辞》到辛亥革命
　　生命的年轮,需要的是声色犬马
　　即便你上穷碧落下黄泉
　　到头来还不是一抔黑土
　　热泪湿衣裳

如果灰烬之后还是灰烬
生命还有什么意义
我耿耿于怀。生命是否轮回
我只能凭借幻想，青烟一缕之后
借助从天国盗来的肉身再次运行
如果我真是这样了
从最微小的夸克到最大的光明
从最高的星座到最底层的人民
真真切切的生活
该是怎样啊
我无法想象
脆弱的呼吸
在炎炎赤日下
该怎样走出低谷
不让生命与洪荒紧紧同步
天外的云其实很辽阔
走出来吧，心腔
一足碾碎
黑夜的伪装

诗歌在诗歌之中
尘埃在尘埃之中

星期二。
如果我睡去，在爱人的怀里
晨曦中晶莹的露水
返回大地。那么
我对着霞光紧闭双眼
默念我纷乱的诗句
我知道这样的时刻
很沉重，并且
很不真实

所以，这个洪水泛滥的夜里
我冥思苦想
诗呵，我的爱人
到底怎样的启口向你
诉　说
心地才不会那么的沉重
才能感到你的真实
我的真实

需要多久？我就要崩溃的身躯
和心灵，才能高燃青铜的火把
将《诸世纪》的谎言看清
不然，我落泪的双眸
如何辨别方向
就像诗呵，爱人
到底要怎样的启口
我才不胜寒冷
我才能够清楚
哪里的天空是我的明媚之地
哪里的明媚之地是我的憩息之所
哪里的憩息之所是你不流泪的面容
哪里不流泪的面容是你的一片灯火

事实上，我看见
坚守精神家园的
仅仅是一些浮在水面的头颅
如果　这个时候
我不入虎穴，谁入虎穴？
如果　这个时候
我不入地狱，谁入地狱？
那么　我该怎样含笑走向天堂？
那么　我该怎样挥泪漂泊天涯？

我瘦弱的身躯愈发沮丧
融入自然的身影
对着时光默默感叹
诗歌啊
这三千年拆不开的语言
就像一片落叶
风里雨里为何总逃不过
这僵硬固执的土地

星期三。
　　什么是公仆
　　公仆是什么？
　　说出这样的话
　　人们首先想到的绝不是焦裕禄
　　而是嗤之以鼻
　　我不知道　究竟
　　是什么样的黎明
　　消失在人们的视线
　　什么样的轰鸣
　　穿透人们的心灵
　　反正那种真正做到
　　俯首　案桌
　　思想千家万户
　　睁眼　敢为百姓疾苦
　　闭眼　也为百姓幸福
　　这样的公仆
　　人们要么已经麻木
　　要么已经不在乎

　　眼看　日异膨胀的城市
　　在淅淅沥沥的雨中
　　在开满紫罗兰的小径

到处是
那些黑色的，灰色的
及其他一切已埋葬了的
已灰飞烟灭了的
蛀虫，像荒草
一批批退去
又一批批涌来
人们却无动于衷
我也只能紧紧守着我的躯壳
独自走在城市的边缘
高声喝彩或大笑
我心中的斧头和镰刀

星期四。
　　没有谁认认真真想过
　　如果给你一份情感
　　让你珍藏
　　你是不是就攥得牢？
　　如果给你一种热爱
　　让你向往
　　你是不是就不心浮气躁？
　　真不敢相信
　　走遍旷野
　　感觉更多的却是荒凉
　　这时　我多想有一种温暖
　　掠过我的胸膛
　　让我在束手无策与守望之间
　　能够发现
　　健康的灵魂
　　隔春天还有多远

　　然而　根本无从想象
　　是何种思维蛊惑人心

我全部的激情和力量
老无精打采地闷在被窝里
梦着一大堆废弃的爱情故事
白白浪费掉
从上午8点到中午12点
这段宝贵的光阴

星期五。
亚马孙的土著人多么具有
生命的本质，一生以丛林为家
围着篝火载歌载舞
是那样的自由和淳朴
回望我生长的这片土地
旮旮旯旯都充满了
堕落，欲望
甚至　由于诗歌的落难
突然发觉自己毫无价值
不得不装模作样挤出几滴眼泪
深恐被浑浊的空气将灵魂稀释
于是　不禁让人缅怀起
那位说着一口湘音的老人
是以一双什么样的手
高举革命的火种
将真理呼啦啦点燃
从此　在黑暗笼罩的中心
第一次有了核心和力量
这力量漫过嘉兴漫过南湖
燎原大地
让革命的红旗
在井冈在红楼在延安的
上空，高高飘扬

到底是什么令人窒息令人战栗
谁能给我指示一种方向？
让我站在历史的缩影和悲剧面前
掀开历史掀开城市的一角
用颤抖的声音　喊
你　喊着怎样的名字
主席？同志？还是爹娘？
你才能回来
当子弹穿过热血沸腾的胸膛
还有谁更能比你
将革命的真理普遍传扬？
我虔诚的心呵，泪眼迷茫
好想站在泰山之巅大声呼喊：
毛主席万寿无疆

所以今天　就在今天
不管什么样的荒凉在我头顶盘旋
不管什么样的疼痛让我大气不敢喘
我都要说出
伟大的说着一口湘音的老人
无论你是导师还是太阳
无论你是领袖还是灯盏
要亮你就亮在老百姓的心坎
亮在海峡两岸
那每一寸土地和海洋
再不然
也要亮在红楼亮在延安
即便当人们放弃了怀念
总还有一些渺小的生命
和我一样
一遍一遍在沉默的内心
将《东方红》的旋律唱响

星期六。
  没有谁可以证明
  那个所谓的超级大国
  纵横天下
  是不是全在掌握之中
  征服世界
  是不是不过咫尺之间
  其实　全世界都知道
  在他们的国度，他们的人民
  什么都有了，还缺什么？
  就算堆砌起森森白骨
  谁敢说他能将云海踏于脚下
  独霸长空
  谁敢说他能将天地踩在脚下
  唯我独尊
  又有谁真正敢高高在上
  自称英雄

  罢了　罢了

  还不如让我
  等待一个春光明媚的早晨
  男人回阳的时刻
  到小龙女居住的古墓
  去和她一同练习
  那些荡气回肠的吐纳功夫
  看一看
  三花聚顶　五气朝阳
  会带给我怎样的一段
  光辉岁月
  以便我能够彻底了解
  生命之源

是如何的在花蕊之间

尘埃落定

或者　是如何

在互不相干的湿地

构筑　巢穴

然后再一次

颤动　或分裂

星期日
　　如果　这时我转身离去
　　诗歌呵，你还能在哪里
　　的渡口上等我，等我归去。

　　　　　　选自诗集《贵州的诗歌——21世纪贵州21人诗选》，
　　　　　　　　　　　　　中国文联出版社，2003年7月版

谢启明（1969年7月—）

贵州遵义人，本名谢起明。中国当代文学艺术研究会会员、贵州省作协会员、贵州省诗人协会理事。作品见于《战士报》《山花》《贵州日报》等。

谢启义的诗

落日下的母亲：永恒的形象（组诗）

一些事物

一些事物在夜幕下开始蠕动。母亲微弱的声音
像一朵蔫了的菊花，渗透着杜鹃滴血的声音
母亲的身体已不能动，夜幕下幽暗中的花朵
在母亲的体内，像梦，一朵一朵反复摇曳

母亲的嘴唇动着。一双手、糨糊和纸盒
母亲回忆起七十年代曾经在昏暗的灯光下糊纸盒
以及糊里糊涂沙沙远去了的时空
她目睹了在纸盒上如何糊弄一家人灰暗的生活

这人间，有人能打开身体的欲念
就有人能承受松针与瓦砾般覆着雨水的生活
如此窄小、溃烂，就像乘坐着闷罐车
在夜色中，母亲跌跌撞撞穿过了七十年代

最黯然的青春时光，在她看来
印刷厂的机器是生锈的，它的影子
喷涌着，街头的嘈杂，四合院门口昏睡的石狮
房屋，像一个阴影，它巨大的轰鸣声

轰隆隆就滚进了八十年代。母亲返回粮食局
过去的不公正，在母亲恢复工作之后都无意义了
想想阳光下所有的蔑视与不幸也让阳光照耀
想想温暖，孩子，未来与梦想

我知道,母亲要趁时间未生华发之前去赶赴九十年代
她怕复来的最后这一份工作,这趟末班车一样的工作
赶不上她在九十年代的第一个年头
窗外是雨水和她知天命的年龄了

这一刻,母亲已开始昏睡
开始不去想曾经的岁月了,曾经每月等待的退休金
春天已经攀援到了新的世纪
她生怕自己会像秋天的树叶睡倒在冰凉的大地上

冬天的落日

冬天的落日照着疾病缠身的母亲
照着这个已穷了一辈子的穷人
我知道母亲宁死不去医院是为了什么
她是怕医院那昂贵的医疗费
她宁愿在家里坐着,也不愿意在医院的病床上躺着
那些像蛇皮带子皱褶的衣裳跟长满茧子的手中
反复来回,带着体温的钞票,与母亲木讷昏暗的眼神
盯着的白色的墙壁,充满药味和苏打味的
医院的走廊,隔壁的吊针,玻璃瓶
仿佛在母亲的身体里窜着,疼痛深入骨头
在时间的深处,煎熬着她的颈动脉硬化
她眼里满是浑浊的落日,在落入西山
中医院却在这样的落日中,如此宁静
有着至深的畏惧也不能说出

落日啊
落日照着母亲的眼神,她的疾病
在贫穷中,躺在光亮的铁架床上
等待,疾病吞食她
落日般的生命和儿女们的未来

母亲的墓碑

太多人世的情感在沉没。人世的气息
在山林的背后闪耀,因为太多人世的孤独
母亲的墓碑在更多的墓碑前显得反叛
这些熟悉的人被抽空,成为陌生而冰冷的虚构

人们已习惯于在正月初一上山,燃放香烛
为死去的人撒谎,自我麻痹
他们撕裂的人性在墓碑前三拜九叩
而在人世的灯红酒绿中,他们的懦弱却割断了

这个时代与亲人的源头,悄无声息
墓碑无声息,母亲也无声息
母亲静静地躺在儿女们为她虚构的家谱中
如此虚弱,仿佛昏暗星斗的低语

让墓碑的青幽更显一个女人的无辜
人们相互感应着祭祀的游戏,人们也习惯于
这样的游戏,沉默,忍受,从不显形展示愤怒
碑文藏在碑上,火山藏在胸口

内心的深不可测或许也是一种掩护
或许,在这个虚假的墓葬王国生活
内心的空虚更显得可信,在沉闷中
母亲墓碑旁的那棵小树已提前长出了绿色……

一段旧时的儿歌……

"我的好妈妈,下班回到家
劳动了一天多么辛苦了……"这一段旧时的儿歌

拽着蔚蓝的天一片寂静，回家的路却一片暗黑
投映在我凹陷的童年时光中
显得更加地紧促，更加地久久回荡

每一次想起这首歌谣，我都要哼上很久
或像小时候一样煮上一碗热饭等候着妈妈的回家……
那种在静谧中的等待，异常深刻
哼出的儿歌散发着时间经久的弥香
多少人生在这样的儿歌中消失啊——

不觉中我也步入了中年
儿时种种的天真
与母亲的威严和笑容
却满世界生长，那永恒的形象
注定要在沉默中散射开来……

获第九届"漂母杯"华人华文母爱·爱母主题散文诗歌大赛二等奖

谢启义（1969年7月—）

贵州遵义人。1990年开始发表作品，作品见于《诗刊》、中国台湾《秋水诗刊》等，收入《当代小诗大观》《当代诗歌精选》《世界华文诗歌赏析》（中、英文对照）等。现为贵州省作协会员、贵州省文艺理论家协会理事、遵义市文艺理论家协会副主席。

伍小华的诗

一大片野花就围了过来

从故乡往西行,走着走着就有
一大片野花围了过来。
带上它的芬芳,带上
那些幽深莫测的念头。它们都
手提一小串露珠,和
一颗大大的心跳
它们拦在路上。它们中的有几株
还被故乡吹来的风,刮得
侧过了脸去。那一刻
我才真正看见了乡村的羞涩。但我
怎样才能绕开它们,继续赶路?
我用教鞭在它们中间,轻轻
拨出一条小路,但我不想用城市的皮鞋
伤着任何一株野花
我也不想被任意一株野花绊倒!
但是,我的那颗刚刚濯净的心
还是在某一个微小的细节处
踉跄了几下……

原载《诗刊》,2006年第8期上半月刊
入选《2006年中国最佳诗歌》
2011年被欧阳昱译介到澳大利亚《年代报》

半树槐花

这个黄昏我
一眼就看见了半树槐花。蜜蜂的消息
比我的双耳更灵敏
我来到槐树下,感觉
肉体有些沉重。

此刻,大地上的光线
就要退回到槐花的内心了。

夜幕渐渐逼近
它要叫一盏灯,在黑暗中
去辨认一颗素心。

我必须放弃沉重。不一会儿
我也将随夜色一起
退回,半树槐花

原载《星星》,2005年第9期上半月刊

野菊

山冈上举起三只手:
枯瘦
精神
一点就燃!

一只手抓一把夕阳
一只手抓一把黄金。

空出的一只手来,好让
夜里提着灯笼
赶路……

原载《诗刊》,2004年第11期上半月刊

老木楼

老木楼开始使劲地咳嗽
吐出鲜血,吐出生活的艰辛
老木楼微微倾斜,向左
向着灵魂敞开的地方
老木楼只用三根肋骨顶住
右上方的几处漏洞
老木楼的脊梁开始变形,弯曲。身上
除了风雨还有时光浓缩的沧桑岁月痕迹
老木楼用豁了牙的嘴说话
整天在骨骼里唠叨,语言
比石头坚硬比北风粗糙。常于
不知不觉中穿透雪被直达冻土的深层
老木楼无名无姓也无后。老木楼
只有一个远房的亲戚
每一次老木楼探亲,都要顺着
一条逆向的根摸去,垂直或向前
一直摸抵黑夜的尽头,她才
看见一张类似于自己的面孔
这就是老木楼,这就是

和一个村庄生活了一辈子的

我的母亲……

原载《民族文学》，2013年第1期

伍小华（1969年9月—）

贵州务川人。中国作协会员。著有诗集《汉字经方》《被打翻的寂静》《低处》。

贵州诗人

20世纪

70年代
诗人

四十年

刘云的诗

赶路人

时光是箭，岁月是弓
生活就是张开弓，行如风
我知道，生活
要么平静如水，要么烈烈轰轰
迎着四季的风
奔跑的光阴踩着春夏秋冬

活在饱受质疑的年代里
责任和担当
把思念的人，留在梦乡
行走在匆匆的路上
却任由日渐衰老的容颜
缝补着褴褛的盼望

披着发光的地平线
我的里程，总是那样纵横交错地忙
亲吻着火车汽车飞机轮船
回家的路，长满愧疚和无尽的感伤

生命的旅程，我不会容忍
自己光阴虚耗，我要击碎虚妄
击碎黑暗
以及潜伏在身体里那多年的劳伤
也不会容忍
为非作歹的人。跋扈嚣张

一个刑警即便老去
也是一支射出的箭
我要在匆匆的路上,射出一串串春雷
哪怕是某一夜
长睡不醒,路,仍是远方

生来葬往
我要让赤诚的阳光抚慰
肮脏的灵魂和波涛汹涌的江湖
我要让一腔热血流淌
在今天的明天,明天的明天,沿途高唱

原载《人民公安报》,2017年10月23日

获2017年公安部"百佳刑警全国诗歌、歌词征集大赛"二等奖

刘云(1970年1月—)

贵州瓮安人。中国诗歌学会会员、全国公安文联会员、贵州省作协会员。作品见于《诗选刊》《啄木鸟》《人民公安报》等。现供职于贵阳铁路公安处。

段家永的诗

墨水

墨水有一颗干净的心
你们看到的
不过是水穿了一件上色的工作服
就像煤矿里的工人
像一截烧焦的木炭
一笑,便露出两排洁白的玉石
因此,墨水可以抒写清白
可泼于纸上
勾勒山水孤傲的骨头

感染的伤口

夜晚,没有雨,但我想象着
一场雨,正走过去年的棉花地
香烟越抽越短,有人在镜子中喊我
我答应了一声,时针,刚好指向一个人的心脏
不可与命运交谈,它说的冷笑话,有锯子的形状
咖啡壶响了起来,咖啡的苦,长着十八条触须
你在别人的梦中,向我招手
有情人泪水浸湿的地方,我把它都叫作沙洲

原载《诗选刊》,2013年第9期

一截朽木长出了新鲜的耳朵

一截朽木，安静地卧在崎岖的山路旁

风一吹，它的骨头

咯吱咯吱地响

这一截朽木，用来生火，都嫌它糟烂

它已经没有什么用处，等待着

被泥土拉回岁月的深处

它的身旁，小草正一笔一笔涂抹着大地

就连一些米粒大的野花，也把自己

小小的水粉盒，奉献了出来

这一截朽木，也许是春天把它唤醒

我看见一小簇白色的蘑菇

从它黑暗的身体里，慢慢探出了脑袋

一截朽木长出了新鲜的耳朵

一截没有谁会在意的朽木，在承受着时间挤压的同时

悄悄地倾听这个世界

从它身边经过，我身上的毛发

一根一根苏醒。我听见每一块石头都在说话

万物的心跳，都是春天敲打出的鼓声

原载《绿风》，2013年第4期

段家永（1970年3月—）

贵州织金人。贵州省作协会员。现供职于织金报社。

卢向前的诗

女巫

冲洗拖把的时候,
一抬头,看到对楼窗台
坐着一个女人,一动不动,
眼光射出窗玻璃。

过了一阵,
又冲拖把,一抬头
还看到那个女人,一动不动。

心头陡然一紧,
远远的如镜的湖面,
一只白鹤折飞,她一定
窥见了湖水,夏天的好时光
隐约有刀。

原载《贵州诗人》,2017年第1期

独舞

我看见一些声音着地,
很有重量。水泥
抹平一大块青草,
小骨头决绝地指示方向。
没有锈坏吧!

雨水与酒没有分别，
也无颜色发散。
时空旋转，
世界就要虚掉。这一刻，
我执意抓获你的双眼，
这与上帝结吻之处，
真是有了一潭的忧伤！

电炉子

我们守着电炉子，
一个冬天都守着这只温暖的事物。
还能想起初夏的蛙鸣，
甚至花的清香都在眼里成泪，
夺眶而出。

原载《贵州诗人》，2017年第1期

卢向前（1970年7月—）

重庆忠县人，号墨雨、退楼。现定居贵阳。中国书协会员、贵州省书协教育委员会委员。曾被《贵州诗人》特别推荐。

李远华的诗

老屋（外一首）

墙皮上的白灰
已被时光的手指一瓣一瓣抠下
佐以孤独、疾病
调和成老年斑
又一片一片摁上去
屋内，几声旧时的欢笑
在空空如也里颠腾，泣诉……

老妈妈倚着门槛
空洞的眼神久久地凝望向远方
像屋外那棵槐树上的老喜鹊
唧唧，唧唧
唤鹊儿归巢

杨家河

一汪清流
被石群挤压得瘦瘦长长

瘦水无言
只低头
在石群中弯腰、侧身……
瘦水走出石群

石头还咬着自己的尾巴

在原地打转

原载《诗刊》，2013年第10期下半月刊

采桑的弟兄

一年里，采三天桑

——阴天，雨天，太阳天

每天天没亮

他们就扛着大背篓

吆喝着走进桑园

我的那些采桑的弟兄

在背着大背大背的桑叶

走出桑园时

他们的鞋、袜、衣、裤

都在淌水，是汗水还是雨水

他们自己也分不清了

饿了，他们啃几口自带的冷馒头

渴了，对准水龙头喝几口

他们没出过远门，没见过世面

他们只知道蚕吃了桑叶才会吐丝、结茧

他们为蚕活着，他们也是蚕

但从不穿那些绫罗绸缎——

原载《诗刊》，2010年第23期

心形天锅

这凡尘,总有一些恋想是寥无止境的
它们紧贴着大地的这一头
朝着那一头扩展
——大地有多辽阔
恋想就有多宽广

原载《贵州诗人》,2017年第2期

李远华(1970年8月—)

贵州遵义人,女。作品散见于《诗刊》《诗选刊》《贵州诗人》等,入选《中国诗歌地理女诗人诗选》《汉诗年鉴》等。现任《国酒诗刊》责任编辑。

李寂荡的诗

直了集（组诗）

隔壁邻居

直到现在　我仍然觉得你住在隔壁
我只是看不见你的影子听不见你的动静罢了
尽管那个深夜我亲自看见工人
一脚把你踹进火葬场的运输车

去年冬天　雪下得特别大
阳台上你的旧家具被白雪静静地覆盖
你关门闭户　仿佛出远门未归

直到现在　我仍然对你深怀愧疚
你最后一次跟我说话是问我时间
我很不耐烦地回答了你
当时我急着去赶一趟火车
回来时再也没看见你佝背从我门前经过
或者夹着烟卷坐在走廊尽头发愣
回来时我带来一群体校的姑娘
我们饮酒作乐　高声喧哗
料想你都听见了
当时你就在隔壁　匍匐在地
一大群绿苍蝇围绕着你飞舞
你赤裸着干瘪而扭曲的身子　臀部正在腐烂
不知在哪个夜间你被阎王追逐
未来得及打开门呼救便摔倒在门边
但没有吵醒别人的瞌睡

黑夜结束的地方　太阳照常升起
照常照耀着你的阳台和门窗
直到现在　我仍然感到你住在隔壁
缄默着　怀抱最终未说出的话语
绝望　愤懑　苦痛

你走后那些健壮的姑娘也离我而去
裹挟着我自以为是的爱情和
对安居乐业的渴望
我漫无目的地过着日子
把日子喝成一堆空酒瓶
把空酒瓶当作废品处理
我常被梦魇惊骇
然后一分一秒等着天明

直到现在　我仍然活着
独自一人　但并不寂寞
因为你走后　我有了两个邻居
他们都住在隔壁
死亡和孤独

水洞

水洞　一个曾被称作匪洞的地方
一半属于汉语　一半属于苗语
是我的故乡

只有通过被雨水冲刷出的沟圻
隐约可见光脚跑过的青石板一角
二十年的光阴就堆成了三尺厚的灰尘
疯长的火麻代替了路两旁
端午采摘叶片的苦竹
泥瓦木屋一律向东南倾斜

那些熟悉的面孔
有的带着皱纹进入了泥土
有的带着青春去了异乡

河边的碾坊还未坍塌　仿佛顽固地
反抗着遭遗弃的厄运
河水波光粼粼　仍然缓缓地流淌
白鹭仍旧游弋在水稻田上方
云朵飞逝　好像擦着了山巅
七月　水洞一片阴冷

十五瓦的灯泡换掉了煤油灯盏
在巨大的黑暗中宛若萤火
电视亦如唧唧的虫叫　最为清脆地
笼罩着寨子的仍是二十年前
断断续续的狗吠与河流的声响

七月的夜晚　在故乡水洞
我感到了从未有过的安静
我感到了对安静从未有过的恐慌

铁炉子

因为窘困，请原谅我所点燃的污染
铁管就像抒情的笔　整日向天泼墨
仿佛向无限的虚无追寻归宿

铁炉子，我阴冷的冬天温暖的心脏
为我烧制粗茶淡饭
为我烘热每一个清晨和黄昏
呷茶或饮酒，或静悄悄地阅读
依偎着火炉，我似乎触摸到了幸福的肌肤

我养的狗靠着我的脚背
和我一块儿打盹，昏沉沉间
无数的北风刮过了屋顶

天气的发热使铁炉渐渐冷却
冷却为一架冰凉的钢铁
连着已肢解的烟囱，堆放在屋角
此时的煤块不再代表火焰的沉默
仿佛就是一堆黑色的砂石
我的铁炉子，犹如逝去的冬天
弃置在记忆的边沿
而窗外，已是春暖花开

科学路

橘花
或许夹竹桃
清幽的芬芳
在夜空中微微荡漾。

——（意）夸西莫多

艺术与科学毗邻而居
一墙之隔，却又毫无关联
科学在这个时代显然占了上风
至少获得了时代的命名权
而在这条路上，我感觉不到
与科学有什么关系

一树夹竹桃，缀满猩红的花朵
除了消逝的青春，我还想起西西里
两棵古树，一棵似乎已经死亡
每次看见，我觉得它就是一副棺木

而另一棵却郁郁葱葱
每年三月，它都以蓬勃的生机
和欲滴的翠绿，告诉我美好时节的降临

路口，夜总会灯火辉煌
漂亮的女子在风尘中奔走
而百米外的京剧团在黑暗中
独自沉默。仿佛在咀嚼一枚苦果
我不知道为何在天高云淡的早晨
京剧再度唱响
鼓锣喧天。唱腔悠远
就像高树上秋天的蝉鸣一样地荒凉

整整五年的时光，就像
一阵雨水，落在科学路的水泥路面
了无痕迹。我隐约记得
一个被囚禁的夜晚，通宵未眠
睁大眼睛等着天明。我听到了鸟叫
被光明照亮的声音。我与鸟类一同
对拂晓的到来深怀感激
而人类还在沉睡

李寂荡

我来到这世界
仿佛不是来表达，而是来接纳
对于胸中的语词，我更像一个倾听者

双河客栈
——纪念双河国际诗歌文化活动周

我与夕阳背道而驰
我与河流同向奔跑

昨夜的流水今朝该到了湖南
我应该醒得更早
因为现实比梦境美好
露水、雀鸟、阳光都比我醒得早
白雾从山谷升起　已升华成了云
我们在木屋里朗诵自己的诗歌
青蛙在田野里朗诵他们的诗歌
我们在屋檐下谈论诗歌的修辞
窗外两只翩舞的白蝶在山坡上谈论爱情
篝火的红光映照着非洲的面孔、亚洲的面孔、欧洲的面孔
——诗歌的面孔
与今夜的河山一醉方休

我们都是光阴的过客
我们都将像匆匆的河水一去不返

"美令人哀愁"
犹如这双河客栈
如明年再来，你在还是不在？
今年的蝌蚪将长成明年的青蛙
河畔如雪的将仍是去年的槐

语言障碍患者

语词堆积于胸，我感觉我的胸腔在膨胀
可是，我的喉咙很窄小，语词
断断续续地，零零星星地，从喉咙里钻出
我睁大了眼，涨红了脸，也难使语词鱼贯而出

语词与语词在争吵，相互推搡
当我艰难表达时，好想像土行孙遁入地层
当我的窘相换来欢笑与讥讽的目光
我无比羞愧，低下目光和头颅

我在他者的语词中穿行
如穿行于过江之鲫似的车流
他者的语词如战场上的干戈
我满腔的语词啊,犹如乡村人迹远离的山坡
草木葳蕤,繁花似锦

障碍的城池,戒备森严的城池
把守着我的痛我的冲动
我越是急切地表达越是不能言语
我的口舌似乎更适用于酒,以及爱的探索
我来到这世界
仿佛不是来表达,而是来接纳
对于胸中的语词,我更像一个倾听者
喧嚣的语词啊,如鼎沸,如蛙鸣
我像一部沉默的辞典
拥有那么多词汇,却不能发出声音
体内的语词于是自动地发表演讲,气势恢宏,口若悬河
语词,像雨季的雨水不断注入
我却像宽容的水库,任水流四处冲撞
有朝一日,满腔的语词啊,终将随我化作尘土

选自诗集《直了集》,贵州教育出版社,2016年12月版

李寂荡(1970年10月—)

贵州福泉人。中国作协会员。著有诗集《直了集》,主编和参与编纂《新世纪贵州十二诗人诗选》《寻找写作的方向》《中国歌谣集成·贵州卷》等。曾获全国艺术科学规划领导小组授予文艺集成志书"编纂成果个人三等奖"、贵州省青年作家突出贡献奖、百花文学奖·编辑奖、第三届尹珍诗歌奖等。现为贵州省作协副主席、《山花》杂志主编、贵州省期刊协会副会长、贵州民族大学客座教授等。

赵卫峰的诗

山雨

风光渐湿,庄稼们以静制动,枝叶与润物
又颤抖,又任老到的雨点捉弄,天知道
雨中的麻雀能在哪儿飞

伞有些迫不及待。这一下青岩就更清楚
树呵护的小屋,蘑菇般满头雾水,清新的
膨胀的美

更多的美还在善解人意的未来。而刚才
雨说来就来了。说去就去了,那么急
那么有力,见好就收,只留余温和惊讶
排着队,等渗透,等向远的河流逐一带走

你留下。看,空山新雨后
可爱的头颅低垂,原来
暴力的世界也有柔软的一面

只是玉米本质没变,梳洗后的穗儿更加自然
让人失足的洼地,沉积的、湿漉漉的问题
稍后就会澄清

只是你经过的雨都要扬长而去
你面对的山,却不能轻易绕过……
每每想起,它都固执
都是硬的姿势,都保持蓑衣的样子

黔灵山

山在城中，貌似比乡野的亲戚高级？！
每一座山都是历史悠久的
但并非每一座山都人心所向
得到岁月的庇护，被车水、商家
被房地产的结果骚扰。山在城中，有人管
不长庄稼，宜休闲，纳凉，适于牵手
漫步，寄情，透明或留影

一条向上的路，走的人多了
正道之外难免会曲径分叉，谁来为我指出
只有一片叶子的花是啥花？我只知
此山非我开，但入门并不难，但上一次
真不容易，山对于现在的我，从前的我们
更多的时候是远观，是遥望

以及偶尔的观望：山不在高，有人就行
百家争鸣，众声喧哗里的鸟语
是能动的小清新，动吧，动动更健康
蛇有蛇道，鼠有鼠路，闲不住的猴
更像健康之猴，不时露上一手，自然
有围观的地方通常就是热闹的地方
草木的阵地，依旧由老中青组成

团结是人为的，维护与践踏也是
不留痕迹的，是经验逐日丰富的狡兔
眼下，新时代的缆车凭空穿越，其目的
让更多年轻的肉身放弃传统的幽径？
而我继续足踏实地，继续凝望和示意——
曾经任性现身的兔子早已下落不明了
那些似乎从未休息过的绿，依旧忠心耿耿

落叶一旦成为落叶

落叶一旦成为落叶
与树还有什么关系

就像你,乘梦而来
停下了,安顿了
和梦有什么关系

落叶,与树距离不等
五十步,一百步
或身不由己地远,遥远,永远

就像做梦的人
和梦分开了,再不相见

肯定有很多的落叶
再也归不了根了
它们被风玩,被扫帚赶,
像脱离实际的爱或恨,像难民
被集中,被处理

就像很多梦
很多人,从梦中吹落下来

《炎徼纪闻》札记

"……春时立木于野,谓之鬼竿
男女仔旋跃而择对,既奔
则女氏之党以牛马赎之,方通媒妁。丑者

终身无所取售……"
可见：生命在于运动，时间决定爱情
经济基础决定婚姻建筑
可见：爱美之心
我世居黄果树瀑布旁的先民
有之
黔南虚构

每每月亮，可见幽暗故伎重演
凉爽又次笼络草坡与迟钝的峰峦
坚硬与柔顺，总有机会保持一致
眼下，少小离家之兔已隐身他方
城郊开发之区横着来，形成空白

依稀可观穿城之河颇似软剑，所谓剑江
想到它，我就会深处想，眼下
它已习惯弯曲，细浪既乖且巧
有节制地快活，像风
撩动两岸人影，自在漫行

没人能真正与月亮共进退。夜色无边
故地重游，无非看河流穿城
等事情穿心——其实，城与城
你的心我的心，若没悲哀的努力
它们真的互不认识，没有关系

贵阳

环城皆山，皆绿，皆蓝
天生的秀色，时不我待，化整为零
沿世居的林木铺展，自然美，只争朝夕

环山是水，善始善终的拥抱，使险峰突出
且空灵，它深思，它清楚，它要继续
它要促成一次次透骨的沐浴，让人挺胸抬头
如树，向上与向下的路都能走

一座城迟早会归于宁静和舒适。在路上
总有人会逐步明白方向，并用心记住，清风送爽
门户开放，白驹过隙，街巷换装，一转眼
喜忧参半的身心，已稳稳跨过21道门槛

多彩的现在提醒精彩的未来。一幢幢房子
如足踏实地的棋子，一丛丛土著的林木，依云伴雾
阅人无数，又似背景深厚的民族，习惯了
插入半坡为乐，沿螺旋式记忆延伸，随时随地
天天向上，宠辱不惊

沿途的光景终将归为常见。你的仰望
终将超出普遍的烟火，随有序之车水递进
你终将像后来的他，他终将像从前的我
我们，都停不下来了，都懂得了：
每一日都是结束，每一日
都是开始

选自诗集《本地之旅》，中国戏剧出版社，2012年12月版

赵卫峰（1971年11月—）

贵州贵阳人，白族。2006年加入中国作协。贵州诗歌三剑客之一、贵州十大影响力诗人之一。主编和出版系列专辑、诗集、评论集、民族史集二十多部。曾获贵州省政府文艺奖等。

伍亚霖的诗

立冬书

白昼越来越薄,落叶浩荡
流水亦非昨天
风猛烈,掀动陌生的衣角
一如季节最后的崩裂之声

放弃所放弃的,寂寞的月亮
刚刚挂高到天空,总有一些事物
能够彼此温暖。但你必须在
厌弃之前,洁净尘世之身

立冬以后,每天走过河堤边的人
一个接一个就消失了
可是奇怪啊,一切都无可阻挡
风越吹越密,人间依然拥挤

沿着黄昏的河堤

走得快的时候,我听到风声
为了弄清楚,是我走进一片风里
还是一片风走进了我
我于是走得更快,风声于是更密

走得慢的时候,连时光也是停止的
流水却不管这些,依旧转着一厢情愿的
小轮子。很多时候

我愿意走慢，我愿意停下来
继续爱上曾经爱过的人

关于一首诗的起末

哦！口有些渴了
我需要一只杯子，里面盛满干净的
雨滴。我需要一阵大风
把沉郁的生活鼓噪起来
我需要一些被人丢弃的铁皮
流过街边的水珠和细浪

我需要把对某一个人的爱
深深地藏在心底，并且
日复一日地坚持下去
哦！这是一件多么残忍的事情
月亮的苍白超过了我想象的
比一个冬天的寒冷更加漫长

我会睡得很晚，为了避开
漫长无聊的早晨，我会走到阳台上
脚步声很低，还是惊醒了自己
一天很快完结，而真正的人生
正在结束又似乎没有开始

原载《诗潮》，2013年第7期

伍亚霖（1971年7月—）

　　贵州湄潭人，女。著有诗集《倒叙》《一生四季》《善广顺行》（合著）。现居都匀。

芦苇岸的诗

以载书（组诗选四首）

载物：那只飞蛾……

注意到那只飞蛾时，它已经倒下
灯光依旧，火焰是可爱的
这光明的陷阱，引爆了幸福魔咒
一道影子在晃，又一道在晃……
黑暗的灰烬没有注脚。飞越空茫
并非庞然大物的专利，就像野百合
也有自己的春天，风雨中
倒下的是躯体，站起来的是灵魂

载言

出自父亲喉咙的嘶哑之言胜似诗
那些荒山梁，那些离奇事
甚至比一件小巧的睡衣还要贴身
儿时的记忆是可口的夜宵
苦难在梦乡中打着哈欠
我抹掉过多少泪水，黑暗中
像小兽一样微微发出鼾声的孩子
常常，我惊醒于梦呓，人到中年
一不小心就把自己弄得感伤
夜晚，因加载尘杂的人生而漫长无比

载浇灌的非分之想

陪孩子作业，读"江山如此多娇"
我不自豪，更不自在
无一棵草木，没一寸土地
老家都已夷为平地，牛羊不见山坡
能拥有的唯有单调的肉身
我靠它养育灵魂，浇灌一些
非分之想，鼓励我热爱美酒与生活
异乡漂泊，我常常迷失方向
是的，只有肉体最实在，他还负责
在漆黑的夜晚为我输送梦想
在梦中，我的大喊声，比山歌动听
我梦见的山河，多么美

载理

终于站在了被告席，审判酷烈
我已两股战战……

公正的星芒刺向我
利欲的脓血，早已写进罪恶的证词
清算我，从清算这根世界的肋骨开始

迟早要来，渎职罪
缘于笔端沾满生活的油辣
满身俗气近草木，无异于狼披着羊皮
判吧！杀鸡儆猴……

多少亵渎文字的投机分子
泛滥的人性之恶，和那些灵魂的蛔虫

都需要清算

就像黑洞清算宇宙的雀斑

原载《作家》，2017年第7期

芦苇岸（1971年12月—）

贵州德江人，土家族。中国作协会员、一级作家。作品见于《人民文学》《中国作家》《十月》等。著有诗集《芦苇岸诗选》《坐在自己面前》《带我去远方》和诗歌评论集《多重语境的诗性漫游》《当代诗本论》。现为浙江嘉报集团吴越出版社社长。

阿诺阿布的诗

在普希金故居

高脚杯涌起的江湖
那是诗歌无法抵达的地方
当阿尔巴特大街的门铃响起
整个莫斯科心惊肉跳

俄罗斯最忧郁的眼睛
看不到一片完整的阳光
皇村之子,他的右手空着
他只用一只手握剑

一个时代就这样被羞辱
在他之前,荣誉一直缺席
一个时代就这样被终结
在他之后,爱情大多不值一提

直到将近过了两百年
我来到莫斯科
那滴最要命的眼泪
才从她的脸上悄然落下

斯特林堡的咳嗽

神降临之前,黑夜铺满欧洲
颗粒无收的大地,凡是长着脑袋的
都在颤抖,整个斯堪的纳维亚

只有王的酒杯猩红
大臣们纷纷指天发誓
再赐给两枚克朗
他们有本事把玫瑰
从郊外一直种到皇宫门口
皇宫吹灭所有的蜡烛
为了翻墙而出的公主
摸得到后花园的路

贝多芬按下最后一个键
作为老友,斯特林堡回过头
他轻轻一声咳嗽
时钟永远停止在午夜的欧洲

从起居室到客厅,从客厅到书桌
从书桌到仅仅容许翻身的小床
三分钟一次的咳嗽
让我无法抬起头
我为蜷缩在墙角的乞丐羞愧
我为在大西洋上空哀嚎的信天翁羞愧
我为跟跄倒在楼梯口的女佣羞愧
我为洁白的奶油在面包上涂来涂去羞愧
我为生育期的妇女无法怀孕羞愧
我为斯德哥尔摩音乐厅紧闭的大门羞愧
我更为一百年来我们仍然活在咳嗽声中羞愧

装有双重保险的电梯
镀金的骑士雕像
迈着中世纪步伐的卫兵
当斯特林堡咳嗽的时候
说话的人们,闭嘴
教堂的钟声,不要这么响
此时仍然是欧洲的午夜
白天没有来临,黑夜没有过去

自由大道

比鸽子快，比强盗慢的自由
认得真来，也就值一杯酒
从祖母那一代就开始的假设
一个比一个绝望
在圣经中，它是启示录
生或死，取决于铁遇见火的态度
在今天，它是面包
新闻说，是王，就会有发疯的时候
男和女都没有拴裤带
但这并不妨碍全世界衣冠楚楚

由尸骨堆积而成的文明
我们晚上陪它睡觉
白天抬着它到处展览
正如此时，在里斯本
我空空的双手摆弄空空的酒杯
那么几个人，狼狈之间
就把我们耍得一无是处
正如此时，在里斯本
我走在以自由命名的大街上
却一点自由的意思都没有

选自诗集《水一直在岸上》，作家出版社，2008年12月版

阿诺阿布（1971年11月—）

贵州黔西人，彝族。现任三色桥（北京）文化发展公司艺术总监。

刘剑的诗

故乡

故乡还在那里，自言自语
大风把天空收拾干净，偶尔流泪歌唱
远方的人，回到自己的屋里
翻阅昔日长长的信和压在箱底的梦

喂养不活的雀崽，埋在柿子树下
坟墓和小旗杆被蚂蚁盗用
把田埂戳得稀烂的老鼠
一直没见过它英俊的模样
泼洒少年一身稀屎的鹳鸟扬长而去

王家的镰刀石比秋天还要粗砺
割剩在田里的谷茬，一直烂到冬天
第二年春天的花朵，缄默不语
没有吐露的秘密，无人得知

原载《创世纪》，2016年秋季号

湖水走去

大湖睡在地平线上
辽阔的身体是一种诱惑
朝湖水走去
风吹来三月的体香

坐在湖水边上
寂寞像一粒芝麻
在草丛中不敢发芽

与水鸟对望
它眼睛里的星辰浩瀚
与自己对望
打鱼人的船停泊在心上

原载《中国诗人》，2017年第3期

刘剑（1977年12月—）

贵州赫章人。作品见于《创世纪》《中国诗人》《贵州诗人》等。著有《西方诗画关系研究：从19世纪至20世纪中叶》。现供职于贵州大学，教授、文学博士。

伤痕的诗

日暮乡关（组诗选四首）

夜

日落后，屋上草不动声色
奋飞的蛾，却依次看见亮光
这些最近的碰撞
在落地的刹那，都来不及说清方向
它们总是同时扑进心头

月亮走时，天空也在走
人声寂静，只有花香四处飘散
仿佛是一种旋涡，该忘了的人站在身后
该记住的人，在幸福和失意间徘徊
我们不能回头看见从前

在暗夜，唯有身体感知冷暖
像石头在逐渐冷却的过程中演化自己
薄雾中的土地是否薄土？
一个人苏醒后，才会从容判断
多情的人习惯无眠在深夜

南花村

我幻想的芦苇在水中央
在南花村，它们是谁悄悄的痕迹
和历史编织的草帽

河岸边木楼里传来木鼓声
三十年前，我听到的一声木鼓曾拼命敲响
三十年后，仍于风中处惊不乱

芦苇总在等待一些候鸟
月光下，等待鱼如离弦之箭跃出
此刻，遥远的守夜人紧张万分

想着雨水

我渴望雨下起来，湿的空气
使我隔着窗就能听到
摸到，娘在深山里抱着拣不完的菌类
根根骨头感到松动

我喜欢雨水，即使雨水
曾冲毁稻田，让我居住的小屋直面狂风
伤害了少年的心

缺粮缺水的年代早已不见
娘的枯瘦身影也只是模糊的证据
住在乡下，雨水
仍会时刻洗涤明媚的秋天

我总是怀抱幻想写诗
推开窗，就看见飘来的爱人
两眼含雨，不带任何虚设，我们是彼此的土地
我们生死在土地上

小河涨水

我对水很敏感,甚至想成为水
很多年前,水质的身体
就长期生活在水底,是娘救上的岸

寂寞时候,我去听水
可河水太浅了,只能一半入水一半在外
回头看见不远的村庄在隐没
就开始梦见水里的灯笼,依次摇晃童年
我的青年也因此惴惴不安

小河里藏了很多秘密
用陶罐不能装下,用秋天的树不能装下
它只想暴露在某个花开的下午
我感觉,姐姐那时正以花开的速度
隐藏秘密,我拍打礁石,她却不言不语

小河涨水到屋脚,我们的屋
不知为什么没有倾斜,娘把它补了又补
山上的青草年年割来遮风
小河涨水到山坡上,我的诗歌
年年飞出金凤凰

原载《星星》,2003年10月上半月刊

伤痕(1972年1月—)

贵州锦屏人,原名徐德雷,侗族。作品见于《星星》《中国诗人》《常青藤》(美国)等,入选《甲申风暴——21世纪诗歌大展》和《中国百年诗人新诗精选——现代诗歌精品选粹》等。著有诗集《爱你百年》和《贵州·高处的暗语》(合集)等。

蓝雨的诗

穿过时间覆盖下的事物（组诗三首）

梦里洞庭

一片湖水，住在梦里
已有很多年
清清的，淡淡的
舀一瓢
就浇湿了南国的三千里江山

沿着八百里水域，我一次次
穿越了历史的烽烟。拨开层层芦苇
怀着虔诚的心，我追寻着
北宋一位名叫范仲淹的人
是他，把后来的洞庭，点化成了一幅
忧国忧民的壮阔画卷

"先天下之忧而忧，后天下之乐而乐"
一声长啸，他
至今仍醒在烟波潋滟的历史深处

历史的纠结：
范文正公因洞庭湖流芳千古？
还是洞庭湖因范文正公而名扬天下？

作为俗辈，我不知
"不以物喜，不以己悲"的范文正公，如今
是否觅到了志同道合的人？

在梦里，我多少次
站在岳阳楼上，看着一叶孤舟
向着洞庭湖深处的烟雨，挺进
帆影渐隐，涛声已远
我的梦，跌落在洞庭的某段岸上

桥下，遇见一位盲人

透过桥下盲人的哭诉
我看见了瞎子阿炳的某段时光

简易斑驳的二胡
拉抻着光鲜而复杂的希望

他用心酸的日子
在生命的弦上
揉啊揉的
揉碎了二泉映出的月光
揉得滔滔的江河水
泛起了满河的无奈
和沧桑

盲人不认识阿炳
我也不认识盲人
我颤巍巍走上前
从衣兜里摸出五元
不　有时只有一元
献出我卑微的点滴慈爱

我衷心祝愿
桥下的盲人
能走上桥，去到远方

伴着他的
不是阿炳的二胡
是阿炳心中的
那朵亮光

神往菠萝山

在务川仡佬族苗族自治县县城都濡镇的西面，有一座山，叫菠萝山，是务川的人文象征之一。

——题记

在黔北高原，菠萝山不算高
只有菠萝山上的天空
高过了一个县城的眼睛

我在山下行走了九年
没有真正登上过菠萝山
很多次，总是半途而废

听人说，菠萝山上的风景很美
我相信，风来时
那些坚硬的石头会开花
动人的山岚会结果
四季的草木，身姿葱翠
保持着当初鲜嫩的模样

据讲，菠萝山上的故事很多
精彩的片段和情节
始终与一个县城的历史有关
那些故事中的人物
至今已难觅踪迹

模糊的面孔
坠入尘土
有了各自的归宿

我离开小城已有些年头
小径荒芜。菠萝山的神秘
存储了我美好的梦境
这么多年
总有登临的冲动

我要祝福那些登上菠萝山的人
曲折迂回的目光被拉直
他们　不一定清楚自己有多高
但一定明白自己有多矮
又一个春天就要来了
我想问问　上面的天气
真的有点冷吗

原载《民族文学》，2016年1月

蓝雨（1972年2月—）

贵州务川人，原名田强，土家族。贵州省作协会员、贵州省诗人协会会员、贵州省散文诗学会会员。作品见于《散文诗》《散文诗世界》《星星》等，入选《中国当代诗词典藏》《星星诗人档案2013卷》《21世纪贵州诗歌档案2015—2017》等。著有散文诗、诗歌合集《雨季不再来》《流浪或远方》《守望平安》3部。现供职于贵州省公安厅交警总队。

罗龙的诗

枪杆岩

一杆枪，埋伏了多少年
从大地撑起
突破蓝天白云的封锁
岩石坚硬挺起
草木青过想象
罗炳辉将军来了
带着伤痕和队伍
用这杆枪，把炮火挡在外面
休整长征遥远的路途
他还要继续，这杆枪得留下
它必须继续守护这里的生灵
它威武，挺拔
它必须岩石坚硬，草木青青

红军井

红军来了，水隐忍多年
就等红军，井口朝上
一心向着日月
向着受伤的那些兄弟
土生土长的父老乡亲
庄稼和粮食
是滋润岁月的好榜样

罗炳辉将军的旧居

土屋不只是土屋
它有将军的伤痛
将军的影子
将军的梦

将军去了,它还在
安静地伏着,沉思状
一遍又一遍将历史重温

我们来了,它还没有醒
它说它要一直这样等将军

饮马泉

水浑浊
像一滴历史的泪
有战马的嘶鸣
战马的汗味
战马的蹄声
它很安静
它不需要大海的风云
它不需要潮涨潮落
它沉在岁月
慢慢翻看过往云烟

竹叶沟

刚劲和柔韧融成一片绿
挂在一节一节撑起的岁月
它们在风中相互击掌
欢迎所有的来客
一条带着竹叶的沟壑
把仰望和守护
举过头顶

樱花谷

用樱花表达的时候
那份美丽
多少有些烽烟的味道
在枪杆岩
罗炳辉将军带着他的队伍抵达的时候
樱花谷像一位美丽的少女
用纯真和柔情替战争疗伤
樱花依然开出
一个又一个的春天
一些思想
成了我们自己的樱花谷

手扒岩

那不是路，有人走过了
也还不是路

用手参与才能行走,叫路吗
让你知道行走是怎样的艰难

比如手扒岩,不仅有坚硬的岩石
还有草木
就像鹰的经络和骨骼
被飞翔的翅膀引领

红军来的时候,每个战士
都是会飞的鹰
他们从高山之巅,从陡峭的岩石
从手扒岩,自己开辟自己

如今我们,只能从那高高在上的岩石和草木
看那些兄弟,如云烟翻越的身影
他们的坚强和勇敢,深深潜进历史
有风走过的时候,让我们油然地想他们
甚过想自己的亲人

原载《毕节日报》,2017年5月8日
获"军旅情·强军梦"全国诗歌大赛征文优秀奖

罗龙(1972年2月—)

贵州纳雍人。贵州省作协会员。作品见于《中国诗歌》《绿风诗刊》《天津诗人》等。著有诗集《玫瑰园的秋天》《河岸上的守望》。作品入选《中国汉诗年鉴》《新世纪诗选》等。获中国作家协会、解放军文化部主办"军旅情·强军梦"全国诗歌大赛征文优秀奖等。

淋寒的诗

归来的时候（外一首）

此时，太阳正殷红地萎缩
空洞的目光掠过尘世的艰辛
宁静的海水恢复黑色的象征
淹没沉重的一切

远处的村庄燃起零碎的灯火
清晰而不可企及

返青的过程

我以胆怯的沉默向你表达
赤诚的爱意
生命最纯洁的光焰
将朴素的目光伸向你的方向
使你感觉到我的行为
意味深长

我看见你的长发荡漾
黑色的故事正逐渐消隐
进入你的丛林
错误的脚步一再重叠
春风徐徐
所有的事物迅速转青

原载《山花》，1993年第6期

孤傲·桥与塔（外一首）

湿漉漉的钢铁。漆黑的夜中闪烁的锋刃
巨幅的灵魂深深呼吸。血，暗自凝结

孤单的塔。唐·吉诃德的阴魂傲然而立
墨已冻结。锐利的笔尖倒立，直指苍天

一座桥沟通两个绝境。在河上，桥吞吐着水与茫茫黑夜
小城的冬夜，我感到塔与桥对我有话可说，却又缄默如铁……

挺进

摩托车怒吼着向前挺进

突然间我变成炽白的灯
突然间我变成飞快的车轮

黑暗在我的面前
被分开　被刺穿

我听见黑夜的喘息　它们不断合拢的
包围圈　无法阻止我向纵深挺进

原载《山花》，2000年7月增刊

淋寒（1972年10月—）

贵州松桃人，原名孔志军。贵州省作协会员。曾获铜仁地区首届民族文学政府奖、铜仁地区首届民族文学政府奖、第六届梵净山年度文学奖。担任铜仁地区第二届、第三届文学艺术奖评委。现为《铜仁日报》编辑。

郑继国的诗

镜观其变

状态

镜子静止，若秋水
秋水不像河水，总能保持奔腾
而目的地一样，只是流经的岁月不同

有的记忆干燥，有的潮湿
当快乐出发，影响快乐的只是源头
当悲伤抵达，影响悲伤的却是结局

兴奋和沮丧，其实都有根须
只是肉眼看不见，它们扎进
暮色及泥土瞬间的疼痛

瞬间不是永恒，疼痛却是明确的暗示
就像我从未质疑，冷漠只是麻木休眠
垫脚石一旦觉醒，被支撑的反而沉睡

现在，在天空这面镜中，鸟群在动身
一种飞翔是为了奔赴远方
一些展翅是为了返回原地

照见

传说黑曜石就是镜子的祖先
女娲打磨成镜,率先照映自己
漂浮的记忆是真假合成的照片
传说一经传播,虚实相互覆盖
而秘密,被蛇带进冬天
光阴易变,如人心。揣测无疾而终
明白和糊涂,相对而言,但毫无意义
譬如嚎啕与大笑,都是情绪的表达
昨天和今天,隔离着一道缝隙
就像过去和现在,现在和将来
只有一个节点,显而易见
传说往往无可考证。这与考古无关
对清晰度的辨识,只有历史懂得
众说纷纭,适合浑水摸鱼,有些牵强
我想表达的是,镜子的祖先或非石头
也有可能是自然,是山和水相映成趣
是河流和湖泊,以及
一切平静的水面

谜语

镜子照人,打一个字
谜面和谜底如手心手背
一只麻雀身陷竹笼,目光呆滞
一个顽童对鸟事情有独钟
人为财死,鸟为食亡
人和鸟,谁是谁的囚徒?

囚,以其独特的形状接近真相
但不是抵达,更美的风景

总在远方。相似或酷似
其实就是不是,如同赝品和真迹
看似一步之差,实则相差一生

镜面光滑,泪水无处可躲
多少时光被这晶莹的东西观照
多少坚实的脚印刻下必需的脆弱
一些人走着走着就散了
一些梦,做着做着就断了

表面

光滑的肌肤,容易招惹是非
镜框坚硬,镜面易碎,纷乱的纹理
如复杂的信息,真假难辨
新闻摆上货架,销售是最大目的
广告插入,有人继续观看
有人转移视线,这已是自然规律
仿佛破镜可以重圆,裂痕
总生长在梦的断面,覆水难收
能收又有何益?就像此刻
讨论虚无有何意义?漂泊的灵魂
飘荡的帆船,只为寻觅和谐的港湾?
而此刻,窗外雾重,寒潮光临寒舍
镜面的尘埃与日俱增,抹布一直休闲
如留守的人类,左盼右顾
而我继续沉默,就在此刻
镜子随风晃动,摇我
摇出日益增长的白发

沉默

镜子的沉默与生俱来
尘埃一直在布局，隐忍
成为一种风度与大度
当镜子发声，一定有东西沦陷
就像又一片黄昏残骸般沉入夜色

疼痛并不一定源自破碎
而破碎，使虚构的影像还原真实
梦的细节逆流，随风勇往
而往事，散落着后退

而明镜高悬，有什么能阻挡欲望呢
每一次出发，都是新的旅行
更美的晴空让人好高骛远
更大的暴雨还有待反映

如果镜面断裂，缝合究竟可不可以？
而我相信这样的假设："如果事与愿违
老天一定另有安排……"
正如，有的伤口可以袒露面对
有的伤悲，只能独自照看

燃烧

从内部开始燃烧的烟雾
是否最终归于虚无之乡
犹如，多年来在我体内爬行的欲望
最初随着血液循环，最后喷涌而出
主动点燃和主动焚烧，殊途同归。
回望，多少疼痛与血管的封堵相关？

多少拥堵还在路上？人为的挂擦
刹车失灵只是原因之一
失控的情绪有时就像失控的车轮
危险步步逼近，生死环环相扣
而闲言来自两旁
有些刀子习惯从身后插入
后视镜的设计别具匠心，内外兼顾
指示灯循规蹈矩，绿黄红交替运行
审时度势是为了方向的寻找
……现在，引擎再次启动
另一种车灯，在体内重新亮起

原载《中国诗歌》，2016年7月

郑继国（1972年9月30日—）

  笔名长歌，贵州余庆人，毕业于贵州大学中文系。业余写作，发表各类文字一百余万字，作品散见于全国近30家媒体。现供职于贵州广播电视台，系贵州省作家协会会员、贵州省中国现当代文学学会会员、贵州省诗人协会理事。

杨杰的诗

我担心门前那条河早早地干涸

我用一个信封
装着老家门前的那条细河
随身携带
我怕她干涸

河的肖像
走近我的时候宽宽敞敞
拴一个人的故事在河里
看田埂上的尘埃粼粼波光
溜，光屁股的童年
在涨水的柳絮中歌唱

河在想
如果春天到了
播种的激情没有水
枯草挺不起腰
对着扛铁锹的男人冷笑

水，最疯狂的时候
就把两岸的油菜花、芦苇、秋荷
统统拿来折腾
怀孕后
生一个
被水冲走一个
让爱她的人
一直痛

回老家过年

故乡的年纪好大
瓦屋下的灰尘
铺
硬板床回忆

抱着公鸡的鸣叫
回到童年
睡得好香好沉

妈妈的炊烟
点燃乡村的晨
熏不开我疲惫的双眼
城市的音乐
你慢慢摇吧

这里停电

选自诗集《诗想家》,贵州大学出版社,2014年10月版

旺草,分水岭

楔子
被岁月压着
往下,往下
叽嘎,叽嘎
撕裂你的侠气
就算你万分的莫名其妙

或百般唐突
最终还是由一条叫香树湾的河
每日哭泣着还原你的故事

人道
是你亿年前的血管
凹凸的痕迹在对岸印证
分水岭冲不走的创伤
滴血般聆听你的声音嘶吼

城市
抱住上线
聚团撞击
山的泡沫
擦拭你盯着一只鸟儿飞过时
捎带的冷眼
尽管，你拼命让污浊白白花花

鬼斧神工引出的尖叫
是你每天最愿意听到的音乐
却扯着我离去
我担心
分久必合的哲理
被"老鹰岩"的铜锣敲醒
然后，又叽嘎叽嘎地合拢

我继续担心灵魂出窍
会挤死很多很多的阳光

甩酒坊

文峰山埋着孤独
每一棵松树都可以图腾古道

那些褪去的光芒
流连忘返
也许,只是远远的轻鸿驻足
牵手远方

  选自诗集《甩酒坊》,贵州大学出版社,2017年4月版

合影

一定不要请走书房的灰尘
那是用来喂养,远方
长出的诗意,高贵

比如倒影,斜插进深秋
压住我为你构思的背景
又比如门前那棵千年银杏
证明,家乡是油画的意象
还比如,涟漪涂抹的唇印
拒绝亵渎,为我
天天给你写的诗点赞
再比如打鱼郎舔过的芦苇
若隐若现,洒江面上
羞见夕阳

这些,恰好是我们合影时
闯进来的鱼骨,忘了
卡痛喉咙

城市的河流

春天有三张脸
一张是春雨绵绵
细皮嫩肉容百花齐放
一张是春雷滚滚
催万物播种
耕牛出栏
一张是春鸣鸟啼
阳雀嬉闹

而城市的河流
太注重得失荣辱
体会不深

选自诗集《旺草堂》,贵州大学出版社,2016年8月版

旺草的油菜花开

山坡的油菜花开了
但面积越来越少

然后,我就想
童年的一亩油菜花田
也比现在的大

正如童年,冲进油菜花丛
能对话,而现在
反而觉得最美的

是山下那条溪流
一语不发

冰雪家园

凝冻
天气，雪花
喜欢踩在童年的尾巴上
有雪就摔不哭童年

有雪就摔不痛家园，现在
凝冻，把光滑一面给了雪后的鲁莽
而雪人，不是用来摔倒的

正如那些雪上舞蹈的夜晚
你的歌声不是用来回避的
那些要挺起来的绿色

可以畅快呼吸的时光
只需一个西南的风向标
在得到与放弃的天平上

砝码正是一朵盛开的蜡梅
且注定了你是赢家
将赎回，一个更加洁白的世界

选自诗集《裂口》，贵州大学出版社，2018年8月版

王阳明"道"行贵州(长诗节选)

一

明朝走过了辉煌的家业
翻得很痛
如一叶凋零,千芳复苏
"知"之里站出
哲思按时到达

王阳明是一条江的长度
睿来自大地恩赐
愿望,择美贵州一方天意
不让人之天性的纯真绝迹
蓝天白云与他一起

《五经臆说》藏岁月如禅
在莽原深处品出人味之甘

二

我们可以不顾朝廷光阴的另一端
我们可以是一翔孤独之鹰,初心不死
寻找天空的无形之形,翅划苍穹的
无界之界,无际时空
我们可以在龙场墘墘
排除蛮荒与无奈,察觉世界

一叶舟从天上北斗
为一名诗人举杯"仁、善、无"

一壶酒从论道携樽而来
"道"法自然是壶里的乾坤
袖里的日月

那时贵州的原野和天空
是好大的土碗，好大的空间
容他宽敞"豁达"
深刻"愉悦"

三

水声轻轻
两岸晨曦暖暖
王阳明接过《瘗旅文》大声朗诵
莫有的兴奋与昔日之黯然垂泪同在
辛楚同在
筚路蓝缕之艰与栉风沐雨之苦同在
五味瓶打翻

再读《象祠记》
特有的"天下无不可化之人"的信心
正是"致良知"的萌发
水声寒寒
路途遥遥

四

泥土和种子结喜，生出五谷
时雨与长势染色金秋
雕翎过山巅
青砖黛瓦、火墙、飞檐翘角、雕梁画栋

时光打磨的每一块青石板
每一块青砖都能读懂
藏于镇远深处的信札
以及信中王阳明交代的管理书院、刻印诗文
等等

读懂思维的江水要到天上去
尘世才会苏醒
时光才到地上种植多彩的贵州
目光之"在河之洲",才有
爱的"关关雎鸠"

五

正是正阳高照
王阳明转过身来
别了,我的贵州
"努力进修,以俟后会"
共勉

只是,先生没能活到五百岁
无法见证"黔中五门"的后学者
读史修学之兢兢业业

六

离别始终是件痛苦的事
尽管来的那一天就盼着离去
爱妻诸氏那儿的月亮也许更圆
有吴刚煮沸的酒在钱塘江边等一个人
独酌

这里是明朝的贵州
要离别的贵州
昔日言语不畅侧身而去
独立苍茫都退下吧，退到
月光以下，河流以下
冰凉以下

杨杰（1972年12月—）

贵州绥阳人，笔名小语。中国作协会员、贵州省作协理事、《贵州诗人》主编。主编诗歌集16部，执行主编长诗《舍不得乡愁离开胸膛》系列20部。著有长诗9部、抒情诗3部，主要作品有长诗"主旋律三部曲"《没有退路是路》《大道出黔》《决战贫困》，文旅长诗《敬畏这方山水》，合著长诗《亚鲁我的王》《大隐下司》《朴"释"旧州》《花香村茂》等，抒情诗"乡愁三部曲"《诗想家》《旺草堂》《甩酒坊》。曾获贵州省第五届乌江文学奖。

谢国蕾的诗

书香汇川

一本书,是一个世界
打开不同的书,就是打开不同的世界
在《安徒生童话》
写意孩子多彩的梦
在《唐诗宋词》
穿越山水与家国的情怀

阅读其实是情感
与每一本书的碰撞
其实是心灵在旅途
与迎面的文字打招呼
在字典的客栈点亮一扇小窗

穿越一本书,像穿越一片小树林
就懂得了绿叶什么时候让小鸟歌唱
书页犹如小鸟震动的翅膀
每一次都会载着心灵
与自己的心灵邂逅

打开一本书,就是打开四季的珠帘
打开春风拂面的淡淡书香
打开云烟流动的悠悠往事
打开秋色涂抹的宁静致远
打开瑞雪铺开一张白纸的灵感

如果说一座城市,也是一本书
那么汇川就是我的书。在汇川

读世界文化遗产海龙屯七百年的沧桑传奇
读"苍山如海,残阳如血"的美丽
读三线建设者奋斗的青春

读航天的梦想插上中国梦的翅膀
读乡村振兴与西部内陆开放
新高地的崛起,读"遵道行义
自强不息"的文明之花
与"而今迈步从头越"的壮志豪情

古有《荀子·劝学》,今有"书香汇川"
腹有诗书气自华,《菜根谭》里读书香
古语云:"书中自有黄金屋,书中自有颜如玉"
歌德说:"读一本好书
就犹如和一个高尚的人谈论"

汇川,是一本书
以激情作封面,和谐为封底
每一页都写满青春与热血、生命和爱情
憧憬和未来……如果要让我
形容这本书的美丽
我只能掩卷沉思,无限冥想

原载遵义市汇川区官方媒体《聚焦汇川》

谢国蕾(1972年12月—)

贵州遵义人,笔名晓蕾。贵州省作协会员、贵州省诗人协会理事。现供职汇川区政府。

慕璇的诗

苗蝴蝶

阿爸的烟袋忽明忽灭
一篓故事温暖了苗乡的夜
时光雕刻下神秘图腾
美人靠守候不老的婉约

阿妈的绣坊从未停歇
一个神话美丽了花开岁月
梦里遇见她翩翩而来
蓝衣裙舞动永远的圣洁

啊哟塞　苗蝴蝶
祖祖辈辈心头的慰藉
一串串相思怎能拒绝
我采下十二枚红透的枫叶

啊哟塞　苗蝴蝶
岁岁年年情丝的凝结
一道道风景眼前重叠
我踏上旅途挑起一肩风雪

原载《艺术评鉴》，2018年第3期

慕璇（1974年3月—）

本名黄国忠。2012年开始创作，作品见于《词刊》《上海歌词》《艺术评鉴》等。现为中国音乐文学学会会员、贵州省婚姻家庭建设协会执行会长、贵州省演讲与口才协会副会长。

蔚儿的诗

暴雨后的月

雨后划舟天际
竟无凉意
云厚,你又散了

暴雨后的月
似在深闺中
撩薄纱幔纱偷看街市
欲照还羞

月探究夜黑的神秘
与星儿推杯
换盏朦胧

暴雨后的月,不在床前
在天上溜达

原载《星星》,2017年12月上旬刊

走进山野的夜

一

泉响潜入夜
敲耳听

风透夜色来
像顽皮的孩子
打着口哨，轻拍
挽臂的父与女
路边林竹，似亲情
自然的绿

二

目光随性
山峦趁势
朦胧笼罩的凛然
与挤压
包容惬意

溶溶月光洗肺
搓去山外杂念
父女背影
一路张贴
温馨

在双河客栈观月

月出迷茫
悬于半空，山影东躲
水流西藏
夜色抹了抹脸颊，忽露
星粒儿成双

举手机欲捕捉那圆润
美满在心上,却是
漆抱一小小圆点
却拍下漆黑
冷冷圆圆而亮亮的
圈点失望

待我放大,再放大
月的孤傲,映入空屏
转瞬,竟照我微笑
如揽镜自赏

原载《秋水诗刊》,2015年10月

见老人荡秋千

坐在秋千上
轻摇童趣
来回摇荡,心
展翼

记忆在怀
晃动天
返老还童
笑也春意

恍见岁月在秋千之上
一头白发
已青丝

原载《绿风》,2015年6月

蔚儿（1974年3月—）

贵州遵义人，本名李其蔚，女。贵州省作协会员、贵州诗人协会理事。作品见于《秋水诗刊》《创世纪》《星星》等，入选《当代爱情诗精选》《温暖心河》等。著有诗集《清纯的年龄》《相遇如诗》（合集）及《歇脚丙安》（合集）等。《海龙屯遐思》（组章）荣获"日懋园林杯"全国诗歌优秀奖。

冷燃的诗

火电除灰检修工手记

一

所有燃烧发热的物体都逃不脱化为灰烬
侥幸残存的几块体面也将会被挤压破碎
我的职责就是防止这个秘密

中途被叛逆者泄露,直到它们
抵达一座桥梁,一幢高楼
用最后的尊严,重铸他们的肉体

更多的时候,灰烬将用来铺起
另一些灰烬,抵达灰场的道路
迎接野草,野花,野鸟的降临

二

其实,这隐藏的是两个秘密
死和死后重生,前者从我工装上
抖落的一场沙尘暴已经泄露
后者被一只火焰上起舞的凤凰发布

沉迷于悲伤的人群
他们不知道,他们泪眼婆娑
我的职责就是等他们,从回忆中
慢慢醒来

三

当然,坚守是要付出代价的
比如与野外的一场花季
与高山上一场轰轰烈烈的雪
保持,天涯到海角的
距离
与寂寞亲密无间,以一只野兽
捕食的姿势,随时
扣响出击的身体

四

我也曾构想过,下一场春天
降临

学一只蝴蝶与一树繁花恋爱
学一只鸟向树炫耀鸣叫
学一尾鱼通过一条河流抵达
另一条河流,那时被猎杀
也是幸福的

五

而我只能守在这里
多少年了,像阳光背后的影子

掩住这尘世最后的秘密,直到把自己
守成管道中的一粒灰烬
然后把秘密托付给另一个同样耐得住
卑微的人

我们把最美的时光献给了火电

那些钢筋混凝土浇筑的基座
那些槽钢、角铁搭起的铁塔
防锈漆刷了一遍一遍,它们记得
我们年轻的模样

堆积的煤,非昨日的煤
它们在黑暗中活着,在火焰上死去
一如我们重复滴落其中的汗
渗入万家灯火

最初的路已被荒草掩没
厂房内机组的嘶鸣,抽出
一根一根电线延伸至城市
我们的青春在内匍匐

每一枚螺丝拧出的
锣鼓、欢呼,在我们额上
留下烫不平的皱纹,它们是上班
必经的路,开着零星的雏菊

每一次盛开都提醒着又一个秋的
降临,恬淡与世无争
山外的繁华始终是一个遥远的
童话,酒醉中往往有人写错了作者

几十年的时光,我们始终沿着
一条路行走,一直守着把火炼出电
炼出灯光,细细品味这宁静的幸福
一直以来不肯说出

原载《脊梁》,2017年第4期

失语

舌尖上的莲花已谢
在月色中反复揉搓地呼吸
一场秋雨后,披上
霜衣
从此,所有的语言学会舞蹈

一颗心,仍在努力张开翅膀
记忆还活着,风
路过时卷下的落叶尚未腐烂
那一条熟悉的河仍在流淌
流水,已不属于我不属于你

没有星星的夜
在火焰上反复练习投掷的石头
准确击碎,黑暗
白昼,一切面目全非
包括隐藏的真相裸露的谎言

面对时间
我们都是生活的失语者

原载《中国诗人》,2018年第1期

冷燃(1974年10月—)

贵州绥阳人,原名李强。贵州省诗人协会会员。曾获"星星"诗刊杂志社"星星点灯"全国诗歌大赛征文二等奖、巩义杜甫国际诗歌大赛优秀奖、"普安红"国际诗歌大赛优秀奖等。作品见于《中国诗人》《脊梁》《流派》等。著有诗集《渴望飞翔的石头》《隐喻:12人的诗江湖》(合著)。

王兴伟的诗

与书伯母

一

眼睛浑浊,已经认不出人了
我在她面前
只有报出名字,她才能从记忆里
搬出另一张清晰的脸
她说"三啊"茫然地张了张嘴

我剥开一个橘子
取出细小的一瓣,放进她嘴里
牙齿只剩一颗,牙床已经干枯
她慢慢地吮,慢慢地蠕动
一脸幸福的样子

她的眼角,有一些明显的水渍
我知道,两百多天了
她的手无法抬到眼的位置
许多绝望,痛苦
都沉淀在那里,生活的风一吹
就成了无法抹去的印痕

我将另一瓣橘子放进她嘴里
她很急,还未泯烂,就吞了进去
她似乎已经明白
上帝给她的时间已经不多
她望着天花板,忽然用颤抖的声音问我
她是不是要死了

我无法回答,只说太阳出来了
梅花开了,老四家的生了一个小男孩

二

用一盆温水,替她洗澡
脱掉袜子,她的脚都冷了
直到膝盖,而此时窗外
阳光射来
慢慢地擦,我看见她的臀部
因长时间睡
而又想坐起时磨出的疮
红红的,像燃尽的蜡烛头
再往上,就是一大堆
还未清除的粪便
我用帕子,淌了一次又一次
一年了,她都这样躺着
我无法想象,那365个日子
充塞着怎样的无奈
她的内心,是怎样坚强地
触摸每一个看不见的黎明
一间屋子,应比一座监狱更冷
她的背上,除了汗
就是红得过分的疮
像漫天闪烁的星斗
也闪着她,再也呻吟不出的疼
我边擦边背过脸去
她的乳房都已经消失成
两个细小的黑点
再也找不出生命之源的半点迹象
整个胸腔,像一个补了又补的盆
我抱着她,像抱着一堆

散了架的骨头
我想和她说说话
可语言没有锥子,我们无法
像半年前那样亲切交谈

我只能在一盆温水里
拧帕,替她擦拭身子
她这一辈子没留下什么
连儿女也没有
我和堂哥,唯一能做的是
她干净地来
要让她干净地走

三

二十年前爷爷走了,那时他躺在木板上
不说话,一张白纸盖着脸
我在恐惧中啼哭,怕在梦中
遇见他来牵我的手
八年前伯父走了,也睡在一块木板上
六月的太阳让尸体发出臭味
我伸手去理他的衣服,看见他严重变形的脑袋
没了往日的和蔼
今天伯母走了,19点零八分
日子看起来有些好,没有太阳
没有风也没有雨,这样的日子
正适合赶路
灵魂轻巧,没有磕绊
不会飘到很远的地方,村庄古老
炊烟依旧,小河和树虚长着年龄
一切都不会陌生
她躺在木板上,一张白纸

隔开了生与死的界限
我不悲伤，我知道人生就是
一个一个地送走自己的亲人
等他们都走了
剩下孤单的自己，慢慢掩埋
一些理想，一些爱恨，一些熟悉的事物

孩子们抢着火炮，看着礼花
高兴的样子不知道什么是死亡
他们的眼里，快乐这么多
世界这么好，人干吗不说话

他们依在父母身边
沉沉睡去，像一朵含苞未放的花

四

在火化室前
你静静躺着，一床棉被
已经无法捂热你的身子

永别的时刻到了
我伸出手，抬起你的头
帮你理顺冷乱的头发
冰冷和温暖相遇
看着你变形的嘴
似乎要将我的名字喊出
就像在家门口
喊我吃饭一样
但你终究没有喊出

工作人员将这最后的时间
一点一点削去

我只好再次，用一张白纸
蒙住你的脸

伯母，尘世苍凉
这个世界
能用语言和心温暖的人不多
去吧，你的前面
是一炉熊熊燃烧的火
到了尘世的另一面
你要和伯父，好好爱着
因为我们，也会沿着时间的边沿
慢慢把你忘掉

最后的骨灰
会被最后的泪水洗刷

原载《四川文学》，2014年第2期

王兴伟（1974年12月—）

贵州遵义人。贵州省作协会员。1993年开始发表诗歌，作品见于《人民文学》《诗刊》《星星》等。曾获贵州省专业文艺奖。著有诗集《小镇炊烟》《文人相重于沙滩》（与人合著长诗）。

廖兴坤的诗

我与城市的对白（组诗）

无名的小草

今天
我在异乡重重地摔倒
久违的疼痛
又让我想起
家乡路边不知名的小草
曾几何时
我把它放在手心细细捻揉
然后轻轻地
敷在伤口上

今夜
我拖着伤痕累累的身躯
敲开虚掩的药店房门
我不知道
已被淡忘的无名的小草
是否置身其中
像我一样
带着缺残的心情
栖身在这城市的昏暗角落

钢筋和水泥

我不喜欢钢筋和水泥
因为它是城市的骨骼和肌肉

它总有一种优越感
仰仗高楼的高度
目空一切

我栖身的角落
被高楼俯视
仿佛小孩被家长训斥
战战兢兢
我即便踏实本分
总免不了有被偷窥的担心
就像小孩子的日记
说不好哪个时候就被家长一览无遗

说不上厌倦
谈不上喜欢
总之,我和城市秋毫无犯

城市的月光

我住在城市
总是心猿意马
因为着实没有真正地融入城市
若即若离
仿佛一个被罚站的孩子
看着老师的脸

只有城市的月光显得亲切
因为它是故乡跟来的
仿佛我是一个容易走失的孩子
白天不打紧
尤其是晚上,寸步不离

阴天用云层罩着
雨天用雨丝牵着

我隔着窗玻璃看城市
城市用窗玻璃隔离我
我们只用眼神交流
没有言语的对白

原载《北方诗刊》，2015年12月20日

廖兴坤（1975年4月—）

贵州安顺人。贵州省诗人协会会员、贵州省散文学会会员。诗作发表于《参花》《新诗刊》《北方诗刊》等刊物，入选《21世纪贵州诗歌档案》等。

王富举的诗

车过京津平原

一条河流所看到的平原再一次
被一列高铁切割
冬小麦的忧伤由此而生,被大地渲染
大地是沉默的。沉默
早已传递至绵延的杨树林
突兀手指摸到了天空冰凉的脸
陌生人,他在车厢里假寐
风被拒绝在一层玻璃之外
一列火车走得太久
它多么想把一部分记忆剔除
它多么厌倦,但无法停息
它会从未来日子的伤口里贯穿过去吗
会不会,让生活的两端
一边流下泪水
一边流出血

夜行的地铁

在城市幻变的血管里
灯火与黑暗交替
我们互为陌生
像命运
有不断停下的时候

我很快想到一个女人的怀抱
遥远、缥缈
仿如虚构
在北京，地铁一号线
一张海报的挤压尖锐而迅捷
孤独的站台内
卷起强劲的风暴
它以另一种方式
解读一个异乡人的温暖的秋天
和他怀中紧裹的江南
微风不断吹拂的小月夜

草之海

我铭记着那一片肃穆的星辰
一如万千的萤火，自浅浅的梦里升起
一盏盏花朵摇曳，使天空轻轻地
低下去，云朵也低下去
低至辽阔，在一株蒲草上
趋于宁静。在威宁
高原的腹地注满安详
像母亲的脸。这样的想象让人愈发孤单
而一只黑颈鹤的眼神更为冷峻
因为海，一切变得神圣、高贵
我爱上的孤独，凄冷，又让人沉迷
而大地庄重、沉静，被草色相拥
在风起的时候，寂寞深陷
一些绝美的舞蹈，与影子
渐行渐远，翩若灵魂
它们离开，但还会回来

秋天的独白

这秋日下午的阳光多么安静
缓慢，又专注
在一丛金黄的野菊面前踟蹰
她有无数温暖的眼睛
和滚烫的秘密
任光阴，一次次陷入停顿
风吹动，晃动的树影变得悒郁
像我所经历的尘世里
那些捉摸不定的眼神
而苍山空茫，天空远大
我要对你说的话，迟钝、混乱
早已和心跳，一起卡在十年前的
绛色黄昏。如果就此黯淡
从一棵棕榈树上慢慢消失
而夜晚，它有繁密的羽毛
和更浓烈的呼吸

原载《民族文学》，2016年第5期

王富举（1975年5月—）

贵州湄潭人，笔名槐澜，仡佬族。中国少数民族作家学会会员、全国公安作协会员、贵州省作协会员、鲁迅文学院第二期少数民族文学创作培训班学员、鲁迅文学院第二期公安作家研修班学员。作品见于《诗刊》《民族文学》《诗林》等，入选《中国诗歌地理·遵义九人诗选》等。著有诗集《王富举诗选》。

李忠实的诗

你暖暖的微笑,是雪域明媚的阳光

透过屏幕
我在你的文字里徜徉
感受西藏的江南
林芝
桃花极尽所能的芳菲

我遐想鲁朗小镇的绿
在七月,青翠欲滴
现在是春天
西藏的脸,明净如初
三月踏青
尼洋河破冰
想象有那么一天
我踏上雪域
接过你端起的青稞美酒
接受你不染纤尘的祝福
沉醉,不知归路

落日余晖里
南迦巴瓦峰金色的祥云
在彼此脸上洇染
一层幸福的红晕
谁在触摸杉树王苍劲的躯干
触摸,两千五百年的
世事变迁,沧海桑田

带着感恩之心
在巴松措
以甘冽的圣湖之水
洗净
蒙尘的双眼
我在阳光下往返于春天

那个时候，寂静
带来了美
你暖暖的微笑
是雪域明媚的阳光
塞满了
我因想念西藏
曾经潮湿的心房

原载《西藏日报》，2017年8月15日

李忠实（1975年9月—）

贵州关岭人，笔名高原格桑花。作品见于《西藏日报》《人民陆军》《贵州诗人》等，入选《中国诗歌大观365人诗选》（2014年卷）等。

西楚的诗

葬礼上的三个唱段

上段:追忆

指路人

黄昏中编织还没停止,有人
就开始怀念和遗忘
而你不在其中。你的青衣脱下来
盖住打铁人的眼。他叫喊
抱着你,从清早持续到晚上
而手指呼吸,草尖发烫
太阳落向击鼓人的家乡

BOUB DAB[①]

我在树中间睡着了。
但你不知道,闲置太久的刀锋
在后半夜起身饮水,避开黑暗的血统
避开我,去找另一个人
讨论砍伐和杀戮
世界安静,带着咸味

---

① BOUB DAB:苗语,音"布达",对外祖父的称谓。

母

我黄花的脸，你的手相含糊
我唱歌，流泪，到晚间还不能休止
在梨树下，握姐姐的手
我们合力调整风向，而你被风吹走

父

天亮，天黑，天天天花着脸
我们制造缺盐的午后，指缝间的水
流落在山岭之巅，洗刷野生的物种
和目光暗淡的子嗣
众人都在劳作
我在你之后，一边追赶，一边生育

群

那么漫长的昨天，那么多
散不尽的哀乐，雾水围绕我们的生活
谜一样难以解释。
我们用清晨呼吸，用午时相爱
用夜晚把佳话流传人间
而落日一去就那么遥远
我们造城，我们把自己放在中央
我们一起哭泣，我们在还没有到达的路上

中段：怆

指路人

所有人都已醒来，你还在安睡
失散的儿女，在空气中
旋转的小花伞，遮挡不住天空的下坠
若你醒来，你会流泪
若你流泪，你会看不清落日的痕迹

BOUB DAB

陌生的人，和松树一起
在山巅巅上，呼风唤雨，右手的伤痕
向左手延伸。明亮的

松树林，是流泪的松树林
我举起手，接住漫天霉变的种子
它们一直下，一直在我心里

巫

水中的寄生者，半夜爬起来
光着脑门，笃笃敲门
他没有手，只有发烫的心灵
太阳落在西边，他向东行
梦比梦还真实，他和我越来越近
还没把刀尖上的日子过完
天就亮了
摸摸身后的灯盏，已经熄灭

群

寒冷的冬天，是我们
流露的表情，我们默不作声
手心向下，寒冷的冬天生出火
生出白色和缠绕，像口边遗漏的辞
越来越长，越来越紧
一层一层包裹暗淡的城

下段：日光曲

指路人

越来越红的手心，暴露
欢愉者的秘密
我们的人放下酒碗
离开跳着说话的桌椅
短暂的停留转眼改变了行程

母

身上的肉，手上的命
连绵的阴雨之后，我们看见天晴
隔着草帘子，沉睡的老虎
影子变成黄花地

父

手把手带你过河的人
转眼已不见踪影

我们留在桥下打鱼，身体被一年年清洗
至今还记得，春天的暗红胎记
我们说梦是甜的
梦中的人抱着石头来来回回

群

白羊群飞过头顶
铸铁手回头看不见母亲
我们来得太远，浑浊的地表失去记忆
一天天宽厚的面孔
一天天变得陌生
在一个人身边，烟草味道
正在散去，我们赤着脚，和他一样
一路上眺望光明和甜美

原载《山花》，2005年第6期

西楚（1976年3月—）

贵州松桃人，本名田峰，苗族。20世纪90年代开始诗歌创作，作品见于《诗刊》《诗歌月刊》《星星》等。著有诗集《过程·看见》《妩媚归途》（获贵州省第三届尹珍诗歌奖）等。

西水的诗

父亲

巷子里白天常走行人
不能堆太多东西,不像故乡的院子
宽天宽坝
父亲在合作巷修房子的时候
只能在深夜,拖砖和沙
他太累了,往往一倒在床上
就呼呼大睡,那晚
小偷在他呼噜声的掩护下
撬开了门,把他的手机
和所剩无几的钱,偷走了
然后,把他的衣裤,丢在巷子里
周末,我从素朴回去的时候
父亲对着我叹息,唠叨
"这个——小偷——啊"
他咬牙切齿地说。
他万万没有想到,坐在他面前的
这个坐享其成,长相斯文
而又懦弱无能的儿子
是个大盗,自出生开始
就一天一天地,偷走他的精力
黑发、牙齿……
还要打算,偷走他的那把老骨头。

黄昏

两座坟,没有墓碑
两个土包包,长满荒草
在坟头中间,一丛金银花
攀着几棵杂树开放

黄昏,我坐在这里
仿佛与世隔绝
两个年代久远的人,并没有
令一个留守村庄的老头,心生恐惧

两个坟包包,像两个挨着摆放的枕头
我躺在这里
谁也没有打扰
谁荒凉的开放和休息。

声音

挖掘机在凌乱的工地上叫着
麻雀在堆满尘土的树上叫着

……老家的麻雀
也像年轻人一样
一群一群地涌进城里了吗

挖掘机和麻雀的叫声
在这个城市
让我感到饥饿和恐慌

年关了，我们的工钱，像雪花一样
还没有飘落下来

忧郁的天空，和我们一起
保持无边的沉默……

发现

我发现自己
在外边，已会微笑
已会小心翼翼地说话
在家里，已会摔盘子摔碗
对着儿子
已会无由地愤怒

我发现自己
越活越像父亲

当生活
压得我喘不过气来的时候
他总是精力旺盛地
端坐在我的身体里
指挥我
练习他中年以后的脾气。

原载《草原》，2017年第12期

西水（1976年8月—）

贵州黔西人，原名陈跃鹏。贵州省作协会员。作品见于《人民文学》《星星》等，入选《2009年中国诗歌精选》《值得中学生珍藏的100首诗歌》等。2018年获《草原》文学奖提名奖。

李半知的诗

风筝

女儿是一面风筝
我放长线,是希望她
越飞越高,越远
哪怕,自己孤苦伶仃

妻子是一面风筝
我不用线
她时高时低,时远时近
总在眼前

母亲是一面风筝
我绷紧弦,攥着线
生怕一松手
她撒下,放风筝的人

原载《贵州都市报》,2014年10月20日

石磨

一

一撇一捺
一锤一凿

父亲的命运
与石磨交错
打磨,修磨,推磨
石磨把父亲养活
石磨转一圈
父亲老一岁
石磨修一回
父亲瘦一圈

二

石磨将豆粒吞进肚里
流出豆浆
父亲将苦痛吞进肚里
挥洒汗水
年迈的父亲
和闲置的石磨,对望
无奈的叹息
透出,长长的忧伤

三

废弃的石磨
苔藓苍苍
不再经营石磨的父亲
泪眼茫茫,老茧
青苔一样疯长
纵横的磨齿
满腹悲怆
父亲枯坐在屋檐下
凝望石磨

石磨寂静在道路旁

凝望远方

原载《贵州作家》，2016年第5期

李半知（1971年6月—）

贵州修文人，本名李小龙，土家族。贵州省作协会员、贵阳市作协副主席、阳明诗社社长、修文县文联主席。

陈润生的诗

山中客（组诗选三首）

渡口

无非是几条破船，接送去对岸读书的学生
干活的农民
无非是几座青山倒映湖中，随风摇荡
无非是几间粉饰过的民房，偷偷将污水排进湖里
无非是一个垂钓的老人，好不容易钓到几条青鲤
无非是一个三流诗人蹲在湖边，抽一根廉价的烟
无非是几片白云飘在湖面，白得耀眼

嗨，润生

银杏叶一片片落下来，落在地上
水中。流水带走了它们
站在水边的人，正在安静抽一根烟

对岸建筑物上的灯光，倒映水中
不停摇晃。嗨，润生
你在这里干吗？我没有回答
继续抽烟。

不久后，流水又带走了我的名字
和我丢掉的烟头……

在水之湄

丙申冬日，艳阳
我独自一人游观山湖，斜挎割猪匠一样的帆布包
包里装着两本诗集，一瓶酒
临水，观鹤
观自己沧桑的脸
偌大一塘水，映着白云

有人在湖心弄笛，笛声凄切
像怀乡的人，得了重病

原载《诗潮》，2017年7月

陈润生（1977年9月—）

贵州道真人。贵州省作协会员、贵州诗人协会会员。作品见于《诗刊》《中国诗歌》《星星》等。

周华东的诗

黔北和我的七月

仅在一个晚上醒来
季节就变了
萤火虫的灯笼不再亮起
一片黄叶飘零
我不经意地就撞了进来
被黔北的七月高高举起
我曾经最爱在这样的夕晖下
看袅袅炊烟升起
抑或看你迎着风儿奔跑
回眸时的娇羞欲滴
如今我孤独地守望着丰收的大地
像鸟儿守候谷粒
总有一些喜悦的诗句
将阳光雨露的恩泽记起
把跌落的感慨与心一起种进地里
就在这个季节
聆听铺天盖地的丰收的七月
歌声四起
风将最后的一帘残梦吹醒
化作那些散落一地的黄叶
枯萎而凄美
我想这应该是属于我的季节
用苦难和火焰换来的
太久太久的期许
蝉依然爬在长满苔藓的老树上
时而雁隐着秋月

算不出黔北的七月是否穿越整个大地

想不起少年时的邂逅飘向了哪里

但肯定会在这里活着和死去

我对这片土地交付了灵魂和躯体

原载《贵州日报》，2012年9月

看见·辣椒

我一看见辣椒

便有了乡愁

那些记忆中的日子

故乡的风和泥土

春花冬雪

知了声声

我常常不经意间想起

父亲烟袋的味道

餐桌上辣椒的味道

晚霞中红蜻蜓起舞的味道

我生活的味道

我在钢筋水泥中眺望

那一片一片的绯红

或到天边

或到脚下

抑或沾上蝶翅

我模糊了他乡与故乡

从田埂到城市

行囊里红红的辣椒

是火把　灯笼

是力量和雄性

于是我在异乡便有着火焰般的骄傲

我常把辣椒想成一滴血

浸没：骨头与灵魂
身体的每一个细胞
能在一切逆境中沸腾
我甚至怀疑
辣椒与我的基因是否同源
以至那么的亲切
左右我的生老病死
行走与呼吸
我在田野里尽情燃烧
关于一个美丽的物种
关于祖辈
关于火苗

原载《遵义日报》，2012年5月2日

火把火把

燃烧燃烧
谁曾第一次在这样的夜空里
举起火把把人心考量
谁曾把火植进我雄性的血液里
涌动着火焰般的图腾
亿万年来一直熊熊燃烧
今夜高擎的火把
是对大地最深的膜拜与敬仰
是红红的太阳跌进了母亲的怀里
迸发出的滚烫的大爱
赐给苍生的力量
今夜在彝家的山寨里
我不要做一名过客

我是归人
是彝家歌谣里的一个音符
是亿万年前就居住在这里的一只火烈鸟
于是在今夜在这里
我便火焰般骄傲地舞蹈
在每一团火焰的背后
都写满丰收、爱情
或者故乡与远方
从斟满米酒的碗里窥见
北斗已降祥瑞在我的村庄
在火的海洋里
点燃的所有欲望
都被黑夜交给了星光
我要在太阳升起之前
把酒歌从夜晚唱到天亮
我依然选择燃烧
燃烧燃烧
即便把我烧成灰烬
留给大地的
也是冉冉的光芒

原载《遵义晚报》，2014年7月23日

周华东（1978年8月—）

贵州绥阳人。贵州省作协会员、遵义市作协副秘书长、遵义市朗诵文学研究会副会长、《贵州诗人》副主编。

王晋的诗

湾子寨（组诗选四首）

阿爹的湾子寨

风起，翻动了我的记忆
翻动了我的思念，湾子寨那美丽的小河
流淌着祖父在河堤上磨豆浆的汗水
流淌着少年捉泥鳅的足迹

阿爹是位改行的老师，他年轻的时候有许多学生
每次走在回家的路上他总有一种自豪
因为阿爹的学生们都在那一条路上生活得美好
像金黄的豆子，金黄得灿烂喜人

阿爹在昆寨中学里度过青春年华
退休回到湾子寨的日子里
我的眼前，总现阿爹
炎炎夏日里艰辛的身影

而如今，我对阿爹的思念
从遥远的昆寨中学开始
面朝湾子寨。我的思念如孤夜星辰
月亮陪伴，但内心
那份恋父情结还是割舍不了

两年前房屋置换，阿爹毅然决定
拾起二十年前的土地

种下一片又一片黄豆
也种下一位老人无数希望

湾子寨的包谷面稀饭

我经常忘记扣钮子
吃饭时常弄脏姐姐妹妹绣上花儿的衣服
包谷面饭呋嘴
湾子寨的包谷面稀饭
把阿爹喂养长大

阿爹教我。从煮稀饭开始
先得等水沸了，慢慢松手放下包谷面
还要不停地搅拌
要是有一点黄豆面
一起煮，更有味道

湾子寨的包谷面稀饭，不要一口喝下
要沿着碗边上转着吹着喝
几粒用盐水煮熟的干炒黄豆
嚼出一道美妙的画卷

日子一天天过去
秋天长上一圈皱纹
真想回家去看望
住在湾子寨的阿爹阿妈

也去看看熟了的黄豆
吃吃包谷面加黄豆面煮的稀饭

湾子寨的记忆

湾子寨在黔西北十万大山里
一个不起眼的山坳
十余里平地种下一个苗寨

我在那片寨子里
度过与泥鳅为伍的童年
十二岁那年踏河离开

我心里,一直装着它的贫瘠
不肯忘掉自己身上的伤疤
不肯停止张望天上行走的云朵
和暗夜里的星星

挥舞牧鞭的孩童,乌黑晶亮的眼睛
在穿越大片大片的草坡
站在龙背梁子上,望断崇山

龙背梁子山下是以知塘
一个有传说的田坝,和龙潭口

近些年我很少再回到湾子寨去了

多数时候,阿爹阿妈
拎着大包小包的民族味道进城来
并得以知道一些寨子里的事
带给我的总是淡淡的乡愁
乡亲们谁家娶了新娘,谁家住进了新房
一些亲人离开了稔熟的土地
善良的爱惜粮食的老人撒手人寰
留下了孤独的芦笙舞和八音铜鼓

湾子寨里的欢歌

湾子寨里汉子坐在一起唱山歌
在插秧割草时唱山歌
逢年过节唱山歌

在飞歌调子里
挖出湾子寨诗画的山水
旖旎的田园
温馨的家庭
甜蜜的爱情
美好的生活
蓄成飞翔的灿烂呼啸
养育了我的少年时光

祝福歌、敬酒歌、请客歌、待客歌
客人就在一个山歌的海洋里
歌声温温柔柔、轻轻缓缓
行云流水荡漾开去,飘向远方

锣鼓欢聚在篝火边,敲响
浩瀚的蓝天飞抵鹰的心事
身穿一个时代的王旗
舞起芦笙和八音铜鼓

选自诗集《王晋乡土诗选》,海风出版社,2013年9月版

王晋(1978年10月—)

贵州威宁人,苗族。贵州省作协会员。著有诗集《王晋乡土诗选》《花山寻》《你是我的诗经》等。主编、策划、设计图书《中国散文诗人》《中国诗歌精选300首》等。

郭翰的诗

云上贵州

有云,飘向贵州
气贯长虹

云可凝结成雨
滋养万物

万物用生长的速度
传播新思维提升新高度

白天交给勤劳的人民
夜晚与星辰安家落户

宝地自有使命
扶贫加数据如火如荼

云上高原在发力
不可阻挡
贵山贵水通江达海
不费吹灰之力
自然通达传九州

原载《贵州日报》,2017年12月29日

郭翰（1978年11月—）

贵州大方人。贵州省作协会员，贵州省青年文化学会副会长，贵州省诗人协会新闻发言人、副秘书长、网评员。作品见于《散文诗》《星星》《齐鲁文学》等，入选《中国诗歌地理：贵阳九人诗选》《贵州建省600年》《中国当代乡土作家作品选》等。曾获得中宣部、贵州省委宣传部、贵州省发改委主办的征文奖等。

吴春山的诗

旅途

车站空旷。你走向另一个出口
没有人留意长夜的长
没有人告诉你，足印离开足印后，叫旅途
黑暗中，花朵偷偷练习呼吸
而时间仓促，时间无意种下
一枚金属的种子
你离开时。晚灯用沉默维护秩序
哦，与光线达成协议之人
必须接受平息前的暴动
必须学会等待，下一次，黑暗从体内穿过
——仿佛站台冰冷，误入歧途的
是一位服中草药的异乡人

原载《星星》，2016年第4期

村野碑石

其实也就是一块石头
其实也就是一行断句
其实也就是一个人，最后指控
尘世的罪证

——起风了。不远处的庄稼地，亲人啊
正在劳碌

而白云悬浮于高处
唯恐人们抬头，遇见自己

原载《诗刊》，2015年10月下半月刊

吴春山（1978年12月—）

贵州晴隆人。贵州省作协会员。作品见于《诗刊》《星星》《绿风》等，入选《中国诗歌2013年度诗选》《2016年中国诗歌精选》等。

蒲春艳的诗

致亲爱的你

六年前的那天,带着满满的爱
和积攒许久的期待
你滴溜溜地来到世间
惊醒了世界全部的爱
你的一颦一笑
瞬间打翻我酝酿已久的爱心瓶

你哭或笑,都如天籁
时时弥漫在身旁
天使般的你
和睡得一脸的安详
如林间潺潺流动的小溪
温润而清泽地淌过心房
惊动了心底那个晶莹的盼

再美的文字也无法表达
对你的依恋
唯有爱
这一生里,我没有骄人的业绩
也没有动人的诗篇
得到你是我一生最大的骄傲

把祝福加上爱的种子
埋进泥土里
春雨过后
长出爱的藤蔓和我的小丫

从此
小丫成了我生命中的万花筒……

原载《光明日报》，2012年12月17日
获征文二等奖

年轻的爱情

或许是真的
你说你可以不顾一切地爱我
你会让我一生幸福快乐

可是父亲告诉我
年轻的爱情太浅薄
誓言可以轻易地说
却要经过时间的千凿万磨

我的痴情仍然空着
只是心门紧锁
等待你情感的瓜熟蒂落

原载《新诗人》，2001年第4期
《人民文学》，2009年第1期

花瓶

圆的、扁的、方的、长的
别管我什么形状
都能把芬芳的梦想
留在你的身旁

别看我健康
却有一颗易醉的心脏
然而,有人却不顾及我们的思想
不高兴就把我们摔伤
其实摔碎的不是我们
还有他们如花的梦想

原载《诗刊》,2003年1月

蒲春艳(1979年6月—)

贵州遵义人,女。贵州作协会员。作品见于《光明日报》《人民文学》《诗刊》等。

郭渊的诗

一只白鹭

一只白鹭,只有一只
飞过池塘,像一根胸针,别在森林上空
没等我发现,它就消失了,带着视线及风
把天空甩给我
连同苍茫,也给了我

高原秋白

一只斑斓的豹子闯入
流水放慢脚步
带来缓慢辽阔的时光
万物被众神放下
秋风独自清扫
体内的暮色与落叶

原载《贵州都市报》,2015年5月4日

山寨的二月雨(外二首)

手拇指轻轻一捻
二月很薄

雨珠
纯洁的语言
在小村拱起的背上
白描清新的意象

之后
扬花的稻子
纷纷扬扬
坠满了小村长长的睫毛

一群不知事的孩子
举起父亲的牛鞭
叱牛声叽里呱啦
抽打着山村的二月

当太阳的红酥手伸出黎明
小村的声音
在田地间潜长

蝉声

一片蝉声从田野滚出
冷月灌满禾苗的骨节
一只在夜里拼命飞翔的鸟
栖于檐头黯然

三两声蝉鸣　轻柔的风
穿过池塘
从不同的地方出走
去赴一个个约会

三两声蝉鸣　凸出树林
如男人对女人的誓言
亦真亦假

是谁燃烟闲坐山巅
心　没有距离
诗花开放的颜色没有把城市点亮
远远近近的蝉鸣
却亮丽了城外的阳光

离家出走的人
是否忆起了
伸往海底的路

一滴露珠

一滴露珠悬挂麦穗尖上
晶莹透亮
太阳出来
让露珠的想象高于天空

那是绿叶的心事
还是春天的阴谋
温暖着一个人的村庄
山冈上飞过的阳雀
目光深邃
直逼山歌内心

一个人的村庄
被父亲捻在汗珠里
从小到大排列在农谚中
他白天黑夜地呼唤着

种子的名字
母亲在檐下用针线
彩绘村庄的梦

隔壁二哥的妻子
像墙上挂着的犁铧
仪表端庄
她亲手缝制的女红掉在了出嫁的路上
早被落叶覆盖了一层又一层

一滴露珠滑落泥土
被风的口哨吹响
那是献给秋天的歌

原载《十月》，2009年第2期

郭渊（1979年10月—）

布依族。贵州省作协会员、鲁迅文学院少数民族作家班学员。著有诗集《六月没有主题》《逃生的太阳》等。

冉勋的诗

感怀海龙屯

一个屯
站了七百多年
轰的一声
倒了

天梯也有脚
长得很长
帽子从头上掉下来

攀岩的脚步从未停止
沉默着
不停地将左脚放在右脚的上面

笑脸在每一个清晨迎接
不只是人
还有那块垫脚的石头

海龙七夕期盼

很久以来
我有一个愿望
在农历的七月
有个叫七夕的夜晚

我将与星星聊天
守在自家楼顶
看鹊桥怎样搭建

很久以来
我有一个期盼
和王母商量一下
让牛郎和织女
不要永远分离

很久以来
我有一个梦想
让在外务工的人们
不要丢下老人和孩子
让他们尽享儿孙绕膝

原载《贵州诗人》，2016年9月
获全国"日懋园林杯"诗歌大赛优秀奖

冉勋（1979年11月—）

贵州遵义人。中国诗歌学会会员。作品见于《贵州诗人》《延河·诗歌特刊》《诗选刊》等。

姚瑶的诗

三门塘

摸着古老的瓷砖、瓦片
我是千年前的匆匆过客
三个门户,像火塘里三支铁架
支撑一个侗寨的历史
三门塘,上演着家族迁徙史

山水相隔,旧去的是先人和流水
马头墙上摇曳一根稻草,隐藏的故事
仿若一部久远的史书
行走三门塘,我选择在一个午后
在这里落脚。看书、写诗
一个人守住自己小小的人间天堂

旧得发黄的庭院,时间埋藏在
一级级石阶的青苔里,埋藏在
墙头裂开的砖缝里,埋藏在一位老人
漫卷的皱纹、泛白的老茧里
云卷云舒,历史从一页翻开的书本
涉水而过,谨小慎微
生怕,稍不经意就惊醒了三门塘的寂静

在青砖和黑瓦之间
木材商人留下的旱烟袋
嵌入清水江的商贾文化,源远流长
时间就是一张用旧的相片
我无法复原,上千年的兴盛荣华

一刻没有停留的河水，沉默着互相取暖
我不知道，先人溯清水江而来
真正目的是什么，他们当年经营的皇木
是不是修建了皇宫，并且
某位帝王坐上了龙椅，在龙椅上
鼾声起伏

颂词

匆匆赶路，在村庄与村庄之间
晚归的农人和牛羊，行走在千年的故乡
在半山腰际，我疼痛的手抚摸着
脱落的油漆和半开的柴门
无限的懈怠，巴掌大的天空隐藏
传承了千年的颂词，失落的经文
从一个村庄辗转另一个村庄，能否
超度一个个失落的灵魂

藏在亲人身体内的喘息
不是我写诗的理由
又一轮乡村陷落，在老人和小孩之间
蔓延。老人过世，当喇叭吹奏节日的热闹
年轻人正在赶往家里的路上
众神遁去，群山隐去
我只能在某个深夜，与神灵
促膝谈心，三言两语都让我激动不止

能否把一段乡村史与家族史
简单写在发黄的志书上？能否

简单把一段经文或是颂词
以重生的方式抵达
抵达某个低矮的木屋
草草丢失在故乡的祝福,能否
在失传的道士口中,重新
走回人间

芦笙吹响的地方

谁折断了第一根杉木,从此鼓楼飘起袅袅炊烟
谁把一根竹子削成器乐,吹奏出回答苦难的答案
一张木叶,一把芦笙
一曲笙歌就延续了一个族群的梦想
月缺月圆,潮起潮落
沧海桑田成就了一片美丽土地

一碗米酒燃烧着一个民族的精魂
一路笙歌点缀着一个民族的情怀

芦笙吹响,群山逶迤千军万马
芦笙吹响,银饰舞动一路歌舞
当一切都归于宁静,只剩下
清水江流淌的声音,在我的血管中千回百转

与爱情有关。只有在情人的眼里
芦笙才能找到释怀的语言
在芦笙吹响的地方,才能找到
人与神灵共奏的合音
芦笙吹响,我们舞蹈丰收
芦笙吹起,我们繁衍子孙

一碗米酒两支牛角，打通了生命的神秘通道
一根竹子，造就了平民的快乐
一根竹子，剥开了生命的胞衣
一根竹子，写下了这个民族神秘的暗喻：芦笙。

图腾的谕示、神的谕示，祖先吹着芦笙走来
演绎生命，诠释爱情，释放童年的梦想
在太阳升起的地方，木鼓声声
笙音遥远，我们赤脚而舞
这块净土，演绎着生命最古老的传说

乌鸦坡古战场的歌唱

一个荒于朝政的时代，像败落的花朵
触地即逝，多少物事
隐藏在乌鸦坡的山梁上
去营盘村的路途中，心潮涌动
远去的战马嘶鸣，刀光剑影
纠缠的历史，如何凭吊悲怆的生灵
乌鸦坡的高处
一个世纪前的高处
战争仿若就在眼前，当狼烟燃尽
心痛不止的伤感，在某个午后
纷纷扰扰进入我的思绪
鲜血飞溅，大刀"咔嚓"一声
太平天国的大旗应声而倒
历史永远的误会
在战火渐次熄灭之后，被黑夜
无情放逐。翻动发黄的史书

剪掉飘逸的长发,脱下滴血的盔甲
我们湮没在时光深处

尘土飞扬。战马和人灵的尸骨
被新长起来的荆棘灌木野草淹埋
所有的记忆,被轻描淡写
谁在尘烟里永远地笑傲江湖?
谁是纵横天下的君王?我是扛着旗帜
不倒的那个卒子,我还在
坚守战场最后的地理版图
我燃烧着自己的眼泪
等待荒凉山顶上再次盛开的野花

在欧洲异域倾听故乡的蝉鸣

"朗朗嘞""朗朗嘞",一只蝉,飞越时空
在莱比锡,这座欧洲古典的音乐城
响彻,有着乡村田园的韵味
蝉音还带有故乡潮湿的露水
六名贵州黎平的侗人,如六只蝉
飞越国度,演绎故乡万里之外的天籁之音
泥土一样的朴实,他们来自祖国
是我故乡真诚的歌手。在莱比锡
演唱悠远的乡愁

在欧洲异域,倾听故乡的蝉鸣
现代文明与乡村文明的历史的某一瞬间
快速交融。那一刻
这座城市经历战乱、政治颠覆和疆域变迁

隐隐约约的痛，仿佛在抑扬的乐声中
淡出云烟

因为音乐，在莱比锡
他们是巴赫、瓦格纳、舒曼
漫步乡野，悠扬的蝉鸣
一定缓缓流淌在
每一个德国人的身体、心上

选自诗集《芦笙吹响的地方》，线装书局，2016年4月版

姚瑶（1979年11月—）

贵州凯里人，侗族。贵州省作协会员、黔东南州作家协会副主席。作品见于《民族文学》《山花》《诗刊》等，入选《中国年度优秀诗歌（2014）》等。著有诗集《疼痛》《芦笙吹响的地方》《侗箫与笙歌：一个侗族人的诗意生活》等。曾获贵州省第三届尹珍诗歌奖等。

贵州诗人

20世纪
———
80年代
诗人

四十年

马晓鸣的诗

在唐诗里耍

这几天我在西安
不，在长安
和李白、杜甫、王维、孟浩然、高适他们
在唐诗里耍
天天吃五言，喝七言
如果你要来
请沿着一片月光
在捣衣声响的地方
找一群醉鬼

原载《延河》，2017年第11期下半月刊

苏瓦匠

整整一个上午
苏瓦匠在天空中排兵布阵
一张又一张瓦片稍息、立正

半空中是阳光、碎片和灰尘
是一个翻动的影子

一块白云搭在苏瓦匠头顶
原来是清风送给他的汗巾

夕阳被一根烟杆叼着
天上下来的人

不是神，不是仙
只是苏大人

　　　　　　　原载《诗刊》，2017年第9期下半月刊

我的诗歌兵分三路抵达汶川

今夜，天气阴沉
我的诗歌马不停蹄
挥师四川西北
8.0级地震赶在了我们之前
国务院温总理赶在了我们之前

今夜，我的诗歌已兵分三路抵达汶川县周围
一路奔向地下的生命
一路奔向升天的灵魂
一路奔向灾区的乡亲

今夜，新闻报道中看不见我们
我的诗歌在残垣断壁深处施救
我的诗歌陪伴在一位不幸市民身旁
我的诗歌在一顶顶帐篷上方抵挡风雨

今夜，小到中雨
我率领一列列分行的词
在地震前方出生入死
面对不断上涨的黑色数字
这些坚挺的词
这些不说话的词
都忍不住泪流满面
都忍不住喊心口疼

　　　　　　　原载《中国作家》专刊，2008年第8期

开往春天的摩托

万马就要齐奔,在2011年春节前,
在珠三角的321国道,
十万摩托大军,嗅着春天的音讯启动,浩浩荡荡。
千里走单骑,我的兄弟,你要忍受:疲倦、寒冷、
迷路、故障……以及我想不到的疼痛才能回家。

开往春天的摩托春雷般碾过城市的大路、乡村的小道。
我曾是一名农民工,
我知道他们心中的摩托一直行驶在,
悲悯和思念、迷茫和乡愁中。

十万摩托,
他们的铁骑途经广东三水、肇庆、德庆、封开,
广西梧州、桂林、贵州丹寨、贵阳、毕节,
四川古蔺、泸州、内江……
他们的身后只留下一阵奔跑的风。

十万摩托大军,我顺手一拈就窥见:
5人骑3辆摩托,从广东肇庆出发,衣袂猎猎;
5个人挤一个房间,吃不超过5元的快餐;
他们晓行夜宿,提心吊胆走完腊月的江湖。
在贵州石阡的家中,鲁朝军算了一笔账,
5天4夜,1300多公里,除了油钱,人均花费123元。
他们表示,明年继续开往春天。

当我准备写下:开往春天的摩托如何抵达春天……
轰轰隆隆,大地瑟瑟,开往春天的摩托在诗歌中呼啸,
你看,那些准备好的词语已被烟管里的黑烟呛晕……

选自诗集《白日有梦》,团结出版社,2016年11月版

寨子中的一个人又回家了

他去打工时是悄悄走的
在迎接他回来的仪式上
鞭炮震天
寨邻夹道
有人愣
有人哭
父老乡亲面对一个小匣子
不敢相信这是真的

寨子中的一个人又回家了
和许多人不同的是
他彻底告别了打工生活
可以在故乡安心休息了

寨子中的一个人又回家了
故乡在后山腾出了小点地盘
允许一些荒草做他的儿孙

选自诗集《八骏马》，山东画报出版社，2015年2月版

马晓鸣（1980年1月一）

贵州石阡人。作品见于《诗刊》《星星》《绿风》等。著有《文学千千结：对话部分当代著名作家》、诗集《白日有梦》等。

熊焱的诗

母亲的疼痛

很多年了,她抱着头
她敲打关节,她抚摸着胸口
就像一只药罐,很多年了
她一直在熬着她的疼和痛

在乡下,她一直在忙碌和挣扎
很多年了,她贫困如洗
她身无积蓄
她只把玉米的花粉
把大风中的泥土和灰尘
把白条、歉收,和税款
全都储进她肺部的阴影里

很多年了,她一直都沉默着
忍着,藏着,掩着
生怕我们窥见她内心的脆弱

这就是我的母亲,我们乡下的母亲
很多年了,那些伤和病、疼和痛
不在她单薄的身体里
而在她一个乡村女人的命运深处

稻草人

从一个节令开始,稻草人

它就孤单单地守在那里
双肩上落满了雨水、虫吟和星辰

风吹过来,夹杂着泥土的气息、青草的
情话和庄稼的低语。而衣衫单薄的稻草人
它在下半夜会不会着凉啊
你听,风吹稻草的声响
轻轻地,是不是它低低的咳嗽呢

一直以来,我都认为:稻草人
它像我一样,是我们家族中沉默的兄弟
是我的父母在他们的小巢里孵化和喂养的鸟
但我们兄弟羽翅初满,就扑棱棱地飞到异乡
在各自的天空里舒展着双翼。而稻草人
它是我们这个家族中最忠实的一员
像我辛劳的祖祖辈辈,一生都厮守着这片群山和田野

秋深了,粮食们都先后回家
只有稻草人还孤单单地守在那里
暮色之中,它就像我还在摸黑劳动的父亲

忏悔录

按照正常的寿命,我将苟活七十年
或者八十年,甚至一百年

现在我二十六岁,还有几十年漫长的光阴
我难免和朋友反目,和亲人结怨
和我的敌人与对手斗争

为小小的利益斤斤计较
这一生，我一定会做错很多事
一定会愧对很多人
哎，活在浮世，我有着太多的无耻
太多的贪婪、自私和虚伪

一定有人骂我，有人恨我怨我
有人在明里暗里地整我和算计我
那便由他们去吧，别去报复了
这些牵牵绊绊的恩怨和情仇
在百年之后，不过是一缕清风一把尘土
从此刻起，那些对我的恨
对我的仇、对我的攻击和伤害
全都抛弃吧，算了吧
我原谅他们，却不敢宽恕自己

原载《人民文学》，2007年第3期

与父书

一

这时钟的滴答之音、这生命轮回
这一生我也无法偿还的爱和罪
我害怕它们，害怕黑夜、沉睡、灯枯油尽
父亲啊，这匆促的光阴
让你一天天地瘦弱、衰老，无比昏聩
你走在我身边，佝偻着，喘息着
不再像我的父亲，而像我的儿子了

所以我要像儿子那样爱你
又要像父亲那样疼你
父亲啊，这样的日子已越来越少

二

我曾把你当成了敌人、挑战的擂主
当成了我要推翻的君主和权威
父亲啊，那时我多么嫉妒你坚硬的拳头
嫉妒你发号施令的威风
以及你享有的孩子们的尊重和妻子的温柔

我就私下里磨刀霍霍，练习弹弓
我就私下里咬牙切齿，发誓要将你打倒在地
我跟你争吵、赌气、报复、暗中使劲
甚至我嫌弃你的贫穷和疲惫
嫌弃你的委琐和卑微
好几次了，我都拒绝在大街上与你同行
又拒绝在他人的面前承认你的身份
父亲啊，我就这样一次次地伤害着那个爱我的人
这些我成长中犯下的错、付出的代价
是我血液里的毒药、我骨子中的麻醉剂
让我们痛过之后又爱了，爱过之后更爱了

三

这么多年了，我们还互不服输，无法和解
你风烛残年，还那么偏执、任性、小脾气
越来越像个孩子
父亲啊，我就这样活在你的爱里
你也这样活在我的爱里

我相信，以后我的儿子也会像我当年对你那样
我们冲突、顶嘴、明里暗里地较量
像惺惺相惜的仇人和对手
又像肝胆相照的兄弟和朋友
父亲啊，这都因为他跟我一样拥有你潮湿的眼神
拥有你的脾性、血型、那一颗柔软而温顺的心

四

人活一世，草长一秋
父亲啊，你看那石头下的青草和缝隙中的蚂蚁
你看那扑火的飞蛾和病枝生长的盆景
它们多像你啊，父亲，这坎坷半辈
这穷困一生，你耗尽的热血、汗水和眼泪
就是晚年里你每天按时服用的中药啊
而我不能为你祛痛止疼，还跟你斗嘴和较劲
这些年来，我一直都活在城市
活在我越来越深的自私和虚荣里
我热衷聚会，乐于扎堆
我以忙碌为借口，以疲惫为理由
懒于陪伴你吃饭、聊天和散步
父亲啊，这一生你就是我最大的债主
那只为付出的爱，让我这一生成为了最大的富翁

五

如果真有来生，我就要你做儿子我做父亲
那时我教你识字、处世，热爱世界和母亲
我还要像你今生教我的那样，教你流血不流泪
一辈子都要善良地活、坚强地走
父亲啊，流年似水，时光如电

趁你健在的今天，请允许我以一个父亲般的口吻
像教导孩子似的说说我的心里话：少喝酒，少抽烟
不要熬夜，多多锻炼身体，我的老迈的父亲啊

六

现在请让我写下一个滚烫的词汇，深入你脸上的
斑点、皱纹，和时时发作的胃病、关节疼
请让我掏空身子，装下你一生的
爱情、命运、贫穷，和奔跑的青春
父亲啊，我已错过了很多年的光阴和机会
就在你生命的黄昏里，请让我好好地爱你吧
爱你白发上的霜雪，爱你皮肤下的涟漪
爱你胸腔中像惊雷般爆炸的坏脾气……

七

终有一天，你将离我而去
但你并未走远。父亲啊，那时你是以我的名字
活在人间。百年之后，我又以我儿子的名字
活在人间。两百年后，我的儿子又以他儿子的名字
活在人间……父亲啊，其实我们一直在一起
以这相同的血液、姓氏、胎记
以这人间的大爱、真情，以及与生命相关的东西
代代相传，生生世世

原载《诗刊》，2008年5月下半月刊

一见钟情

她走过来了
细碎的。我听到了落花的声音
在我的心里纷纷扬扬

我必须保持安静
你听这世界的响动
它真的太过吵闹了

只能看一眼，一眼啊
不然我的心就装不下了

擦肩而过的瞬间
我已爱上她了
这萍水相逢的女子，她就像我的母亲
一直在我身后默默地盯着我
眨眼间，时光仿佛已多年

熊焱（1980年10月—）

  贵州瓮安人，曾用名熊盛荣。中国作协会员。作品见于《人民文学》《诗刊》《星星》等。曾参加第23届青春诗会，曾获第六届华文青年诗人奖。著有诗集《爱无尽》、发表有长篇小说《白水谣》。现居成都。

子淇的诗

雪,落进雪的内部

月亮爬起来,雪就像
不加掩饰的谎言,纷纷扬扬
交织记忆的碎片。那些
重叠的花瓣,盛满昨日的五谷
丝帛和伤口无法复原

欲望风暴一样,千里
袭来,突然拉近了一杯烈酒
与群居动物的距离

暗下去的黄昏,那些不愿回首的
只留余温。而空空的阁楼
足以见证,时间如此冷静

沉默的文字,教会我
接纳锈蚀的灵魂,接纳人间
所有善意的谎言

多年后,我不动声色
依然冷冷地活着。雪依旧落进
雪的内部,不肯落幕
十年
习惯在一杯咖啡里安顿
从一张纸到另一张纸,从城市
到乡村。披着钢铁的外衣
所谓幸福,不过如此

一朵蔷薇柔弱而坚韧
她在自己的等待之中漫步
唯有时间,可以沉默
皱纹触目惊心,年华易老
不堪一击

像一只蚯蚓一直前进
泥土里的骨头,一直燃烧
血管里剩余的温度

冷冷的命运在冷冷的目光中
我依然厚着脸皮
劳作,而且信仰爱

我在深夜起身

我在深夜起身
推开春天与夏天暧昧的身影
五月撤空梦境的床单
瞬间跌回现实的马厩

当苹果忘记了腐烂
胃溃疡,也成为身体的一部分
它昭示着疼痛。而语言
失去光影,只有时间承受着
忽悲忽喜的情绪

如果这就是真相
我愿意,以俯下身体的姿势
放弃剑的偏锋。安静
是另一种光斑

半个月亮的晚上

你藏在我肋骨的阴影中
当半个月亮,爬上黛色的山坡
我晾晒你的影子

撩开面纱,捧起背影遗留的
灯盏,而最后将我遮住的却不是你
一朵蔷薇似是而非

时间有足够的力量,燃放起绚烂的烟火
被灼痛的神经要把倾诉关在黑夜
半个月亮的晚上,我用一枝桃花绾住长发
灯盏靠得再近些,再远些

一片宽阔的水域,谁的歌声欲言又止
命和运分开两边,你朝着故事结局走去
沉入幽暗的光波,你坐在江岸
目光平静,透着夜空

今夜,总有一缕蓝色月光照耀你我
请合拢手指,请在梦乡覆盖好双眸
即使看不见更高更远的秘密

选自诗集《荷叶上的太阳与月亮》,云南人民出版社,2017年11月版

子淇(1980年10月—)

贵州兴义人,本名李静,苗族,女。贵州省作协会员。作品见于《星星》《山花》《散文诗》等,入选《中国年度最佳散文诗》《2017中国诗歌年选》等。著有诗集《荷叶上的太阳与月亮》并获贵州省第三届"尹珍诗歌奖"新锐奖。

余海的诗

凤凰山游感

八仙醉酒,实醉山水
蟠桃盛会上空,飘逸着来自
凤凰山的八朵祥云

万里长城自此始,太多传说
演绎一对凤凰三拜君上
一把天弓震慑辽东

是时间倒流,是朝代错乱,是空间
清净无垢,是道场仙境点化人生
旧时,乌骨城,熊山城,山阴城
在历史的最深处,它们
虽异名而同体

拾级而上,攀百步紧
身子骨愈发重,灵魂愈发轻
骑老牛背,倘若与老聃共御一牛
出关时,我已难同李耳心
从哪里来,难回哪里去

紫阳观的晨钟,朝阳寺的木鱼
一声声涤荡肉体,净化心灵
我必须足够虔诚
心存敬畏,去除虚妄

过天下绝,下两百米,吓破胆小者
上一百米,我还在人间观青天

能过天下绝，未必真的
做了一回大英雄

七百米玻璃栈道是一条长龙
御龙驰骋天地之间
我虽不能御剑
但与御剑何异

玻璃悬索桥横跨渊谷
载云，亦载人
我捋一捋衣袖，与几朵游云
高声语，扮作天上人

金龟求凰，金蟾望月
此山不老，我才来
此山老了，我才来

在罗汉峰，儒佛道三合
而香客和游者
净心，修行，化身则三分
睁一只眼看人间烟火
闭一只眼观自在菩萨

原载2018年第5期《诗选刊》
获《诗选刊》首届凤凰山杯全国山水诗大奖赛佳作奖

余海（1981年5月—）

贵州兴义人。贵州省作协会员。作品见于《诗选刊》《芒种》《香港诗人》等。曾获《诗选刊》首届凤凰山杯全国山水诗大奖赛佳作奖。

朵孩的诗

对面的女孩

对面的女孩,我不是故意
要把窗子撞得这么响的
我只是怕风吹进来
冷着了你
我只是轻轻地推一下
就没想到它
居然会"嘭"的一声
这一声肯定把你吓着了
要不,你怎么会抬起头来
望我一眼呢
这"嘭"的一声
也肯定惊扰了你
背诵《诗经》的思维
哦,对面的女孩
对不起啦,我现在
不弄窗子了还不行吗
你就接着背《诗经》吧
就像你刚才那样
轻声轻气地背
关关雎鸠,在河之洲
窈窕淑女,君子好逑

原载《诗刊》,2005年7月下半月刊

杨正敏死了

是患病毒性脑炎
死的
她在贵医
住了半个多月
贵医救不了她
又转到遵医
住了半个多月
遵医也救不了她
她就死了
杨正敏死了
贴在教学楼大厅里
为她捐款的那张
倡议书
却还没有撕

原载《诗歌月刊》，2006年第4期

朵孩（1981年9月—）

贵州铜仁人，原名杨正治，土家族。贵州省作协会员。曾获铜仁市首届政府文艺奖·诗歌奖。现居铜仁。

紫丁香的诗

你是我的白云妹妹（组诗）

白云妹妹

我把脚步放到最轻，我想
这里一定有一条通往
灵魂的小径，内心的忧伤
将会不治而愈

是因为一朵云，我来
蝉鸣，鸟飞，花朵，松针
这些从林子里长出来的诗意
像一群快乐的精灵

还是那朵云，成了妹妹
夕阳转过脸来，笑了一下
那些透过树林的光线
被鸟儿搬回了家，而我
就这样，不知不觉地
辽阔起来

紫云姐姐

群山是你的领地，蓝天是你的
嫁衣，碧水是你的首饰，夜晚
是你写下的情书，你爱着英雄

紫云，绝美的女子，出生于
唐贞观四年，有一位英雄
至今守护着你的梦

你的英雄名叫亚鲁王，十万只
燕子是他的屯兵，他护着你
从唐朝的荆棘一直到今夜

沿途铺满紫色的忧伤，每一条
河流都住着你的亲人，你有
一个美丽的妹妹，叫白云

英雄唱着故乡的古歌，歌声
是你回归的路途，英雄
守护着你，守护着你的妹妹

云，我是您一个诗人

沿着一朵白云来到
蓬莱，这个我前世的村庄
月光睡在荷叶上，蛙声
滴落，我是一个诗人

在金银滩，我卸下布满
尘埃的躯体，慢慢地
清洗，直到骨头薄如蝉翼
诗歌重回我的身体

为了那滴风干的乡愁，我把
一颗心掰成两半，一半留在
荷塘寨等你，一半放在
白云寺里诵经

我要用经卷上的鸟语，唤回
你远走的灵魂，然后和你一起
用一朵白云，或者一首诗歌
生世相依，再度轮回

仙界蓬莱

都拉的垂柳，佛田的花朵，都已
回到春天，荷塘的月色，金银滩的
溪水，还有古城的记忆，白岩寨的乡音
阿所大营的烽火，千年古树的相依
都在整装待发

我摸着你的脸，把散落的乡愁
拾掇，安放于云的深处，与山之约
与水之约，与树之约，与花之约
与日月风雨雷电之约，履行
与你前世今生的约定

回望，云朵穿过季节，你久远的
故事，你翻转的历史，以及那些
被你拂过的月色，纷纷伸向
云雾山，在蛙声的尽头，在千年的
古树之下，我把封存了五百年的
心事，给你

用你点燃的星火点燃春天，鸟儿
清风，露水，花朵领回自己的忧伤
灵魂安静下来，聆听你的呼吸
聆听虫子说话，月光低语，古树
聊天，荷花梦呓

月色荷塘

我的表达很简单,群山是多余的
薰衣草和杜鹃花是多余的,我的呼吸
轻轻掠过荷心,蝴蝶与香气一起
迂回,我很安静

是五月的月光,让一池荷盛满
梦想,天很近,我沿着花香而来
在你的乌篷船上,以诗歌的
境像,说出一枝莲的今生

安详得像一朵荷花,袅影无愧的
静,是淌过我身体的圣经,关闭
通往世俗的那条小径,直到
我的痴情,被月光开成
一朵荷花

大佛

在都拉营,在下水村,垂柳
旖旎,树长在云上,佛
隐于山间,沙姥河水流向
唐朝

一只鹰在崖顶盘旋,眼神
滑落河底,声音铿锵
凿佛镇妖的传说,被一朵
彼岸花,慢慢打开

九龙山、乌龟石、禅经谷
这些跋涉了五百年的

信徒,依然兴奋,安详
虔诚朝拜

佛祖善眉,庇佑一方山水
立足于佛下,仰望
海能法师的身影,仍在
山间,保百姓安康

穿越时光的河流,捡拾
海能法师凿下的石片
珍藏,与日月祈愿
与信徒虔诚

云雾山

我喜欢站在比高原更高的
地方,抚摸云彩,亲近月光
以一只鹰的高度,眺望
远古的黎明

在你的高度,我是一只被云朵
放牧的羔羊,与群山为伍
与晨雾,暮色为邻,我深信
只要高度不变,我的想象就是
你的远

山高于水,云高于山,我的
眷恋高于星空,我不知道
该以什么样的方式,割舍你的
沉重,隐秘,疲惫与哀愁

我只能慢下来，慢到可以
看见你三千年的时光，慢到
你用满目的蝉鸣点燃篝火
然后，给我一个归期

原载《诗选刊》，2017年第1期

紫丁香（1981年11月—）

贵州紫云人，本名肖仕芬，苗族。贵州省作协会员、鲁迅文学院第二期少数民族文学创作培训班学员。作品见于《诗刊》《民族文学》《诗歌月刊》等。

非飞马的诗

结局(组诗选二首)

好刀

一把好刀
不一定要锋利
残忍,冷酷,杀人不见血
这些冰冷的词
其实最初与刀无关

一把刀,无权决定自己的好坏
就像一支笔,无权决定自己的学识
就如一个人,无权决定自己的命运

一把刀好与不好
关键看谁握着刀柄
关键看刀刃上,沾着谁的血

很多时候,我觉得自己是一把好刀
但冷静下来,我就笑了
其实,我不是
准确地说,我离一把好刀的距离
还差很长一截

结局

此刻他挺得笔直
这么多年来

他都弯着腰杆生活
每走一步
都像在给生活磕头
而今,他终于不用磕了
没有了人世的纷扰
他多么幸福
此刻,他的腰杆
挺得多么笔直
仿佛他是不死的
仿佛时间真的
赦免了他

原载《山东文学》,2013年第7期下半月刊

我的黄茅坪(组诗选三首)

地标一:云盘山

坐落在黄茅坪的最高处
二十年前的云
已经散去。二十年前的绿森林
也已散去。现在的云盘山
什么也没有了。除了几根杂草
除了几棵稀稀疏疏的松树
除了满处都是的黄土和沙砾
云盘山上,什么也没有了
春节回家时,我去了趟云盘山
还好,云盘山上的祖坟还在
它像云那样盘踞在那里
高高在上的样子,居然有几分威武

稀薄的积雪盘踞在上面
从山下，从远处，向上一看
云盘山，才有些名副其实

黄茅坪：高处的警醒

黄茅坪的山
不高、不矮，刚好
闲暇的时候，我可以登上去
摸一摸高处的云
听一听神的言语

每次爬上山顶
我都会看看半山腰
那些矮矮的木屋
这么多年，一直承载着我
低处的生活

这是一种警醒
生活在低处的人
每隔一段日子
就应该站在高处
看看自己曾经立足的地方
回忆一下，这些年来
走过的，弯曲的路

黄茅坪：素描

山脚下，是一条小河
清浅，弯曲
恰如黄茅坪曲折的历史和命运

据说，河里住着河神
不过，多年来无人看见
顺着河岸的小路往上爬
爬到半山腰，就有了人烟
鸡犬之声相闻，山里的日子
穷是穷了点，但充满了诗意
乡亲们早出晚归，五百年来
过惯了平淡的日子，相安无事
山顶上，早晨和傍晚
松树林里总会升起薄薄的烟雾
那是祖先们在生火造饭了
他们住在黄茅坪顶端
他们是黄茅坪的神
这么多年来
他们一直在高处
撑起了头顶的天

原载《民族文学》，2014年第2期

非飞马（1982年4月—）

贵州印江人，本名马结华，土家族。贵州省作协会员。作品见于《诗刊》《星星》《民族文学》等，入选《2007年度中国最佳诗歌》《21世纪贵州诗歌档案》《2011中国少数民族文学年度选》等。著有诗集《爱的咒语》《像一片树叶》，曾参加过全国青创会。

梅培源的诗

叙事（组诗）

叙事：一九八二

那一天和雨水有关，和我有关
在夜里，先是有人感到疼痛，然后
故事开始。我从黑夜和雨水里来，从
一个女人的疼痛里来，继而一个男人的手里
植身于世。我从他们那里继承了血液
发肤和姓氏，并且有了自己的名字

我叫梅培源。所有的世界都与我有关
包括哭声、尿布和奶水，也包括石头、泥土和
阳光。世界足够广大，时间足够充裕
容得下我吃喝拉撒和学习，我是家族的成员
父亲和母亲的儿子，血脉中的血脉，世界中的世界

之后他们将把我引向土地、田野和庄稼
让我知晓土地如何滋生万物，田野如何
蓄水然后孕育出稻谷，以及庄稼
如何生发抽芽，如何收割回家
他们将我引向语言和算术，山脉和星空
让我知晓世界万物如何称谓，手指和包谷

应当怎样计数，让我知晓如何攀爬行走
并告诉头顶的星空如何无垠广大
他们将生命引向我，将世界引向我

将他们所继承和知晓的一切一一引向我
使我身心健康并且充满好奇

他们将已知的一切引向我，我先是继承了
血液、发肤和姓氏，又继承了他们的
世界和感知。世界足够大，而我们终究太小
他们将已知的一切引向我，然后将我指向
另一片更为广大的世界和未知

叙事：一九九八

他们将我指向另一片更为广大的未知
我继承了他们血液、发肤和姓氏，我是他们
在田间和地埂种下的水稻和包谷
那一片更为广大的未知，才是自己的土地和田野
走出去才是唯一的选择和宿命
只有离开这片已知，才能抵达那片未知，只有
离开这片土地和田野，才能抵达那片土地和田野

世界与我一同成长，烦恼与我同时抵达
它们是我的一部分，如同我是它们的一部分
火焰抵抗火焰，水流化解水流，我们
彼此焦灼和纠缠，甚至扭打
彼此征服却又不甘屈服。有时候，我们
风一样轻盈，露水一样轻盈，融洽又安静

一些名字走向我，一如九月的芦苇被斜阳涂抹
总有一些故事一边发生一边结束
总有一些声音原本离开却留在原地
我赋予樟树记忆和念想，它们生机勃发

我允诺玻璃可以透下阳光，它依旧可以
行走和穿行在大地，然后，我要给予它们
第一场欢欣且惆怅的离别。我们需要重新
置身另一片沃土和原野，耕垦良田、开枝散叶
一些名字曾经走向我，现在它们应当
回到原地，从时间里来然后回到时间里去
故事连接故事，时间充斥时间。目的地还很遥远
必须重复唯一的宿命和选择

叙事：二〇一〇

哪一个词语描述夜晚，它的本质
可以是黑。夜晚足够阔大，广阔无垠宛若大海
所有词语都已淡去，颜色隐去了辉光，耳朵闭锁
在这黑里，黑是唯一的内容和主题。在这黑里
世界向前，时间向后。所有悄然改变

钥匙离开锁孔，草木停止生发，庄稼和房屋
开始后退，城市改变方位，只有石头在
暗处散发隐秘的光辉。在这黑里，有人
听见短暂的声响，如同江河截流花瓣闭合
所有想象都应该摘下翅膀，诸神走下神坛
谜团褪下衣饰，结果回到故事中间

时光不必另行书写，世界可以重叠着
被放下的信仰应该再次竖起，灵魂重新浇铸
河流被允许重新流淌，道路可以延向四方
新城可以屹立于废墟之上。唯一的黑按照原色
重新分为七块。人在哪里，最爱哪里

不是所有的问题都需要答案
我以时间为悬崖,然后构筑一个世界
只要我能看见时间向后,看得到以前
只要我看见现在,就无须奢望遥远

原载《山花》,2014年第3期
转载《诗选刊》,2014年第5期

梅培源(1982年6月—)

贵州安顺人。贵州省作协会员。作品见于《诗选刊》《延安文学》《山花》等。现为安顺市文联《安顺文艺》执行主编。

吴治由的诗

吹来又吹去的风（组诗选六首）

吹来又吹去的风

风一吹来，坪阳村的山地
就都变了颜色，那速度
一如当年，古稀之年的奶奶
在入睡前解开的藏青色包头
四散开来的满头碎花银

吹来又吹去的风
一定在身体里埋下了什么秘密
吹皱的水面，被吹得
成片成片卷伏到一起的草木叶子
还有天空中被一点点散开的云朵

它们应该知道
它们一直秉持着惯有的缄默

马儿又来到了我的梦中

那匹红色的，给家里拉过马车
背过犁铧，诞下小驹，驮着我
在坪阳村的道路上，山野之间
飞驰如闪电的马儿又来到了我的梦中

它总是站在一片夏日的迷雾深处
等我把它从圈里放出
等我把它牵到田野或水边
等我啊把鞭子落在它的身上——

一双明亮的眼睛像极了两盏灯
它走过来，咧着嘴，一鼻子蹭你
它背过你，又是撅屁股又是撂蹄
它呀远远地就是一声嘶鸣，那是在叫唤你

一把锈掉了的镰刀

这是一把镰刀，它曾有肥大
和雪一样流淌着白光的韧
如今，它在墙壁上高高地悬挂

它的刀锋在一天天忘记
青草和庄稼的味道，被锈迹爬满
它的刀柄在一点点远离
手掌的温度、茧，被风剥落——

随着时代的推演
镰刀就又回到了铁，回到了矿石

一块水田空了下来

一块水田空了下来，接着
另一块水田也空了下来
成片成片的水田空了下来——

每年立春，我们就开始
为一块块空下来的水田发愁
似乎那空下来的是我们的身体

稻谷、麦子、油菜……
自然是不必再耕作了
也不再担心播种、施肥、杀虫

我们得向一块水田学习
空下来就空下来了，就让它长草
长树，把种不完的田地还回去

一把有如我父亲一般苍老的犁

一把有如我父亲一般苍老的犁
蜷缩在门墙下，在打瞌睡
噼噼啪啪的阳光
敲打在它满是尘垢的身躯上
但它不吭一声——

一把被门墙扶住的犁
在刚才的梦里，它遇见
翻动泥土时血脉贲张的青春
那些断掉的鞍带、粉碎的竹鞭
以及当年追着自己满世界奔跑的那个男人

也都老了下来
老得只要把当年耕种过的田地和庄稼
想上一想
都忍不住激动，抑制不住热泪

那些不再耕种的田地

每年春节，我和哥哥都要陪父亲
喝一点点酒，尽可能地
把吃饭说话的时间拉长
尽可能多提一下那些不再复耕的田地

每次，上了年纪的父亲
总是低头沉思一会又语重心长一会
看得出来，他有从未有过的满足
可他还是来不及
像小时候带着我们兄弟
到野外去溜达一圈，一个人
就醉成了泥

醉了的父亲忘了
已被他种下桂花和椿树的田地
忘了我们兄弟在等着他醒酒的同时
春节的假期已所剩不多

原载《民族文学》，2018年第7期

吴治由（1982年6月— ）

贵州丹寨人，苗族。中国作家协会会员。作品见于《诗刊》《民族文学》《散文选刊》等。出版有《途经此地（2008—2014诗选）》等两部诗集。获贵州省第三届乌江文学奖、贵州省第三届尹珍诗歌奖等奖项。现任《夜郎文学》执行副主编。

庆子的诗

田园恋歌（组诗）

美丽的黄昏

晚饭之后至夜幕降临时分
结束了一天的工作
又不急于开启另一份忙碌生活
就像太阳已收工
而灯火还不必出场时的天空
光晕柔和，云朵舒缓
是白昼赐予我们最闲散的自由

去河滩上散步
或坐在码头看水流
那些风轻云淡的往事
像身着裙装的少女
风，吹动长发
飘逸的，姗姗而来
摘一朵路边的小花别在发髻里
或扯一根茅草芽
与同静女的诗句一起送你

你扛着锄在荒地里挖土
我跟在你身后将土块捣碎
捣成我细腻的心思
捣成你无限的柔情

然后装进花盆
然后卷起裤管
像晚归的农人一样
风儿渐凉，虫鸣渐起

那些美丽的黄昏
走样，却甜美的
我们有关田园的梦想
统统装进　你的
我的记忆里
一边怀念
一边向往

牵牛花开

某一个黄昏
太阳羞着红晕
我们光着脚丫
像两个孩子
又像辛勤劳作的农人
我们种着红薯、海茄、野花
和不知名的草藤
然后　怀着童真的好奇
幸福地
守望

每一粒新芽的出现
每一朵小花的开放
甚至杂草的生长
我们共同感受着

贵州诗人

生命的惊喜
交汇的眼神
更多生活的细节
孩子般的快乐
我们忘了时间
忘了身份，忘了
尘世间的忧伤

那些不知名姓
不知是否会开花结果的
柔绵的藤蔓
在你我的门前坚强地攀援
就像生长在我们心里的情愫
杂乱无章
却　疯狂生长

当柔媚的月光
抚过都柳江的流淌
那些忧郁的蓝朵
悄然开放

白日的阳光太过耀眼
灼痛了她的羞涩
疯狂却脆弱的生命
只能享受
夜的凝露　和
短暂的晨光
但你不能否认她的美丽
她带给我们的惊喜
以及她
某一瞬间却永存的诗意

就像
我无法吹灭你的眼睛
你无法切断
思念的水流

原载《贵州都市报》，2015年10月22日

庆子（1982年8月—）

原名石庆慧，女，侗族。贵州省作协会员、鲁迅文学院第二期少数民族班学员。作品见于《民族文学》《天津文学》《朔方》等。著有小说集《村庄之下》。

吴英文的诗

在一场春雨的反面

在一场春雨的反面
想着烟花　柳絮　唐朝的
扬州歌妓　想着月光　风从袖口吹来
想着江水　雁阵呼啦啦飞过北岸
想得隐秘些　一粒果核
桃树立即说出了
女子的下落
想着夜晚　蛙声一片
木鱼沉沉　山上灯火
太多的悲苦静下来
想着穿草鞋的少年　欲往山梁劫富济贫
一条蛇匍匐在洞里　早已耐不住寂寞
草长莺飞　看见了满天星斗
蚱蜢跳将出来厮杀　麦芒灌浆　少女
划着一叶扁舟　往雨水深处
想着榴梿与草药味　芦荡轻摆
想着窗外　照进身体的光线难以收回
北上的火车　已开过大半疆土
想着南方一场春雨正淅淅沥沥的

原载《诗刊》，2009年第16期

关于火车的比喻

母亲把摇篮搬进她的产道
摇篮轻晃，实则是我躺在火车卧铺上的
一次幻觉。我对来到这个世上的路途
毫不知晓，记忆的账本也没有留下这一笔
我想若是留下，也是一笔糊涂账
从来不会有人清楚记起沿途的风景
如今，我双手枕头而卧
听窗外车轮撞击铁轨的声音
想起远方的母亲，以及关于生命的
一些记忆。每次火车把我从一个地方
送到另一个地方，我都认为是一次降生
此刻夜深人静
众多旅友都进入梦乡
相信他们也有躺在摇篮里的感觉
有飞的感觉
他们的母亲也把摇篮搬进了产道
今夜，所有的母亲都把摇篮
搬进她们的产道
我们这些同一条产道上的人
明天将出生在不同的地方
终生不再相见

原载《诗歌月刊》，2010年第4期

苹果

是幸福短暂的回声抛向深渊
是牙床轻撞的硬，是脆，是香甜

是双手温热和刀锋转向,是皮肉分离
是红,包裹着欲望
是圆润,是饱满,是裸露在盘中的微光反照
是一棵树摘下爱恨,是疼痛,是成熟
是青衣素裹,是酸涩,是小雨淋湿,是霜降
是重量慢慢增加,是叶片泛黄
是花瓣走回枝头,是针尖卸下花粉
是蜜蜂,引来蝴蝶
是春潮涌动,是冰雪融化
是水分从根须
自下而上
苹果完成了它的一生

原载《民族文学》,2009年第12期

在红豆酒吧

灯光穿过玻璃幕墙
洒在白皙的皮肤上,那美丽的脸
像喝了杯鸡尾酒,带着勾兑的浅笑
"烈性来自于柔和的香槟"终于
夏天认识的女人,在冬天读懂了她的灵魂

今夜,我想和你转头去看
冬至的剑江河,在悄然上涨
多少人想起忘情岁月
都会带着这样的笑意从容
擦去内心的雪线
滚烫的唇
碰到冰凉的杯口

以为夏天的黑莓沙冰还含在口中
空气中飘荡的五线谱，一点点勒紧叙述的肉体
一生中需要抑制多少水分，除了眼里的
还有来自缠绕的根部
和草尖上的露珠

原载《山花》，2012年第8期

吴英文（1982年9月—）

贵州都匀人。贵州省作协会员。作品见于《诗刊》《民族文学》《诗歌月刊》等，入选《中国最佳诗歌》《中国高校文学作品排行榜·诗歌卷》等。著有诗集《细节凌乱》《时光沙床》。

李廷华的诗

洗马潭瀑布

水从低矮的崖上倾泻下来
刚好够一匹马沐浴
蓄水的潭，像一面微澜的平镜
龙总兵洗好的马，毛光水滑
像他出征时
整装待发
每一次马到功成
时光之水泻进历史
洗马潭瀑布这扇白色纱帘
倒映出的那匹老马
早已被翻来覆去的故事
打磨成一匹时光的雕塑
那连绵不断的流水
是永远也扯不断的缰绳

原载《贵州作家》，2017年第6期

李廷华（1982年11月—）

贵州盘州人。贵州省作协会员。作品见于《人民公安报》《贵州日报》《贵州作家》等，入选《中国当代公安诗选》《21世纪贵州诗歌档案》。著有诗集《青春笔记》《永远的歌唱》等。

韦永的诗

种子又回到种子（组诗选三首）

轮回的意义

秋风把更多的白霜吹进母亲的发髻
她掉在泥土的汗水
没有一滴回到沟壑纵横的额头

母亲把模仿她的稻谷都撸直了腰
她的腰，却被秋风拉成了村口的拱桥

秋风已不能追忆儿女过桥的脚印
种子又回到种子
把她的岁月，全种进老年斑里

贩卖春天的人

深巷卖花的人
昨夜在雨声里筹划几桩买卖
买肥养花，装扮别人的日子

再卖花换药，给积劳成疾的肉身
找回一寸寸充满生机的土地

一声春雷炸响
卖花人急于低价兜售杏花
手无余香，花刺在茧里丛生

风雨在即
买卖是一场虚拟的花期
卖花人冒雨归去
再也找不到原来的花园

原载《民族文学》，2016年第2期

爱一场梅雨胜过整个夏天

大气候的性格变得捉摸不定
24节令已形同虚设
把赞词写在立春，或写在
立夏，显然都不合适
小满过后，我爱一场梅雨
胜过整个夏天

这场雨中，我的心疼
具体到电线上的那滴雨
它在与万有引力对抗
它想在无法立足的细线上
拒绝下坠。但越来越多的雨滴
拥过来，合力抱住它
一起滑落

梅雨中的江畔
绿，统治了扶疏草木
在这场面孔模糊，同声赞美
丛林法则的大合唱中
我更爱江边自横的小舟

我爱雨滴
但我不爱，众多雨滴
同流合污的洪水

我爱小舟,爱它
不和岸上草木同色
不随江水同流
我爱它的沉默,它的小
只能渡一人的心思去彼岸

愿所有的污水
消失于磅礴的江面
我选择爱,于磅礴中
打坐的沙洲,和那个
在激流中,逆水行舟的人
我祈祷他顺利上岸
但我不希望,他很快消失在
岸上的人群中

原载《芒种》,2016年第11期

韦永(1982年12月—)

贵州三都人,水族,女。贵州省作协会员、鲁迅文学院学员。作品散见于《民族文学》《诗林》《诗潮》等。

石一鸣的诗

像你那样的女人

像你那样的女人,也会从叔本华的冬季
带来丰收的颗粒,你张开翅膀
梵高看见麦田上飞舞着群鸦
蓝色窒息的微笑,把苍狼大地
盖了一层蒙娜丽莎

像你那样的女人,站着就是草木一春
太阳失去了方向,忘记了风吹
草原上谁还在牧放着牛羊
被你转身的回眸,约伯的信仰
跪倒在耶路撒冷上

像你那样的女人,应该怎样去赞美
像你那样的女人,把词语写成了累赘

守着从城里掉下来的月亮

把城市倒过来看,天空是危险的
高楼大厦吊在天花板
像成熟的葡萄串,挂起馋人的
街道,一不小心走进去
就被甜蜜的勾引醉倒
只是我一直坐在城郊,按草木的

方式生活。每次在黄昏中抬头
城市高高在上，一顶黑色鸭舌帽
戴成了头盔，我怕从城里
掉下来的月亮砸在头上
会因此而受伤，会被送进医院里
倒立地和吊瓶挂一起
但我还是忍不住喜欢上了从城里
掉下来的月亮，它镶在蓝色的幕布上
微弱的光，覆盖我孤独的守望

选自诗集《我把柴火还给如来》，团结出版社，2016年10月版

石一鸣（1983年3月—）

贵州松桃人，苗族。贵州省作协会员。著有诗集《我把柴火还给如来》、长诗《圣地寨英》。

班方智的诗

变压器

从都市丽景小区出来
自西向东的兴华路和自北向南的复兴路
纵横交错,成为行程中的第一个十字路口
每天我都会带着年幼的孩子
或年迈的父母亲
小心翼翼地从这里经过
每次我们都会在街口的变压器下停住
屏住呼吸,四处张望
听着头顶高压下的电流嗡嗡作响
直到疾驰而过的车辆和拥挤的行人
在狭长的斑马线上腾出足够的空间
我们才从道路西侧的变压器下走出来
跑到道路东侧的变压器下休息喘气
继续听着另一台变压器
在高压下发出同样嗡嗡的电流声

杀鸡

盛血的碗里
总要事先加上半碗的冷水和小半勺盐
多少年了,我精于此道
却只能待在一旁
看父亲如何牢牢抓住一双想飞的翅膀

用拇指将它的头狠狠地反扣在双翅之间
让拔了毛的脖子现出致命的动脉
暴露在一把雪亮的菜刀之下
我听见它那快涌出胸口的心跳
和大口喘气的声音
看见它的两只脚掌在不停地挥舞
却一次次抓空
它一定和我一样在等待
那锋利的刀刃只轻轻一抹
便能放光周身曾经沸腾的血液
轻易结束掉眼前的一切
但父亲不知道，对于一只拼命挣扎的鸡
我多么想上前，补上解恨的一刀

选自诗集《高原风筝》，团结出版社，2015年11月版

班方智（1983年11月—）

  贵州罗甸人，布依族，曾用笔名拾荒者。贵州省作协会员、鲁迅文学院少数民族创作培训班学员。作品见于《诗歌月刊》《山花》《文学与人生》等。著有个人诗集《高原风筝》。

李金福的诗

喊山

山妹子！我就是这样叫，很响
声音总是海浪一样，荡漾开去
这是不是一种高度？我得好好想一想
然后我就会想起，我喊的山妹子　她的声音
也是这样，响亮，甜美，有力
记忆里是她那张花朵般
微笑的脸孔。但须说明的
山妹子，我这样叫你并不是
因为你也曾这样叫过我　你的声音
一次，一次，一层，一层，像我
在大山的巅峰上走过，面对那绵长又陡峭的大峡谷
我便能宽恕这世间的一切
因为此刻的心灵，就会和这巅峰一样
视野开阔。因为这世间美好的事物
必定会启发我，启发我记忆中那些大山里的人们
他们的高大　憨厚　淳朴让我感动
这是我在大山里　童年的时候
喊山的感觉。在今天
我会时时想起，想起喊山妹子那甜美的嗓音
一层，一层，一次，一次

面对一根蜡烛

曾经　我面对一根蜡烛　听一个故事
那是我的爷爷　他讲的故事　一座山和一头牛

在如我抬着他的尸体走向繁花似锦的小山
他一辈子拥有过一个女人
一个家　两个孩子　三亩田　五亩山
这就是他一生的时光　一生的幸福　一生的故事
他曾企图在这些地种植希望种植收获
以辛劳的汗水化来我们的幸福
用季节磨过镰刀　用灯油点过沉默
摔过太阳又打破月亮再后收起一片星星
在乡村里　我想起饥寒交迫的爷爷两次搬家
看着他怀揣辛劳的白发　在暴雨中狂奔
面对一根蜡烛　我在想着我死去的爷爷
想着他那曾经的痛和曾经的苦
从一座村庄启航　穿过命运的苦菜地
最终在一座山上，我把他轻轻地放下　轻轻地放下

选自诗集《喊山》，团结出版社，2015年出版

李金福（1984年3月—）

贵州雷山人。中国散文学会会员、贵州省作协会员、鲁迅文学院25期少数民族创作班学员。参加过第七届全国散文诗笔会。曾荣获《人民文学》"包商银行杯"全国高校征文奖、《民族文学》"我的中国梦"全国征文奖、重庆市第五届巴蜀青年文学奖、贵州省广播电视节目奖等。著有诗集3部。现居荔波。

蒋能的诗

石头

在大西南，在云贵高原的头部和颈部
这些石头，像骨头
站着说话
它们单纯，一毛不拔
山风吹过，树啊草啊都摇晃

它们与四季无关
与炊烟无关
它们是云贵高原多余的部分
像一些逝去的人
时不时，闯进梦来……

选自诗集《错枝》，中国文联出版社，2014年8月版

大坪箐，白色的花

请原谅我，叫不出你的芳名，
如果没有你的到来，
这里只是寂寞和恐惧。

地势很险，你在崖壁上微笑，
声音玲珑，抬头仰望日月星辰，
你让我多么担心！

涧底深不可测，有水声潺潺，
偶尔的鸟鸣像断线的风筝从空中掠过，

而我，也只能瞪着目光，
在你娇小的花瓣上，刷了又刷。

选自诗集《大坪箐》，北京日报出版社，2015年12月版

兰雪花

活着，就是一场战争
一次没有归期的远行

内心的海水淡然如初
平静孕育博大

你向往大海，身后就升起炊烟
你向往天空，脚下就长满蔚蓝

一个人，就是自己的祖国
两个人，就是我们的世界

躺下，躺成一种优雅
——一朵蔚蓝的云

上升，升成一朵果敢
而洁白的花！

选自诗集《花们》，四川民族出版社，2016年11月版

蒋能（1984年6月—）

贵州纳雍人。诗歌民刊《一首诗》主编。著有诗集5部。2015年获第二届尹珍诗歌奖。

孙守红的诗

父亲

他蹲坐在火塘边,一手撑着下巴
一手拿着烟杆。火星忽闪忽闪
就像我们家门口的一尊狻猊
守卫着群山中的这一家子

他面对群山想起海洋的波涛
"黑暗中闪烁的眸子盯着远方
没有什么样的阻碍能抵挡
翻越群山的望想,我不能
我的儿子应该可以。"他固执地认为

腊月的山野,大荒
鸟儿都去了暖和的南边
他叹息了一下,抬头
望了望远方。"那两个在浙江打工的
小兔崽子,不晓得买得车票了不得!"

冬天的太阳,不是很暖和
夜幕降临了,他又开始坐到火塘边
一手支着下颚,一手拿着烟杆。
就像我们家门口的一尊狻猊
守卫着这一家子

孙守红(1984年10月—)

贵州普定人,字守一、号源清居士。民刊《大荒》主编。

徐源的诗

大坪地（节选）

二

我听到——你们来自血液的歌谣
一个人替代一代人的悲伤

山茶花烙在贫瘠的草纸
布谷鸟栖息于锄头的喉咙
还原清晨的干净。那时母亲年轻
跨过春天汤汤的沟渠，把村庄打扫
院坝像一面阳光磨亮的铜镜。
大坪地，牛皮铺成亚麻的床单
角做了先生祭祀的号
它的呼吸在我的呼吸里
继续流淌。三十年，皱纹爬满母亲额头
二十年，用弹弓射下蓝色的月亮
十年，我的旅行像一张透支的银行卡

心的蟋蟀，在硫黄熏染的城市
囚于车辆的喇叭
鸣叫。电梯升不到树顶，打印机输出
机械的梦境。酒吧门口的醉汉
看着墙壁上文明的标语
喃喃自语，成了虚伪的人。
忠实的奴，把双翅
插在石灰窑上，坐在雪身边

大坪地，堕落的腹地！
金色的悬崖堆满鹰骨，凸现先人僵硬的模样
一个低沉的声音自马灯里升起：
"每个人都是半开着的门"①

三

一种存在，从证明开始：
每个人都有一个秘密的磁场。
父亲的坟墓是一座宫殿，驶出春天的马车

蕨草从石缝钻出农夫的胡茬。他三十八岁
我二十八岁
十八年前，我们在夜晚咳嗽。唱孝歌，继续挑灯
时光照耀，一块生铁

流逝的风声为星星灰烬。大坪地，我们不孤独
父亲墓碑上刻着我的名字。
墓碑，一面挂在山川前的阳光，唯物通向唯心的门票。
左青龙　右白虎，中间为苍凉的心
接受阐释

如今，他细小的骨骼
穿在大坪地厚重的身躯上。头颅的磷火，像暗号
土地使用证盖着政府鲜红的公章，上面标明：
大坪地，唯一葬人的荒坡

他读过的经文，在我的肌肤排列为明天的地图

---

① 瑞典诗人托马斯·特朗斯特罗姆《半完成的天空》一诗中的句子。

七

他此生的宗教，蜷缩于额头的防晒霜
小如一颗美人痣　文明的铁粒

土地读着鸟的祈祷词。洗净的金子
在竹子编制的粮仓做梦

溪流干涸在远方的路途，脐带深陷
树木露出掠夺后的苍凉。
我向前打供　作揖
心像盖在屋顶的石板，干燥　茫然
掩饰不住岁月的磨痕

多年，村庄被写成铭文，刻在桥头。马放下车辆
咀嚼沉默的绳索，站在它的呼吸
抓一把干草塞在胸膛。我热爱的姑娘，乳头干瘪
眼里站着灰色的祠堂。大坪地
我们经历的事件，贴在信封
一个空间移向一个空间，炊烟在嘴唇

吟诵的大雁从身边，带走了侧面
我努力端坐，像一匹经幡。
农夫们踮着脚，用小刀在土墙上刮下我的影子

选自诗集《颂词》，贵州人民出版社，2014年9月版

徐源（1984年10月—）

贵州纳雍人，穿青人。中国作协会员。曾参加"诗刊"杂志社第二十七届"青春诗会"。著有诗集两部、散文诗集1部。

田花的诗

木浮雕

一

从月光中被打捞起来的浮雕
表面那层荷塘，有涟漪
还有款款而来的鱼儿和蝌蚪

角落，适合欣赏世上最美的花儿
在刻刀下，溢出诗意
你的细节百读不厌

二

手里这把锋利的刻刀
可以把夜色和月光雕成一个酒杯
酒杯里装得下你我他

如染成富贵和吉祥的花骨朵
刻刀走得很慢
慢过百年慢过藏于岁月里的青岩

刻刀是一位坐着把时光看穿看透的人
他说，凡是刻刀走过的路
都有故事

三

故事在工匠手中酝酿
一个个精雕细琢的日子啊
在沉默不语中鲜活

比如前半生的木浮雕
繁华开满他的生命小屋
里面住着一个女子,知书达理
浑身散发着檀木的幽香

四

比如我的青岩姑娘
掩映在木浮雕下仙气飘飘

纤纤楚腰柔若无骨
在绿纱罗裙里
若隐若现

五

比如青岩姑娘的沉默
比如青岩姑娘的羞涩
还比如青岩姑娘一辈子

化作木浮雕高瞻远瞩
悬在状元府

六

在浮雕的转角处
听青岩书院琅琅的四书五经

闻状元府上枯灯夜读的家教遗风
望定广门城墙上的风云际会
数赵公专祠里的历史光影

七

雕一件能说话的木浮雕
寻访方圆百里最能干的老师傅

择良辰吉日焚香祭拜上祖神仙
为一棵棵平躺的杉木祈福

八

青岩的木雕唱着歌从《论语》里走过
刻花的剑鞘、圆雕的木鱼都在附和
"我们不做朽木，我们可雕也"

秦汉月光下的刀光剑影都活跃于木上
因木生辉，守护一方安宁

门窗，床面，桌椅，箱柜
木匠一双妙手，全盘照收
让未经雕琢的木头，活出精彩

九

人间的美源自精雕细刻
人生的爱需要细细打磨

用一颗独运的匠心
延续一棵枯树的生命

一个个雕琢的日子啊
刻刀摒弃的碎渣烂沫就让它随风去吧

留下花鸟鱼虫，飞禽走兽
自由的鸟语花香张扬的雄狮虎豹
在青岩的千块木浮雕里
永生

十

圆雕、平雕、透雕、镂空雕
在匠人手中自顾自美

花儿的纹饰是说不尽的暗语
暗藏祖先的身份和地位

审美与哲思，尊教和信仰
让人心悬挂在门脸之上

青岩的木浮雕是一部史书
无韵之《离骚》
史记之绝唱

十一

守一方家国之繁荣昌盛
护一族家人的祈福吉祥

塑一颗心
向善

十二

是谁在门楣窗棂里创造了如此奇观
是谁在我心的浮雕上
让木头开出了花朵

哦，心上的木浮雕

十三

五千年文明的中国浓缩
六百年贵州的文明拓展

我久久地凝视
但愿它们能懂我的卑微

十四

进入木头的你我他
出来时，也许懂得更多

木的坚韧，木的细密，木的温情
现在，都成了我们的肌体

原载《诗选刊》，2017年11月—12月上半月刊

田花（1985年7月—）

陕西宝鸡人，现定居贵阳。笔名花儿，女。贵州省作协会员、贵州诗人协会理事、"舍不得乡愁离开胸膛"（20部）主题系列长诗编务、《贵州诗人》编辑。著有长诗集《"活"出青岩》（合著）。作品见于《诗选刊》《山东诗人》《贵州诗人》等。

黄成松的诗

大数据笔记

在平塘的秋天怀念一个人

云贵高原西南部的秋天
山上的草木依旧翠绿
农田里的稻谷成熟了
铺成一坝接一坝的金色毯子
饱满的稻穗，书写着丰收的喜悦
这里是平塘，贵州黔南州的一个小县城
"中国天眼"FAST的出生地
这个世界上看得最远的"眼睛"
静静地仰卧在平塘大窝凼的群山之心
忠诚地替人类探勘浩渺天空的神秘
细心地聆听着来自宇宙的脉冲信号

观景台上的游客眉飞色舞
议论着，惊叹着"天眼"的奇伟
而此时，我却十分怀念一个人——
南仁东，那个瘦小的坚硬的老头
是他率领共和国的科技工作者
历二十余年，穷尽毕生精力和心血
铸就了这人类历史上的非凡卓越的工程
却在"天眼"一周岁之际溘然长逝
让人敬仰，又让人感伤
我默默地绕着"天眼"走了一圈
默念了一遍，那些像南仁东一样
平凡而光辉的名字

大数据笔记

那些年,我们说大数据
进行筚路蓝缕的探索
仿佛是在云端漫步
被人笑话或质疑是难免的
但当别人问起我从事的工作
我从来不会迟疑我搞大数据

那些年,我们办数博会
有人嘲笑我们是异想天开
北上广深的老板过来考察
摇摇头,说别以为请几个人
办几个论坛,就能招商引资了
但我们始终坚信
贵阳发展大数据的方向是正确的
一个,十个,百个……
成千上万的有识之士加入了我们

转眼三年,从无到有
贵阳的大数据,真正落地生根,开花结果了
数据开放共享,数据安全,区块链
成为贵阳撬动大数据发展的三大焦点
戴尔、富士康等国内外著名企业入驻了
数据集聚的高端人才形成了"贵漂"现象
"中国数谷"在崇山峻岭之间迅速崛起
贵阳健步走向世界,世界重新认识贵阳
贵州成为全国第一家大数据综合试验区
大数据成为贵阳最响亮的名片
国家总理亦来为大数据点赞
总书记则说,"贵州发展大数据确实有道理。"

我发现乡愁也可以是甜的

在我的家乡凉都六盘水
除了亲人朋友,还有几样物事
是我最为惦记的,比如猴场的红心猕猴桃
每到成熟时节,我都会不由自主地
怀念那神清气爽的香甜
都会叫亲人朋友,捎点给我解馋解乡愁

前些年,六盘水掀起轰轰烈烈的
农村"三变"改革
父亲响应农业结构调整的号召
把农田都种上了红心猕猴桃
长势喜人,今年已经开花挂果
父亲说,明年就可以大规模收获
眉宇间流露喜悦与对未来的美好憧憬
而我,第一次发现乡愁也可以是甜的

过北盘江特大桥

列车转了个弯,就有人兴奋地喊道
前方就是北盘江特大桥了
我掩饰不住内心的激动
赶紧把眼睛贴在车窗上
但见云海缭绕高峡,碧水流淌深涧
大桥像天上虹,贯穿两岸青山

西控云南,东联贵州
三年前的秋天,水急浪高的北盘江上
这世界最大跨度的大桥,在深山深谷横空出世
高铁驶过只需十几秒
数万人却用去了六个寒暑春秋
抛洒着宝贵的青春和汗水

这样气势恢宏的大桥
在被称为桥梁博物馆的贵州有很多
比如马岭河大桥、鸭池河特大桥、红枫湖大桥
连接东西南北中，创造了多个世界第一的记录
把"地无三尺平"的贵州
变成了通往五湖四海的大平原

原载《诗刊》，2018年3月上半月刊

黄成松（1986年6月—）

贵州水城人，苗族。贵州省作协会员、贵州省文艺理论家协会会员。作品见于《诗刊》《星星》《文学评论》等，入选《中国诗歌排行榜2016》等。

潘梅的诗

我是携带火种的女子

必须给你燎原的气势
交出懦弱、彷徨与小心翼翼

迎着风
一次举杯就是一次纵火
一次对视就是永不熄灭的火焰

燃烧
用光亮点燃整个旷野
我要你借着光亮纵马驰骋
我要你劫持相对望的眼神
走漏的雨声

我要将自己焚烧
重生
由此给你彻彻底底的爱

原载《诗选刊》，2017年8月上半月刊

双河

一

为了见你
我制造出一个又一个借口

从奔腾的乌蒙山
一路降低着海拔,向下

我走近了你
双河客栈隔着一抹抹的绿
捧出森林
和我心中的原野

那些初相遇的光泽
温软、柔和
迅速包裹了碧绿的水潭

二

你的十万个负氧离子
就是我的十万份爱恋

青山苍翠葱郁
我沿着你的脉络
输送越来越浓厚的
光阴和养分

让树木、花草和石头
都拥有鲜活的生命
并且享有幸福

而我只躺在你
七亿年的每一个时刻里
历经风霜、雨雪

深沉、包容,不被日月看穿

三

石头越来越近
这使我一度怀疑心肠

是不是？有水的溶洞
石头也会变软，慈眉善目

是不是，以石头为伴的清溪河
水，继承了坚持的力量

带着所有的记忆和爱情
日夜向远方，流淌

四

是这样的
一定是这样的
我相信水与石头的相互渗透
就如同相信七亿年来
地缝，那把植入孤独的宝剑
坚硬，但始终柔软

五

所有的相逢都是一见如故
所有的分离都成为从此天涯

趁现在夕阳还未退回地平线
让我急速穿越大风洞
天坑、晶花洞、九道门

让我重新抵达幸福门
重新抵达你的地心

让我顺着你的呼吸
你的回音和呼唤

像神秘的古特提斯海那样
一次又一次
将伤口打开、撕裂、愈合
幻化成我们背后的传说

原载《诗选刊》，2017年11月—12月上半月刊

潘梅（1987年1月—）

贵州咸宁人，布依族，女。贵州省作协会员。作品见于《诗歌月刊》等。著有长诗集《大隐下司》（合著）、《草美成海》（合著）。

西左的诗

那些鸟,像锈钝的铁

那些鸟不飞了
像铁,似乎整个冬天都用来生锈
一群群站立枝头,风吹来也懒得动
它们在等那个砍柴人
他的刀饱尝大雪过后
便会把它们磨亮

秋风乍起

黄昏,我说七月秋风乍起
先是一片树叶落下,然后
是全天下的树叶跟着落下
但我不说故乡瘦比秋水
所途经的坟茔
众神的家,空空如也
他们只顾忙着在入夜前的天上点灯
照看远离故乡多年,比尘埃略高的人

原载《厦门文学》,2016年第12期

那时

那时,我还在爱你
母亲没这么老,父亲的腿没这么瘸

邻居家像闹钟一样的小孩没夭折
院里的梨树还在
满树的梨花被风吹得到处是
我也没这么多病，一点不怕贫困
最重要的是头发还没白
敢把爱你当成一生的事

星星

她催促我，该找媳妇了
她头发全白，像院中的梨花
她的脸，像耗尽了她生命的
贫瘠的土地
她身体单薄，像张泛黄的纸
她说：那颗守候了我一生的星星
在拼命把我往上吸
我的奶奶，越来越老，越来越病
说话语无伦次
看到我，她说：你就是那个稻草人吧
千万别撵我，我还会变成麻雀飞回来的

原载《草堂》，2018年第1期

西左（1988年2月一）

贵州赫章人，原名赵龙。贵州省作协会员。作品见于《厦门文学》《草堂》《中国诗歌》等，入选《中国新诗年鉴》等。著有诗集《人间物像》。

杨刚的诗

再遇李老师

给李华老师送去了我的诗集
她惊讶我成为胖子
我惊奇她沦为阿姨

我们都是被岁月暗算的人
就连这些雪花
都好像一年不如一年了

原载《诗刊》，2016年第3期上半月刊

代凯田坝

最先出现的是脚，祖辈的脚
父辈的脚
走过田埂，走过　村庄

最后出现的也是脚，年轻的脚
衰老的脚
走出田埂，走出
村庄

祖辈的基业荒废了
龙门阵死亡
水牛的哀嚎被老汉葬在牛肉馆里

四月的代凯田坝
最后一株樱桃红了　依然没人采摘

原载《诗刊》，2014年9月下半月刊

种一棵树

我想种一棵杉树
盖房子可以用
结婚时造床可以用
离开人世之时
造一副棺材可以用
还可以把自己
埋在树下
让它替我继续活着

原载《山东文学》，2015年第3期

杨刚（1988年12月—）

贵州纳雍人。作品见于《诗刊》《诗歌月刊》《山东文学》等。电视作品《祖先的足迹——盐茶古道》获首届乌蒙文艺奖。著有诗集《挑起生活上路》《窈窕阳光》等。现任中国诗人阵线网站长。

若非的诗

深蓝岛屿

西南无海。岛屿长在湖泊之中
孤独，坚定，一言不发，沉默如父亲。
那个年轻的女人，非要冒着秋雨
打蓝色的伞，以岛屿为背景，让相机
刻画旅途中的自己。
我按下快门的瞬间，看见岛屿
一片深蓝，静默雨中，忧郁如我。

后来的事

他很容易陷入一场悲伤。这事似乎无关祖母的离去。
直到雾气一点点覆盖额头，他才
赶着失散的那只羊回来。
细雨一会儿就锁住了目光，在房檐老坏的地方
他沉默修补，一段琐碎的时光。
芭蕉在风中一晃，雨滴声让他抬头。
"三，下雨了，回屋里。"祖母在房里
叫道。

不朽

人非草木。草木知春秋但
终将腐烂。
纵使你化为铁石,也终会有巨大的熔炉
将你禁闭。再将你切换成各种规矩的形状
供时间旅行者参观。
但此刻是不朽的。此刻,很简单
人就是人。
你是恒久的,我是固定的。但我
并不是窗前那棵死板的香樟。
我是所有移动的风景的魂。你是所有灵动的音符的
尾音。

原载《诗刊》,2015年7月下半月刊

若非(1989年5月—)

贵州毕节人,原名陈恩贵,穿青人。贵州省作协会员。作品见于《诗刊》《北京文学》《山花》等。曾获首届尹珍诗歌奖新人奖。著有诗集《哑剧场》《花烬》等。

20世纪 90年代 诗人

孙金贵的诗

走失的春天

春天
走失了
像一个孩子一样
没有留下任何讯息
头上的帽子，身上的衣服
都没有留下字句
我们是信仰春天的
农民和诗人一样着急
母亲和山川都哭坏了眼睛
我们满街贴满启事
我们在白天和黑夜呼喊、嚎叫

种子欠一缕春风才萌芽
农民欠一缕春风才微笑
走失的孩子，神秘的民族
给你安排祈祷的仪式
是谁偷走，都将失去温暖与鲜花
汗水中期待，泪水中徘徊
稻田打过了耙，秧苗将安置在田埂上
走失的孩子，耽搁了季节
等同抽走了农民的血液

去年，诗人们挑起一朵桃花
招摇过市，大摇大摆地
走向春天的诗句
温酒，打盹，都是在转换新的章节

可是，今年的春天走失了
带走了诗人的笔墨纸砚
还有刚刚喷涌的昂贵的灵感
于是，诗人的身体一天天干瘪下去
失语症泛滥在最美的时光
他们冲入闹世，爬上最高的山峰
春天杳无音信，
喷泉龟裂，开出了放肆的伤口

春天走失了，母亲手掌上的裂口更加疯长
她的幸福深陷其中
叹息，失望
在每一次早晨的开门声中冲出家园
停留在针线缝补的猪草袋上
停留在稻秧苗的帐篷上
母亲把每一个黑夜等成白天
把每一个日出等成夕阳

大山开始愤怒，于是夜幕收起她的乳房
河流开始咆哮，于是猿猴同情她的心境
大山僵立，呆呆地望向你走失的方向
河流弯着腰向下游寻找
走失的孩子，你感受到了吗
大山光着身子，在冬季的余风中
没有穿上衣服，没有给树木穿上衣服
岸边没有了花朵，河流空手而归

走失的春天，你在春天归来
戴着满头的白发、修长的胡须
你爬过冬日雪满山的云贵高原
划过北盘江结冰的船
凄苦的声音留在了乌蒙山的雪洞中
然而，你成为饱经沧桑的逃离者

后人都将在苦闷的光阴里,把你当作楷模
把退隐和云游当作殉道的借口

我喜欢春天扁平温暖的乳房
我不喜欢它醍醐灌顶的乳汁

原载《铜仁日报》,2017年11月16日

站在地图边

山川

河流,草木白云
这里就是家乡,明月自然地修饰思念
泥土的芳香穿透千山万水
异乡人还是异乡人
连乳名都像乳房一样的敏感

这条河从西北流向东南
那里是我将要去到的地方
无关风雨与幸福
流浪的定义没有具体的界限

指着祖先走过的道路
青草莫名地掩盖了辉煌的脚印
或许,异乡人,应该背着地图
带着白云苍狗,重走一遍河流山川

原载《二十四道拐》,2017第1期

我把鲜花种在脊背上

春雨将至,我打量着明年的鲜花开得如何
那茎须的营养,头顶的蓝天
还有那根系抓紧的土壤

我于是心有恐慌,像暴雨洪流中苍老的养花人
这孱弱的土地,这变质的地壳的身体
我的鲜花要种在哪里

风也吹过,雨也打过
我的脊背是肥沃的花园
露珠每个早晨升起,蒸汽在最后的光芒中散去
我努力地铲除岁月的千沟万壑
阳光下的植被笑语盈盈
我引一条头部的汗水,把它修饰成河流
灌溉这一块专属自我的土地

来年,我就把鲜花种在我的脊背上
背着它把清香洒满他乡

原载《贵州作家》,2016年第2期

孙金贵(1990年5月—)

贵州六盘水人,作品见于《星星》《时代文学》《贵州作家》等。现为铜仁市二中高中语文教师。

梁敬泽的诗

渐渐地，陌生了的故乡

想哭，真的！这些年来，身在异乡逐梦
不知道是故乡老了，我不认识故乡
还是长大了，故乡不认识我？
熟悉的旧屋消失了，乡邻的老人，也消失了！
小孩子，增多了，不知道孩子的爹是谁？
女人也增多了，不知道她的老公是谁？
故乡的女孩出嫁了，不知道嫁在何方？

渐渐地，陌生了的故乡
在旧屋与老人，城镇与新农村之间
不认识我的小孩开口叫我叔叔，爷爷，舅舅
想哭的是，没有叫我爹的
哪怕是一声干爹

凌晨一点半

深信，不止一个人
在凌晨一点半或难眠之夜写诗
你瞧！瞧这深夜，村庄都在打着鼾声
窗外的树枝也睡了，只有微风在轻拂
不必点透，微风是我
这样的知己，不是远方的爱人

也不是邻近的桦树
而是被拂动的一叶
点穿了我的心思

大多数的人，都熟睡了，时间没有睡
不用点穿，时间是我
正在一分一秒地转动

选自诗集《凌晨一点半》，上海文艺出版社，2017年11月版

剩下的果实

风，吹着，吹动一棵藜麦，吹着
荒野里的一座山
我就这样感受风的方向
感受一股风顺着赤峰拐了一个弯
吹进薄暮的深秋
揭开了静谧的光景
如我所愿
我见到了秋光里的硕果
被一股风吹落在半空时
侥幸被美女接住
她躲在深秋的背后，偷偷地吃掉一半
另一半放在冰箱里一直冻着
直到我送给她情人节礼物
她才将另一半送进我的嘴里

原载《诗刊》，2017年第9期下半月刊

梁敬泽（1990年9月—）

贵州绥阳人，原名梁琦。作品见于《诗刊》《时代文学》《中国诗歌》等，入选《2017上海新诗选》《2017年中国诗歌排行榜》等。曾获国际华文诗歌奖（泰国文化部），首届雁翼诗歌奖，白云诗歌奖等。著有诗集《记忆落在纸笺上》《凌晨一点半》《隐喻》（合著）。2016年创办并主编《无忧诗刊》。

吴天威的诗

散落的花朵

落日借着晚风卷缩半空
花溪河上静静流淌的
如我冰凉身体里的血液
黑夜里悄悄流动着的一丝哀愁

春天成为最残忍的一个季节
我的诗句镶嵌在学校咖啡吧里的贴字墙
孤寂的台灯倚着它们熟悉的身影
慢慢在这春天里死去

山顶上古旧墓碑旁的泥土堆
花儿作别一场无声的祭祀
一年又一年
走近凋谢

我从不离开的
今天我都将一一告别
爱过,哭过,笑过,没有恨
如飘摇的风雨中,散落的花朵

原载《中国诗人》,2018年第4期

在一首诗里睡去

一首诗在沉闷的日子让心灵得到救赎
生活随时会丧失激情,包括年少时仅存的

冲动。我总是在这样苦闷不堪的年华
伏在教室窗台上安详地望着……

此前盛开的樱花已凋落
或作泥土。那一棵棵樱花树
像是遗憾,又是慈悲
感叹短暂之美。你又将尊重岁月无情

困乏的身躯卷缩昨天。如此
那今天黑夜,我愿在一首诗里睡去
等待黎明或黄昏

原载《诗歌月刊》,2018年第7期

吴天威(1991年3月—)

贵州荔波人,布依族。中国少数民族作家学会会员、贵州省作协会员、鲁迅文学院第31期少数民族文学创作高级研修班(诗歌班)学员。曾获贵州省尹珍诗歌奖新人奖。

左安军的诗

穿过河流

当大海的蓝色睡眠在你眼中突然降临
你用你的眼睛锁住了我

暴雨将旅行从早晨推向早晨
道路如此昏暗,你打开你的眼睛
将它照亮

第二天我们才到达喀斯特小镇
你走向你的葫芦笙
我走向我的圆木琴
我们喘着气,在对方那里吹奏自己

一条河流接纳了我们
这黄昏的古老习俗
但愿我的吉他不再嘶哑
但愿你在我的琴匣中静静流淌

原载《中国诗歌》,2016年第9期

父亲的诗篇

二十五岁,尚未成家立室
我站在没有故乡的大地上
随地铁的晃动穿过城市的每一栋高楼

父亲责备我一再违背他的意愿
他责备我心中只有母亲没有父亲
十九岁，我们把座位让给陌生人
他把我送进一所绿树成荫的大学
又在下午匆匆赶车回家
十五岁时，哥哥进入一面蓝色的镜子
他说他已没有这个儿子
四年后他才隔着玻璃和哥哥通话
十二岁，我们一家安安稳稳
尽管我是个差学生
四岁时他说要用背篓把我背到
五公里外的地方和他去上课，但被我拒绝了
两岁，我无忧无虑
骑在父亲的肩上，云游四方
现在父亲头发稀疏，两眼疲惫
我却不能代替他老去
有一些父亲在我体内尘封但我们素未谋面
作为他们的遗物我将被重新分配
我的孩子尚未出生而我业已衰老
父亲早出晚归，周末无偿加班
他说他属于他脚下的土地
我们很少通话但时常挂念
他站在小学二楼的走廊上，望着对面的山
他想起我，他不说话

原载《诗刊》，2017年9月下半月刊

影子的囚徒

一颗心要破碎多少次才会趋于完整
一个人要告别多少回才能同自己相逢

从每一面流动的镜子中走进去
走进去，看见更加沉默的父亲

看见母亲和她的皱纹。看见那玻璃后面
啜泣的兄弟

啊，我们只能看见那永远看不见的
树叶已零落，雪洒在地上

满树梨花就要融化，快
快藏起你的护身符，昔日的山川不在

在一扇扇互不认识的门与门之间
你依旧流动着，在镜子中闲逛、迷路

无论我们从哪个方向走出，都会成为影子的囚徒
且无人知晓圣者何时来到我们中间

原载《诗江南》，2018年第1期

夜晚的请柬

十二月，星星们都已靠岸
我打开昨晚丢下的稿子
从梦中溢出的泪已被寒冷
译成坚冰，我围着火炉
学习沉默的艺术，火焰用蓝色的音调
把壶中的水，译成蒸汽
在火的激情中，硫黄突破了煤的桎梏
我喝下了水的结晶

当狂风从窗户送来嗖嗖请柬
我应邀走出房间,默读天空的辞典
我看见那无数种闪闪发光的语言深处
只有一种共同的本原:在昼与夜的浅滩上
星星们驾着小船排队返航

原载《星星》,2018年5月上旬刊

左安军(1991年10月—)

贵州纳雍,穿青人。鲁迅文学院学员。作品见于《诗刊》《星星》《青春》等。著有诗集《第三人称的我》,传记《乐与怒:黄家驹的一生与Beyond的光辉岁月》。

西伯的诗

城市

在城市里生活,那些奔跑的出租
除了地点,电话和名称
剩下的都是一样的
变速,转向,走走停停
酒吧里,沙哑撕裂的声音传出
啤酒和夜空,和霓虹灯都是一样的
看不透

风从远处吹来,一丝凉爽
尘土飞扬,城市在夜里越来越远
但不影响,街边的人
吃烧烤,喝啤酒,说夜话、黑话
生活在城市里
居住,工作,吃饭,散步
甚至是微乎其微的爱情
结婚生子,都是一样的

原载《诗刊》,2015年10月下半月刊

暮色

夜晚快要降临,光影急剧变幻,树影在分割夜色
一边是白昼将尽,一边是夜幕降临

这时，我们沿河而上，遇见河流、星辰
遇见繁茂的大地、无限遥远的天空
遇见所有已知
或未知的事物。而你并未学会
沉默，充满着对河流，夜灯的欢喜
夜并不浓重，但不会有人看见
我在夜色中想要触碰你的手
一群飞鸟适时地从夜空中飞过
而我不再记得
你说了些什么话语，我如同
夜色般的沉静
也像一只受伤的飞鸟，急着飞向某一个远方
但我始终不会飞走
夜幕降临，你还留在一条河边
我会留下
与你，一起淹没在，流淌着的夜幕里

原载《贵州作家》，2016年第2期

西伯（1992年2月—）

贵州兴仁人，原名陈民华。现居遵义。贵州省作协会员。作品见于《诗潮》《诗刊》《中国诗歌》《山东文学》等。

袁伟的诗

庄稼人

他们的一生,是一本厚厚的书
由生命的最后一声啼哭执笔写完
粗劣的纸上没有文字,一切只用标点表达
皱纹,纵横交错,像一条条波浪线
反复标注:勤恳,这个安身立命的重点
没什么比花白的头发更触目深思
这些稀松的感叹号,控诉着岁月的无情
越来越弓的腰,是铁犁压弯的问号
关于庄稼和黄土地的关系,他们一直在思考
省略号与肌肤上的老年斑高度契合
但生老病死,却无法删减或省去
直到生命垂暮才戛然停笔,他们
谦卑,赤诚。邀请身后的旧时光代为作序

原载《星星》,2017年9月

草木花香

从文汇路到瘦西湖,一路上
我们尽量用嬉闹去打破深夜的荒凉
身后,是被甩远的啤酒和香烟的味道
我知道整个夜晚都在惊羡
象牙塔式的恋爱为何如此洁白

从不打听彼此的过去,不焦虑遥远的未来
因为没有比脚步更可靠的承诺
一步一步地走着,我们的脚印足够夯实
经得起时间的侵蚀和诱惑
花语、树语、鸟语……都是恋爱的语录
但除了路边的行道树和绿化栏里的花草外
我们并不打算让更多的人知道

原载《诗刊》,2017年11月

袁伟(1994年2月—)

贵州印江人,苗族。贵州省作协会员。作品见于《诗刊》《星星》《草堂》等。曾获第五届"抒雁杯"全国大学生青春诗会一等奖、第七届邯郸·大学生诗歌节三等奖、"民族节拍 多彩青春"第三届全国大学生新诗大赛三等奖等奖项。曾参加"2017·中国星星大学生诗歌夏令营"。现就读于扬州大学。

曾入龙的诗

玉米粒

这一粒粒金黄的牙齿
啃噬着关于
这一片土地的忧伤
这一粒粒，可人的、可爱的
朴实的、敦厚的、无私的
善良的，甘于奉献的
金灿灿的牙齿
啃噬着关于
一代又一代人的欢乐与苦难
这一排排金黄的牙齿
唐诗似的
押韵、对偶
我读出了夜来风雨声
也读出了
一个村庄的花落知多少

原载《诗刊》，2016年11月下半月刊

第十二堆草垛

我会一直数
从一数到二
从你数到我

从雨数到风
从春数到秋
数一座村庄的年轮
也数一条溪水的曲折

数一个老汉遗失的烟头
或者一个老妪缝补的夜晚

我会一直数
数到第十二堆草垛
这个小小的草垛底下
住着一个年轻人

那是我从未
走出大山的二哥

原载《民族文学》，2017年第10期

曾入龙（1994年6月—）

贵州关岭人，布依族。鲁迅文学院民族班学员、贵州省作家协会会员。作品见于《诗刊》《民族文学》《青年文学》等。曾获第三届尹珍诗歌奖新锐奖。著有诗集《放牧云朵的风》等。

许言木的诗

大敦煌

沙漠，骆驼队，盐泉，临摹的沙弥
佛经是一方人，每个残破
的石窟寻找画笔
和抓住耳朵的风声，眼睛
立于头颅站在空中，计划着各自的图案
土地则赋予了生命，一杯茶
孩童的童话，我们的
神经元，在飞天的画壁
我们的罗裙。绚染着金色
让倦意抛到九霄云外。人心
回到它的位置
崇拜式的人性的神往

我们的火焰是佛法，无须念经
脱掉袈裟，弃下念珠
佛生于人心。大敦煌，沙里的舞步
唱不完的骆驼队
比黄金贵的水是真的，沙漠的
传说是真的。这一切
无论你喜欢与否
好比我的丑陋，它都是我的一部分
一匹马还是瘦死的骆驼

行走在它之上。所有世间的结局
都已经安排好，俗世消散的
地方，离太阳最近

原载《中国诗歌》，2017年第3期

许言木（1994年11月—）

贵州凯里人，原名许扬华，侗族。作品见于《星星》《中国诗歌》《扬子江》等，入选《诗歌地理》《2015中国高校文学作品排行榜·诗歌卷》等。曾获中国校园双十佳诗歌奖、甘肃省十佳校园作（诗歌）奖、龙子文学奖等。著有诗集《金羯》，合集《隐喻》。

邹元芳的诗

静物(组诗)

归途

与往常一样,平坦的大道装满了人
就像决堤泛滥的洪水
淹没了高楼大厦下的阴影
我在挤一挤就能挤出油水来的都市
活得油腻腻,人们指指点点
我知道总有一天我还要回去
回到人们口中的乡下
我曾用二十一年踏平它参差的蓬蒿
被锯齿一样的叶片划伤手脚
我踢倒尖锐的石头,劈开拦路的藤
偶尔能遇见开得烂漫的野花
我知道它终将通向康庄大道
都市的霓虹照不到它的末端
而它曲折泥泞的起点才是我的归途

老槐树

老屋外那棵挺拔的老槐树
不知何时弯下了腰
它死在一个风雨交加的夜晚
大风呼呼地从东南西北卷来
吹断它被虫蚁蛀空的躯干
猝不及防地结束了它的一生

它残缺不全的年轮缝缝补补
就是一个世纪
那上面一圈一圈
写满了爷爷的日记
它倒下时那割裂般的疼痛感
在生命静止的瞬间消失
一起消失的还有那挂在枝干上
早已褪色的摇摇晃晃的秋千
我知道来年在它腐烂的根系旁
会长出一棵小槐,坚韧而充满力量

雨夜

滴答、滴答、滴答……
夜一滴一滴地
从屋檐上,砸到地上,消失不见
我凝视着窗外,不见雨滴,也不见夜里的雨伞
黑夜越来越浓,世界越来越近
一堵黑色的墙,横在
二十岁的我跟前,让我看不清未来,也看不清过去

雨季不过是时间拧出的水,暂且让她朦胧着
少女的心事
就再听一段风声,等时间的水拧干
等青春如湖水,清澈而平静。再回头
月亮已如大地之灯,挂在交错的树梢头

静物

当晚钟悄悄拉响警报的阀门
山下的枫叶停了
天桥的风也静止不动

只有银杏还在地上翻滚
跟随无情者的脚步游荡
远方最后一缕光线与我挥别
我沉默地对待花溪所有的事物
望着那些林立的高楼
静静地站立着就能吞掉一个城市
而我就站在它的血盆大口中
忙着成为它的奴隶
连夜晚也无法获得宁静
那些没有心跳的物体
白天黑夜都一样静默
仿佛带着冷漠的嘲讽
看着一只只蝼蚁试图在都市挣扎
直到一颗颗心脏停止跳动,才能终止

原载《民族文学》,2017年10月

邹元芳(1995年2月—)

贵州独山人。女,布依族。2014年开始写诗,作品见于《民族文学》《诗歌风尚》。

杨云龙的诗

我背着海龙屯游走天下（组诗）

城外

清风落在这里的每一寸土地
是轻吟着的一首慢歌
唯有时间足够
才听出一座城的轮廓

七百年的姓氏，兴衰风雨
流落四百年的寻觅
依着播州的臂膀
土司文脉高高托起
我为流浪的土司，找到了避雨
避风之地

"王宫"熙攘繁华
吹来的寒风秋雨，起皱
我的铜柱关、歇马台
润色的奏折已成枯笔
借着一块残砖，拼凑
历史遗迹，借一堵断壁
安抚宣慰司"功成身退"

就要到城外了
可嘶鸣和战马
一直在我背上

太阳山

一氏望族的冷暖,清风不语
杨应龙朝太阳山的方向咬断手指
交给侍女带着,向东,向东,一直向东
唯有太阳的方向才能包扎、深埋忠魂

二岁襁褓的杨奉禄
从海龙屯离开,吃树根和草浆
长成我的祖先
但他的眼神没有告诉过我
海龙屯的冷暖和冤屈
以及太阳山的经幡
被图腾过

七月

七月的烽火浓烟燃熏残垣断壁
推倒了忠臣墙壁

爱情选择了白绫
家业选择了灰烬
建功叹息于非命
多少风花雪月,挂在清夜
而曾热闹的星空
如此静寂

铜柱关的扶梯醒着
歇马台、飞虎关褪去风华
落寞孤屯、苍凉山色
葬了一个杨应龙的梦
陪伴他的两万余将士

都生成绿树
不肯醒来，未澄清的白

纺车

嗨了一天的太阳
终于在山上尽兴而归

喝醉的清风，热吻山色
黄昏，羞红了脸

晚风扑在海龙屯怀中
娇妾雌凤
我听见的骠骑将军的战马
守护红颜，搂着山色

半醒半醉的月亮
酱香飘逸，山色陪着
睡去，没人舍得打扰
杨二小姐的纺车

回忆

我在太阳山脚的杨木坎
隐姓埋名，400年宽阔的水
清澈温润农耕
醇厚，恍若隔世的重逢
我从太阳山走回
寻觅朝天关的光耀
而旧时风华不复
残垣断壁留下的荣辱
已落入后人口中

站在飞凤关，四野芳菲
苍翠掩盖红颜的眉梢
嘀嘀马蹄后山传来
曾几何时，我的爱马
是否，也想回杨木坎
喝一碗，老家的喜酒

原载《贵州诗人》，2016年9月25日

杨云龙（1995年8月—）

贵州绥阳人。贵州省作协会员、贵州省诗人协会理事。著有长诗《朴释旧州》（合著）。《贵州诗人·校园诗人》栏目主持。

朱颥云的诗

密道

门还在摇晃
已经有人转身离开
那么多门背后
有一扇注定通往我隐秘百年的村庄

穿透我脊背的风，会让你
在隔岸的月下，看清楚
它在每一个河流拐弯处，左右摇晃

河流正顺着太阳的方向
缓缓移动。你的目光
不会在我的断指间停留
从泪水闪亮的指缝
触摸到痛过的指尖
屋檐底下所有露出的脸
一张张数过去
数到你
却是笑容挂满昨夜的忧伤

无数次，这一扇扇门，打开
又关上，最初一次
你的手背上长满月光
那时雨水正汇集成万千条小溪
直奔远方或者目光深处
所有日子渐渐抽空
你不必再坐等天亮

等到檐角上悬挂着霜
或是最后一滴泪,坠下去

原载《诗潮》,2017年2月

小坝村

一年中,这座村庄几乎不见天日
被寂寥覆盖
被等待覆盖
偶尔,被喧闹的酒席覆盖
我们同在
承受这片土地的厚重
承受这片天空的蔚蓝与宽阔

河流干涸下几百年的荒凉
一亩地的悲伤,山不长树的悲伤
贫穷的悲伤
一条蚯蚓背上了希望的种子
成为这片贫瘠之地最初的肋骨
风的啜泣,听脚步慢慢变老的声音
没有开头,没有结尾

收获太长,梦里的月光忧郁,惨白
照在家徒四壁的墙上
夏天吹的风变成冬天的隐疾,骨里的疼又不足与外人道
母亲的眼睛里拥有的黑进入梦境是何等沉重
濒临破晓时的嘀嗒声
告别一场梦境
从现实中若有所得,从一只飞鸟鸣叫声
无法安慰,站在生与死的边缘

哀伤涌动
夜使我们学会忍受或是享受

小坝村
我不是第一个目击者
时间流过
有人留下，更多的人离开
它什么也不说

原载《扬子江诗刊》，2018年3月

朱颉云（1995年11月—）

贵州毕节人。作品见于《北方文学》《诗歌风尚》《山东文学》等。曾获2016年"中华杯"创作大赛散文类优秀奖、第三届全国大学生诗文大赛优秀奖。

龚杨鑫的诗

进化论

秋的风将我撒在海里
适应生存,进化成鱼
在万丈深渊游荡
一个被铁锁封住的巨人

他说这个世界除却海水
还有阳光,空气
再往外,是宇宙

本应思考如何活下去
他竟说这些无趣的东西
不是应该先告诉我进化论
怎么做横行这片海域的鲨
再不济,也得有去陆上的粮食
和去那里发展的手臂

这黯淡无光的日子里
没有提生而不凡的话题
都忙碌着怎么生存
譬如邻居是只螃蟹,专搞新闻
譬如海豚是个明星
也就是我,思考进化论
往深海更深处,或者跳出海面
进化成人类,飞鸟
外太空的浮游物

巨人醒来便敲响身上的铁锁
"嗒嗒"作响
我把这声响当作阳光，空气
猜测每天存在的意义

思乡

在这城市的边缘，凭几只流萤
六月，似火的夜晚才得以安静
踮起脚尖，身体早已纳入满天繁星
至于脚下的一块碎石，代表故乡的沉重

泥潭折射穿出一条沥青路
孩提光着脚丫，女人的炊烟
男人与老黄牛渐行渐远的模样
不言不语，我与故乡关联最妙的状态

在浩瀚星空下的土地
从第一步出门，到最后一步
恰如一壶浊酒
从嘴割到胃，最后那爽快

梦里游过乌江，翻山越岭
不自觉里热泪满眶
那白胡子老人，拿着书
正端坐着遥望远方

原载《诗歌地理》，2018年3月

龚杨鑫（1996年3月—）

贵州德江人。著有散文集《暖炉》。

21世纪

00年代诗人

王近松的诗

时间

秒针赶着分针
分针赶着时针
钟盘虽小，却追赶着万物

原载《诗潮》，2018年第7期

王近松（2000年1月—）

贵州威宁人，回族。作品散见于《散文诗》《诗潮》《全国优秀中学生诗歌选》等报纸杂志。

黎俊呈的诗

历史

风,你轻轻地抚弄我的脸
我想伸手抓住
了解你的身世
你告诉我:来自远方
我想看着你静静地……
你的过往
正如打开的胸怀
一望无际

突然间你走了
为什么你不再言语
悄悄地你走了
你在哪里?是否痴痴地看着我
打碎了树木
如一个冷漠的旁观者

选自《全国中学生优秀诗歌作品选(第二季)》,
成都时代出版社,2017年12月版

蝴蝶飞

这一片花的海洋
找不见蝴蝶飞

留不住年少青涩
蝴蝶飞往远方
和有着翅膀的昆虫一样
花海中仿佛少了东西
颜色空空
不见蝴蝶归来
更多的昆虫也消失不见

我不知道

我不知道什么时候结束了
正如我不知道什么时候开始
我想，在与不在
杨柳依旧摇摆
小雨依旧连绵
我不知道五月送走了什么
也正如我不知道六月将离开什么
我只是在一张床上
睡了又醒来，醒来又睡了
尽管我抓过寒风
尽管我追过太阳
我也不知道小草会不会长大
我试着闭着眼，等待，好久好久

原载《羊城晚报》，2017年11月17日

黎俊呈（2000年6月—）

贵州荔波人。布依族。作品见于《星星》《羊城晚报》等，入选《星星》编选的《全国中学生优秀作品选（第二季）》。荔波高级中学高三理科（11）班学生。

杨郲钧的诗

我在草海唱歌给鱼儿鸟儿听

草海好美
我和爸爸妈妈来到草海

上了船
几只鱼儿朝我游来
好多鸟儿向我飞来
看着看着
我就唱起了歌呢

篝火晚会
主持人阿姨叫我表演
我激动得心都跳出来了
因为这是我第一次上台
我拿起话筒背诵《再别康桥》

我的声音好大好大
我的爸爸妈妈都专心听了
就是不知道
草海的鱼儿鸟儿们听见没有

原载《贵州诗人》，2015年第1期

过年

明明老家在乡下
为什么，这么多人要去
三亚

杨邴钧（2006年9月—）

贵州贵阳人。贵阳市实验二中初一学生。

后记

《贵州诗人四十年》即将出版发行，在此之际，作为编者，我们对本书的编选体例有几点说明。

一、本书是为纪念改革开放四十年而编的，主要是编选1978年年头到2018年年尾的诗歌作品，但因时间紧、资料难以周详等制约，在时区上没有预想的精准。在涉及诗人以及诗人的诗歌作品面上，也难免挂一漏万，难以悉数选入。

二、本书采取了分年代、以出生年月排序诗人以及诗人的诗歌作品。

三、因篇幅有限，本书只编选现代诗（新诗），凡100行以上长诗多为节选。其他体裁一律未选。

四、本书编选的诗歌作品、诗人简介，在由编者根据篇幅等出版因素编定后，大多未能交付诗人本人校对审定。

五、本书编选的诗歌作品要求是公开发表或出版过、并标明出处，但还是有少数诗人无法查考其诗歌作品出处而未标明。

六、本书编选，得到了贵州诗人、贵州有关部门和人士的热忱关注和支持，特别是对已逝诗人的资料的收集和提供，在此一并表示感谢。

七、因编者水平局限，加之时间仓促，敬请谅解一应疏漏和缺点。我们将在本书修订再版时，对存在的疏漏和错误进行修改完善。

编者

2018年9月